故土

曾元孝 著

四川党建期刊集团

四川民族出版社

图书在版编目（CIP）数据

故土／曾元孝（笔名曾一珊）著 .－－ 成都：四川民族出
版社，2017.12

ISBN 978-7-5409-7301-8

Ⅰ．①故… Ⅱ．①曾… Ⅲ．①长篇小说－中国－当代
Ⅳ．① I247.5

中国版本图书馆 CIP 数据核字（2017）第 306218 号

GUTU

故土

曾元孝 著

出 版 人	泽仁扎西
责任编辑	央 金
责任印制	谢孟豪
出版发行	四川党建期刊集团 四川民族出版社
地 址	四川省成都市青羊区敬业路108号
邮 编	610091
照 排	成都天恒仁文化传播有限责任公司
印 刷	成都新千年印制有限公司
成品尺寸	145mm×210mm
印 张	8
字 数	207千
版 次	2017年12月第1版
印 次	2020年6月第2次印刷
书 号	ISBN 978-7-5409-7301-8
定 价	39.80元

在希望的田野上

（序）

《故土》能够顺利出版，是一种机缘，一种因果，也是巧合与幸运，不能不出版。

2018年是我国改革开放第40年，我能够创作出这部农村题材的长篇小说，是因为我曾经在农村生活了20多年，对农民有很深的感情，厚积薄发，有那么一种机遇。生活的积累是作家的财富，可以说，《故土》是一部从厚土里诞生出来的原生态小说，书中有着浓郁的生活气息和感情寄托，川西平原的绮丽风光，淳朴的民风民情，难忘的乡愁，农村改革发展中农民的生态和内心世界，乡间女人的生活、爱情、婚姻、家庭和命运，深层次的矛盾冲突与化解，一幕幕感人至深的悲喜剧，多姿多彩，似阳春三月烂漫如潮的馥郁油菜花涌来，故土的洁白梨花让人的心扉震动，因而由衷地感悟，在感动思索中与书中的人物达到灵魂的升华。

我是用心和感情写作这部小说的，饱含着对农村女性的关爱和对故土的深情。一部长篇小说的成功与否，与人物的塑造有着很大的关系。我在该书中写了值得敬佩的基层女干部曹霞，写了郑婵英、韩香香、山妹、吴小萍、钟情、汪茵茵、旁池子、白芝芝、牛媛媛和小镇女子柴小小，以及大学毕业回到故土的郑玉、郑婵英的女儿牛英、年轻女教师肖兰和牛娇娇等女性，写了回乡知青夏麦，这些人物或多或少有这样那样的缺陷，而他们是农村改革发展中有代表性的人物，其中不乏推动社会进步的佼佼者。

一个乡村中的"无冕之王"牛本本让人拍案叫绝。同时，还写了如牛长生之类的贫困户，是农村改革开放中的另一种典型，他们能够跟上时代，与众多庄稼人一样，走进温饱和富裕的圈子，是农民的幸福。一个真正关注农民的作家，他会怀着深厚的感情，所写的人物，无论着墨多少，都应有鲜活的个性，有血有肉，浸透人性化的灵气，艺术真实而有思想内涵地演绎时代变革中农民的生活经历、觉悟、奋斗和成功发展，折射中国农民的精神风貌。在《故土》中我不仅写了两河村，还写了地处两河村的农村学校，它与农村的改革发展和书中的人物故事血肉相连，如果不写，这部小说是不完整的。

书中的故事发生在川西坝子的边远乡村，《在希望的田野上》的旋律是农民内心的吐露，也是这部描写故土的作品核心。

故土是馥郁的，故土的女性是这块热土的精魂，她们负着沉甸甸的乡村历史和传统意识，在觉醒之中，又以她们的淳朴、悲剧色彩和女性的美，养育了这块土地，给人们留下深沉的反思。我相信读者不会忘记她们。

也许可以说，作家笔下的故事和人物，与原汁原味的生活相比，虽然经过精心的综合和重新塑造，但往往显得苍白和逊色。因此，我不想榨干生活的原汁，让它多一些原生态的成分，它太让人刻骨铭心了。特别要说明的是，这是一部小说，不是纪实文学，它是在艺术性地描写一段生动感人的历史，希望读者千万不要去对号入座，以免造成误解，甚至伤害了这些女性。对塑造和描写的故土女性形象，我没有更多的话了，这本书就作为她们生活、爱情、命运和人生的参照吧。

我与中外著名的流浪文豪艾芜是同乡，受到艾芜潜移默化的影响，但愿不辱初衷和使命，为人民写出更多无愧于时代的优秀作品，这是作家义不容辞的责任，也是必须具备的良知和希冀。

目录
CONTENTS

第一章　庄稼人的企盼

1

那是一个新的春天。1978 年的农历大年在爆竹的喜庆中过去了，几场春雨，川西坝子的油菜花金黄馥郁，如海如潮。女人们笑着说着，村子里几个去了成都的年轻人风尘仆仆，似乎还在谈情说爱。农村在巨变，庄稼人的视野突然开阔了，心情舒畅，日子有了好的奔头。

故土的村庄，有两条河，一是湔江河，另一条就是院落外的村中河。村中河的河水非常清澈，静静地流淌。春夏里，树下的野花开了，星星点点，紫的白的都有，偶尔也有殷红的，很娇媚。那时候，常常能看见远远的西岭，非常清晰。院子里人口少，乡村很寂静，人们安于日出而作，日落而息的生活。一夜过去，村落睡醒了，田野醒了，总有早起人，赶在村民之前，到小河里担饮用的水，天际还有弯弯的月儿。那是在晴日里，原野有淡淡的轻雾，小河上的雾会更浓一些，似薄纱，如掩面的西子。村姑或年轻媳妇到小河里淘菜来了，水清，人俊，手臂被水泡得泛红。

小河养育了一代又一代人，人们带着一种朴实感恩的心珍惜它，以那个年代的形式保护小河，让它不受到污染，也是保护庄稼人自己。长辈们说，河里泉里有水仙，是河水和泉水的保护神，谁都不能亵渎。古人说，女性如水，而今想来，老人们说的水仙，自然是女的，她们是美好的象征。清澈的水不被污染就是美好。

那条小河上，正对院落口有一座石桥，多少人离去了，又有多少人出生了，石桥上的脚印留下了，又被雨水冲洗去了，冲进小河里的脚印随着流水去了更遥远的地方。几十年了，从孩提到了老年，那座石桥没有改变模样，仍然静静地躺在苍穹下，想着村边的小河，情不自禁地，会有很多的留恋和反思。

小河也涨过大洪水。记不清是农历的哪一个癸亥年，大概人们还处在一种朦胧的状态中吧，发了一场天地混沌的洪水，平地汪洋，古老的小镇毁了，但女人男人还在，因此后代得以繁衍。时光飞逝，不知又过了多少年，树长起来了，没有退尽的洪水在小河里流淌。

路旁拐弯的宽阔处，树荫下一个瞎了眼的男人在给一个女人算命，拖住了路上行人朝前走的脚步。过了一会儿，那个算命的女人笑了，可能达到了希望。忽然，路上又走来一个女人，挺年轻，抢先挤进圈子叫瞎子算命。她高挑、匀称，前后那两处很丰腴，如肥沃的土地。她伸着白长的脖子，那颗大黑痣暴露在外，有个女人冒出一句："挨刀痣！"瞎男人照她报的生庚八字念念有词，捏着她的一只手，像念判决书。还没念完，她已经火了，骂："你算个×！土地都下放了，还愁过不上好日子？我的命我自个儿把握！"

瞎男人狼狈极点。

天下谁人不识君？

"哟，好蛮！那婆娘是哪个？"一个干瘪的老娘子问身边的胖女人。

胖女人说："王老二的那个骚货韩香香！"

名叫韩香香的女人没听见，她正注视着从小街方向跟跟跄跄走来的一个男子。那男子三十来岁，肩挎的大背包一前一后甩着，到女人跟前，一个趔趄，差点撞进女人怀里。

旁观者响起意味深长的笑声。

"马木匠！"她喊。

男子没听见，踉跄着朝前走了，留给她刺鼻的酒气……年轻女人也走了，女人们看着她的背影。

2

牛头镇上有一个刚开业的小酒店，是两河村农民的夫妻店，破天荒，第一个走出了对乡下人的禁锢，的确是有胆有识。小酒店的女老板叫郑婵英，年轻，窈窕，让小街人大开了眼界。

马木匠就是在她的小酒店里大醉的。

面对迎上来的老板娘，他怔了，像投错了胎，相逢何必曾相识，郑婵英也惊愕得如同发了痧。马木匠直通通地盯着郑婵英，眼里交替出现三个女人的形象。

郑婵英受不了。

"马……"字刚刚吐出来，郑婵英不知怎的手一松，一摞盘子"哗"一声滑在了地上。

"拿酒来！"马木匠喊。郑婵英几乎把嘴唇咬出了血，扭头走开了。马木匠又喊，那声音有种挑战和鄙弃的味儿。小店里无其他人。郑婵英抓起一瓶酒"呼"一声揉在桌子上，两盘肉老远飞滑过去，要不是马木匠急忙按住，差点越过酒瓶纵身下地。

苦酒，辛辣，从长途列车下来走进小街的马木匠，一杯一杯地朝肚里倒，浇得心中的火苗越来越旺，眼睛被火焰熏着，朦朦胧胧。

"郑婵英，她们呢？"他忽然逼着她问。

"死了！"郑婵英恶狠狠地回他一句。啪！马木匠手中的酒杯碎了。

"马木匠！大家自爱点！我没把你……有好事你找去！"郑婵英叫起来。马木匠痛苦地呻吟一声，抱起酒瓶，咕噜噜地倒进了肚里，抓出几张十元的人民币，扔在桌上，摇摇晃晃地走出了小酒店……

"马木匠，你不得好死！"郑婵英趴在桌上哭了。

牛富贵从小街那头买鞭炮回小酒店，郑婵英把一肚子冤气都倾泻在丈夫身上。闹得牛富贵不知哪边天塌了，不敢顶撞夫人，忍气收拾了地上的碎盘瓦片，朝炉灶发气，几下捅熄了火，提前收刀拣卦，给小店门挂上"把门将军"，回家！

3

酩酊大醉的马木匠走过沙滩，登上了长堤。青蒿杂生的河堤两边，长满了灌木，河水哗哗地流着。那个寒酸的茅屋终于在暮霭四起的田野里出现了，房顶没有炊烟，门口也无人影。妹妹呢？他的心捏紧了。从郑婵英的小酒店出来，风吹人更醉，心烧眼朦胧，郑婵英回答他的两个字在心中回旋着，跌跌绊绊往久别的两河村走来。从韩香香跟前晃过，他竟然没看见一直牵着他那颗心的女人。

"马青儿！……"马木匠舌头发僵，口齿不清地喊。

门锁着，挂了蛛网。不祥的预感。摇锁，酒气冲在门上。他侧身抱起野草里的石头，狠狠砸下。嘣！嘣！嘣！铁锁应声而落。扔石进门，马木匠呆了。这间送走了父母的茅屋哪里像有人居住？只有妹妹用的那面镜子还挂在泥墙上。他知道，镜子背面贴着妹妹的照片。

"马青儿！"他吼，口干得要燃。揭开水缸，一缸蛛网，像一口黑洞洞的深井，马春儿似乎就被这深井吞去了，马木匠转身朝门外走，一阵恶心，倚在门口吐了，似要把五脏六腑吐个一干二净。潺潺的流水声。他跟跄过去，趴在门前的小沟边，喝。像饮牛水一般，把既凉又浑浊的水咕咚咕咚地吞进肚里。太阳嫣红，十分依恋地离开了夜幕垂落的原野，马木匠的头嗡嗡地响，脑子里一片混沌。

突然，夜色中出现一个胸脯高耸的女人，高挑匀称的身材……站在他面前。

马木匠一下子跳了起来，抱住韩香香："啊，你在这儿！……"悲喜交集的泪珠滚了出来。

韩香香"啊"一声，惊得魂都掉了，喘着粗气，挣脱马木匠的手，把手中的钥匙塞给他，转身便跑，却又站住了。

马木匠像一摊泥似的瘫了下去。韩香香大吃一惊，看看他，咬咬牙，把醉塌了的马木匠扶起来……她的心跳得没有个节奏，生怕马木匠再张开手臂。她把马木匠半拖半扶弄到马青儿的床上，一趟子逃了。

韩香香逃回家，还喘不过气来。剧烈心跳后的胸口隐隐作痛，脸发烫，血管里像流着火……被马木匠突然抱住的那一瞬间，自己竟升起一种现在还觉得羞愧的感情！

她回忆起了几年前的那个下午。

那是最酷热的六月里。知了在林盘里懒洋洋地叫着，韩香香从队里收工回家，浑身像水淋的一般，单衣单裤湿透了，粘在身上，又难受又不好意思见人。如今想起来，真难以启齿，她把自己关在屋里，脱下衣裤漂洗，用竹竿撑到窗子外去晒，将被盖面子裹在身上，焦急地等待着……那有什么办法？穷咧！一个十八岁的大姑娘没有换洗的衣裤！

醉酒的爹回来了，在门口喊，拍门板。怎么去开门？韩香香真想大哭一场。她爹的牛脾气借着酒发作了，打破薄板门进来了，张口就骂，一见韩香香的样子，愣住了，追问她"在做啥子"。韩香香既气又羞又恨，恨那个越穷越烂酒的爹，恨他把女儿的衣裳裤子都喝光了，还喝，还骂！

"我几岁就死了妈，没娘的女儿就这个样子！我真想去死了！"韩香香被气和恨冲动着，裹着被盖面子跑了出去，把半干半湿的衣裤捡回来。

流着泪换上衣裤的韩香香跑到了湔江河边，坐在烈日下发呆。空旷的河滩有这么个呆坐的女子，越发显得空旷。饥饿的老鹰在河面上空盘旋。

大概山里昨日下了暴雨，湔江河突然涨水了，浑浊的浪子翻着白沫，在火辣辣的阳光下挤着撞着，像赛跑似的朝前涌去，河床里清澈的水顷刻间无影无踪了。韩香香的心里就像此时的河水。忽然，水面上漂来一根原木，长长的，涌到跟前，在她眼皮下翻了几个滚，像预示着什么。这无疑是一锭金子，湔江河边的人谁都不忍让它漂走的，只有敢拼命的男人才敢去捞这样的"横财"，韩香香却跳进了河里。一朵巨大的浪花开放过后，人与木头便一块儿在浪中翻腾了。她和原木交替在浪头上出现，老鹰一次次冲向水面，两种命运在殊死搏斗。到底是一个女子，韩香香渐渐昏晕了，她觉得有巨大的车轮从身上碾过，"刷"的一声，衣裤被撕开了，一股浊水冲进口里，手摊开了，昏昏沉沉地从极高的山峰往无底的深谷坠下去，坠下去……坠了好久，张开的手终于触及到了一个能托起她的物体，她本能地抱紧了，失去了知觉。

随波逐流的韩香香，抱住的是正在河心中捞鱼的马木匠。

4

六月断炊，马青儿躲过队长牛富贵的眼睛，私下到牛头镇卖家兔去了。那是姑娘耍心眼，偷偷喂在床底下的"黑"兔子。饥肠难忍的马木匠，啃了几根马青儿扯兔草时夹藏回家的生萝卜，把仅有的二两劣酒倒进肚子，趁正午河边无人，下河取鱼来了。他也在河心里悄悄安了一个渔箭。

狠毒的太阳照在发黑的皮肤上，鱼巴篓在只着叉裤的屁股上拍打，迈着大脚，踏着清水流过的鹅卵石，一步一步朝目标走去，心里只想着鱼，想着最好能捉住一条大鱼，并没有注意到河水在顷刻间的突然变化。当他站在河心中时，才猛然发觉滩头不见了，渔箭也不知去向，遍河都是浑浊的浪。"涨滚子水了！"一个危险的信号闪过脑子，得赶快逃！

就在这时，一根原木从野水中奔流而来，晃过眼睛，撞了他一下，将他打在水里坐着，他刚要爬起来，忽然被一双手抱住了，抱得死死的。如果不迅速撕开这双手，在这大水之中，自己也会同路，马木匠咬紧牙关，拼命从水里站了起来，那双手却自动松开了，搭垂下去……马木匠的心突然地被拧了一把：他看清了，这是一个拖着长发的女子，刚才贴着他的那个胸脯还是热的，隐隐感觉出她的心在跳动。"没死！"马木匠伸开双手，把往下滑的女子一把抱在胸前，赶紧朝岸上跑。

水，还在加大。烈日，浪涛，抱着女子奔跑的马木匠，飞溅的水花……一幅生与死抗争的壮美图案！马木匠越来越感到力气用尽了，身子摇摇晃晃，好几次几乎歪倒在激流里，但他坚持着，拼搏着，牙关咬得格格地响，一个信念使他在精疲力竭中站稳了步子，与洪水作殊死的争夺。好漫长的路呵！当他登上河堤下的沙滩，便像塌了的墙，一头瘫在了女子身上，而他很快爬了起来，凭多年"玩"水的经验，他知道应该怎样救活她。于是，像龙虾一样弯着腰，抚弄着那女子，进行人工呼吸。那女子在他怀里摇簸着过河时，已经把肚里的水大部分倒出来了，胸脯已经在极微弱地动。时间一分一秒地过去。突然，那女子呻吟了一声，开始呼吸了。马木匠舒了一口气，这才觉得再也没有力气了，一屁股坐在沙滩上。

沙滩滚烫，在强烈的阳光下闪着白光。河堤把湔江河与村路隔离了。河水无声地奔流。空荡荡的沙滩上只有他们两个人，像一幅古朴的油画。

马木匠看那女子，突然"啊"了一声。这是一个年轻的几乎裸体的标致女子。二十多岁从未接触过女人的马木匠开始手脚无措，不知应该怎么办了。那只老鹰又飞过来了，在他们头上盘旋。突然，晴空里一架飞机呼啸而过，并且打了一记加速炮，把河滩的寂静震破了，沙滩和晴空一块儿在颤动。站在女子身旁的马木匠开始怕，他怕人们突然翻过河堤看见这情景，更怕女子这个样子被人看见。无形中，他已经把她看成是自己的了。

马木匠弯下腰去抱起那个女子。此刻，他变得很胆怯，当女子贴着自己，心跳就失去了节奏，女子身上的电流传导在他的身上……他喘着气，小心地，一步一步越过长长的河埂，绕过村头那爬满青藤的深泉，进了自己的茅屋。

他把女子放在床上了，乱着的脑子才开始平静下来。女子的呼吸逐渐趋向正常。他坐下来进行思索。马青儿还没有回家。他使劲地抓着乱蓬蓬的头。过了一会儿，他开始翻床铺开箱子，想给她找一身衣服。可是，他失望了，马青儿并没有多余的换洗衣服！他心里涌起深深的内疚：太对不起妹妹了！他终于把马青儿的一件内衣和一条内裤找到了。一件有补丁的外衣和长裤也找出来了。然而，他待在她面前，抱着衣裤，面临着一道难关。他想把衣裤给她穿上，但他不敢。等马青儿回来？他又觉得不好。他怕外人看见女子的这个样子，哪怕是自己的妹妹！人啊，这人的感情呵！马木匠掉进了烈火中，脑子被烧得懵懵懂懂的。他终归鼓不起那样的勇气：脱去女子身上的碎片，给她穿上马青儿的衣服。他处在一种难言的潮热中，手笨拙地颤抖着，把妹妹的衣裤放在她的身边。

剩下的事又该怎么办？他想找片老姜烧姜开水，却找不到姜，哪怕拇指大一块，红糖更无踪无影，寻遍了屋里屋外所有地方，能给女子吃的什么都没有，只有马青儿扯的一堆兔草中间的几根萝卜让他寻着了！马木匠愤懑了，是漠然了很久对生活的愤懑，它来得那么强烈，以至于他毫无顾忌地到生产队田里去掰玉米，这是他第一次去偷，却偏偏碰上郑婵英和牛富贵在玉米林里！马木匠背着空鱼巴篓跑出玉米田，喘气、愤怒。他索性不要队里的玉米，把郑婵英屋后唯一的一个南瓜摘了，提在手中朝家里走，扯断了正在开花的南瓜藤。

5

韩香香醒过来了，浑身软得像一团棉花。当她看清了这陌生的小屋、简陋的木床、家具，眼睛吃惊地睁大了，再看自己身上，吓得心悸。渐渐地，她回忆起"睡觉"前发生的事了。小屋里没有其他人，静静的。她不知自己到了什么地方，不知怎样被人弄到这儿来的。忽然，她看见了床角里一条男人裤子，脑壳顿时"轰"的一声，一种羞辱、难堪和潮热控制了自己，她"唬"地从床上爬起来，跳下地，想冲出房门，一看自己，又退了回去，迫不得已，胡乱套上马青儿的衣裤，像鹿子一般飞上河堤，跑了。

马木匠提着南瓜回屋，只看见韩香香留下的碎衣衫，他抱起来，呆立着，泪水浸了出来。

从牛头镇归来的马青儿被哥哥的神情惊得发怵。细心的姑娘明白哥哥需要的是什么，可是她没法满足他。家里太穷。整个两河村的人都穷，大家自个儿把自己整得没法过日子。兄妹俩在肥沃的土地上洒下了过多的汗水，却得不到应有的收获，更收获不到哥哥渴望的女人爱情。十岁就没有了父母的马青儿过早地成熟了，她太清楚那个了。可是，她哪儿去寻？她才刚刚十六岁呀！

心揣疑团和猜测的马青儿，以一个年轻姑娘看男子的眼光观察着哥哥。她发觉自己的内衣和内裤不见了，看出了那堆布片原是女人的衣衫，心抽紧了，皱紧了柳叶眉。

"哥，她是谁？"她闪着明洁逼人的眸子问，得不到回答。马青儿看出了哥哥眼里的火，那种叫她心颤的男人的火，闪着泪光的火。她不再问了。

哥哥不是原来的哥哥了，他是男子汉了，二十四岁还是单身的男人啊！马青儿心里涌起了一种难以诉说的味儿，那种姑娘的矜持和在男人面前的拘谨突然在马青儿身上出现了，她忽然觉得和哥哥同在一间茅屋里有些不适……泪水充湿了她美丽的眼睛。

马木匠决意要离开家，是什么原因他没告诉马青儿，一种深沉的恋情、对"她"的渴望和对生活的强烈追求促使着他。马木匠常规的生活节奏被打乱了。"她"像一个火星，突然间落进了他干枯的心里，把火一下子引燃了，那被压抑得很深很深的感情像湔江河一样波涛汹涌，他没法控制自己。

马青儿知道她留不住哥哥，怀着对哥哥的同情、爱和恨，一种忧虑和不安，泪水在眼里噙着。可怜的姑娘要喂大兔子卖了钱，想给自己制一件一个年轻女子应该穿的衣服——生活再不好过，爱美的感情是不会泯灭的，她是一个少女呀！她把钱从内衣兜里掏出来，带着姑娘的体温和微香给了哥哥。她也像韩香香一样，没有一件换洗的衣衫了！

6

马木匠走了，带着生活的重负和挑战，悄悄离开了生养他的两河村。只学过一年木匠的他，跟随那些从生产队"偷跑"出来的木匠们一块儿走进了深山，走进了一个空谷流水樱桃花盛开的天地。他吞噬着苦涩，默默地奔波劳累着。这时节，一个浸透山野灵气的女子闯进了他的生活。

他记得，那儿有一个清澈深泓的山泉，在粉红若霞的野樱桃花林子里。那天，他在山泉清洗被汗渍浆硬的内衣，忽然从山间青苔依依的石梯走来了一个年轻女子，对他喝叫："哎呀，谁在那儿硝牛皮？人家要吃水的！"那女子奔到泉边，把水桶扔在巨石旁边，水汪汪的杏眼儿注视着他。

马木匠愣着。

"你还赖着不成？"山妹走过来，逼他走开。马木匠赶紧跳下石墩，灰白的衣衫在水里飘着。那女子捞起来，劈手扔了，担起水桶，跳上石墩，用桶底把面上的水荡了很久，挑上水，旁若无人地走了。走了一段路，却又回过头来看，见马木匠还站在那边，莞尔一笑，放下水桶，走去把扔在马桑林中的衣衫拣出来丢给他，指指幽谷："那儿有水呀！"她飞进了林子，隐隐传来一句："傻瓜！"……

不久，马木匠随老木匠穿过野樱桃林，到山顶给一户姓姚的人家做嫁妆的家具。一进门就看见一个女子立在院内，满脸不悦。啊，是在山泉相遇的山妹！她好像并不欢迎马木匠给她作陪奁，成天虎着脸，没有一丝儿笑意，流露出忧愁和怨恨，有时扫地发气，刨花扫到了马木匠头上，灰尘把老木匠呛得"吭吭"地咳。木匠活做得很不顺心。马木匠想，多半因为在山泉里洗衣冒犯了这个深山的野女子，因此格外小心。

三个年轻木匠中，马木匠是最规矩最踏实的一个。可是，漏子还是出在他身上。那日，竟在新床上无心无意凿了一个空眼。老木匠投床时看见那个无法填塞的"黑井"，脸色铁青。马木匠一声不吭，他能说什么呢？这"世外桃源"般的深山里并不能使他的心平静下来，反而使那种冲撞更强烈，凿眼时走了神是很自然的。老木匠用曲尺点着他的头，声音变了调："你这不是害了人家两口子吗？你……乱弹琴！……"

此时，山妹已经立在新床旁边。老木匠措手不及，赶忙闭住了嘴。山妹盯了马木匠一眼，扭身走了。马木匠看见了她眼里的泪水，他惭悔地垂下了头。

这一天，木匠们谁都没说话，吃饭时谁都不看谁，好像几个陌生人。主家的姚老汉感到气氛不对，狐疑地看木匠们。傍晚收了工，马木匠寻着机会对山妹说："姚大姐，真对不起你！我……"那女子惊愕地看看他，甩出一句话："又不是我的！"

马木匠疑惑不解，越发加深了心中的内疚。可是，山妹对他的态度明显变了，两个小徒弟暗暗称奇。有一天，姚家夫妇赶场去了，山妹竟开口叫马木匠上山去帮她担柴回家。老木匠的眼光从眼镜框架上方翻出来，盯着山妹。

她站在门口，拿着弯柴刀和绳子，可不管老木匠和挤眼睛的小木匠，问马木匠："你说呀，去不去？"

马木匠跟着她去了，山林苍翠，林间挂着红果，人说那是相思豆。幽谷里流水清脆，山雀儿有情地鸣叫。跟着姚家女儿走进这深幽的山林里，好拘束！山妹不说话，脸上泛过一阵又一阵的红晕。马木匠越发不自然了，他想打破这僵局，喃喃地说："姚大姐，那天是我不小心，错打了一个空眼，你别生气……"

山妹嗔怪地说："谁还在怪你呀？你真够多事的！"

"真的，姚大姐！今后你们会美满的！"

山妹虎着脸："你别再说了！不是我的！谁要床谁嫁去！"

山妹的突然发怒，使马木匠不知所措。

山妹望望马木匠，叹口气，坐在岩石上，久久不说话，也不收拾柴。渐渐地，她的神色自然了，问马木匠的家庭、住址、年龄。马木匠只好如实"招供"，他被这女子弄糊涂了。

"她在等你吗？"山妹突然问，逼视着他，好像要看透他的心。

马木匠的心被山妹彻底搅乱了。"她？"怎么回答啊？马木匠一咬牙，说："我没有！"出口之后，心里立刻一阵失落的痛和对山妹不通人情的怨恨。

山妹长长地舒了一口气，脸上泛起红晕，说："我以后到你家里去，行吗？"

马木匠惊讶地看山妹，一和那眼光相遇便感到慌乱。他被山妹抛进了迷雾中，不知即将出嫁的女子是什么意思。马木匠想，也许她想去看看平坝。

山妹追问："你说话呀！答应吗？"

马木匠点点头："好。"

山妹脸上第一次有了笑，那种含着泪的笑！

7

奇怪的是，再也没有人请他们做工了。出山的路上，老木匠一再责备马木匠把他的手艺弄闭门了。马木匠想到的不是他们的活路还有没有，是对不住那山中的女子：如果老木匠的忌讳属实，但愿悲剧不要落在山妹头上！……

走到山泉边上，山妹突然出现了。此时，正滴滴答答下着山雨，缕缕阳光从山下射来，把山峦染成玫瑰色。她站在野樱桃林边，等着两个徒弟和老木匠走过，把一顶精巧的斗笠给了马木匠。当着众人有些迟疑，山妹只叮嘱着："别忘了呵！"马木匠不知所措，可他接了斗笠。

山妹久立在山泉边上，野樱桃林在她身后燃烧，她怀着美好的希望，目送着马木匠，一程又一程……

同路为伴，结怨分手。分手时，老木匠相赠一言："记住，手艺人要清白处世，不要拈花惹草，走一路得亮一路！"两个小木匠送他一个意味深长的笑。

马木匠欲辩不能，心中十分不快，扭头便走，走进了一个充满野蛮和死亡的煤窑，在人生的旅途上又过了一程。

他下了煤井。潮湿窒息的井道好深好长。赤身裸体，负着重托，借着头上那盏昏黄的灯，爬着，爬着，下身处栓的一片麻布早磨成碎片。煤井里腥热，散发出原始森林和古尸体的气味，头顶上不停地滴下污水，冰凉，刺激着神经，负着历史的重托，爬过一个世纪又一个世纪。他一个劲儿地拖，拖，喘着粗气，怀着希冀和追求，艰难地移动着……

他拖得好多，好狠，为了改变压在身上的命运，马木匠拼着命，拼命把地球的内脏往外面掏，井口的青草坪上很快堆起了一座山。他终于筋疲力尽地晕倒在自己垒起的小山上了，雪风吹着他裸露的身体。

这时候，草坪上伙食房的草棚里跑出一个精干的年轻女人，抓起一件破棉衣扔给他，在屁股上"啪"地给他一巴掌。马木匠醒了，转身又往煤井里钻，破棉衣落在煤堆上。那女人拽着他，太难堪了！他只好抱着破棉衣跑进换衣的棚子……

在这异乡里，马木匠最鄙薄的就是这个给挖煤工煮饭的女人，男人们叫她野猫。她是外地进山的单身"婆娘"，又说她是这山里人。这个深山里的土煤窑，挖煤者来自四面八方，什么样的人都有。男人们谁都可以和她瞎说，有的男人甚至在她身上动手动脚，她都承受了；马木匠听人说她被窑队长搂着睡觉——那个老色鬼的女儿都嫁人了。马木匠买饭吃从没和她说过话，也没给过好脸色。

那女人却从来不在伙食上亏待他。这天，野猫对他的"恩赐"简直叫旁边的几个小子眼红了，嫉妒地盯着他。马木匠心里很不自在。

野猫把碗递在他手里时说："别傻了！你不要命，人家咋个办？在等着你哪！"工棚里传出怪声的笑。

"婊子！"马木匠骂。

野猫的脸唰地变白了，像一张纸，转瞬间又绯红似血。"杂种，你昧了良心！"她把额外给马木匠添菜的碗劈脸朝他砍来，声音变了调儿，一阵哽咽。

走出门，马木匠被一个叫"黑蛮"的青年汉子逼住了。"黑蛮"像野牛一般站在他面前，眼里露出仇恨的凶光："你再骂她婊子，我就用这铁锹挖死你！"

当晚，"黑蛮"走进野猫的屋，黑猫扑在他怀里哭了。此时，大雪铺天盖地下着。窑队长喝得酩酊大醉，摇摇晃晃地哼着川剧调儿，去撞野猫的门。"黑蛮"跳起来，抓起劈柴的弯刀。野猫死死地拽住他，眼泪像泉水一样的流。

窑队长破口大骂："黑蛮，明天老子叫你滚！"又喊："我的乖猫，老子想死了你！……"

野猫浑身颤抖着。

8

大雪纷纷扬扬，山林穿上了银白色的孝衣！

挖煤工们踏着厚厚的积雪，又走进了没有阳光的世界，草坪上像死一般寂静了，山山岭岭都悲哀地披着重孝，一片素白。马木匠的头像裂了般痛，跨进厨房门，立刻大吃一惊：野猫今日没煮饭，喝得烂醉，趴在案板上。

"野猫！"马木匠喊她。

野猫站了起来，眼里闪着悲哀的醉醺醺的火，样子非常可怜，说："你应该喊我姐姐！"

马木匠心里发怵，厌恶地扭过脸，径自去舀冷水，野猫给他夺了。马木匠很冒火，瞪着她。野猫把保温瓶塞给他。马木匠不接。她便倒了一碗放在他面前，呆痴地看着马木匠，说："姐姐啥时亏待了你？你昧了良心！你不该骂我婊子，我是你姐！要不是生活逼迫，谁愿这样？要不是他遭冤进了班房，翻监逃跑死了，谁想落到这步田地？一个女人……让人欺侮，心都碎了！可我有什么法子？你不该骂我，你伤黑娃的心！黑娃好，你也好。我喜欢他……男人没良心，都坏！我让男人们害了！你也昧良心！你给我走开！我死也要图个清静……呜呜……"野猫哭了。

马木匠惊懵了，不知怎么办。他看着野猫，悯怜，同情，又十分难受，他害怕野猫，真感到自己掉进了这女人的网里了。

"我还不想死，我还年轻，我没做该死的事！黑娃还爱着我！马木匠，姐姐没做丢人的事！明天黑娃走，我就和他一块儿走！你也走，我们都走，让这害人的黑煤窑垮杆！你快回去！过来，姐姐给你说……"说着，野猫朝马木匠走来了。

马木匠连连后退，他的头真要炸了。他逃了。

"你转来，马木匠！姐姐要……给你说话，快回来！……"野猫追出门，喊，追。

马木匠像逃避瘟疫一般，跑得飞快，转眼就奔进了煤井。

野猫是真的有话告诉马木匠。可是，已经不能够了。

马木匠逃走不久，窑队长摸进了厨房，突然拦腰抱住了野猫。野猫挣扎，撕，咬，骂。窑队长野蛮地把野猫按在灶窝里。

"黑——娃……"野猫绝望地呼叫着。

一声撕人心肝的怒吼，"黑蛮"冲进来，扑了上去……一场恶战开始了。

　　窑工们闻讯赶来，野猫为掩护"黑娃"，挨了窑队长致命的一刀，带着羞辱在"黑蛮"怀里闭上了眼睛……

　　马木匠站在她面前，心里无比内疚和揪心地痛，他此刻想起了野猫的种种好处……他和许多窑工一样，涌出了泪水。

　　"马木匠，你别嫌弃我，我真是你的姐姐！你不是答应了山妹到你家里去吗？她就是你的人了！她已经下山找你去了，你快回去吧！因为你，山妹无家可归了！你可再别昧了良心！你要记住，山妹是我远房的妹妹……"

　　野猫的这些话再也吐不出来了，她为马木匠和山妹准备的一包钱——那是她的血汗和受辱的结晶，被殷虹的血浸湿了……

　　马木匠再也没有心思在野猫血祭的山沟里待下去了，像做了一场噩梦，他踏上了归乡的路。

9

　　深泉，是那么的清，清得像一个动人的故事。马木匠从野樱桃里的山泉回到了故乡的深泉，太阳正照在泉边一个女人头上。她蹲在石头上淘菜，水清菜嫩人秀。马木匠倏地停住了脚步，注意地看她。女人发觉有人，猛地抬起头来。马木匠突然呆住了：他不知道喊她什么，怎么开口，潮热涌得脸发烧。

　　女人既恼又笑，抱起脚下一块碗口大的鹅卵石，"咚"！随着一句："你个愣头山！"朝马木匠掷来，飞起的水花溅了他满身满脸。女人端起菜篮跳上坎，飞快地朝竹林里走去，却又忍不住掉过头来瞧他的愣样儿，暗笑。

　　"哥！……"马青儿的喊声传来了。

　　走进竹林的女人站住了，转过身盯着马木匠，她那刚刚洗过的秀发长长地披在肩上，像一尊雕像，菜篮里的清水顺着新娘的花袄流淌……

　　感情倾斜了。马木匠认出了她，认出她就是自己贴着那丰腴的胸脯从大水中抱起来的女子，他渴望和恋着的那一个！深泉边的重逢，把心底的火苗烧得那么旺！马木匠坠入了爱与火的漩涡中……

"马青儿，你给我做个'红'吧！叫她嫁给我……"他央求妹妹。

马青儿吓了一跳。她好容易把哥哥盼回家，有一肚子话要说，可是哥哥的第一句话却是叫一个未嫁人的女子去做难为之事。马青儿感到非常委屈。她嗔责地看着哥哥："给谁做'红'呀？"

"刚才在泉凼头淘菜的那个！"

"韩香香？"马青儿惊叫起来。"哥，人家是王二的新媳妇呀！"

马木匠当头被击了一棒，一下子掉进了冰窖和炼狱中，但他马上又跳了起来，大声喊道："不是他的，是我的！"他简直失去了理智。

马青儿真以为哥哥疯了，她又气又急："哥，人家是王二的！是郑婵英做的'红'……"姑娘的脸涨红了。

马木匠抱着头，心像刀子剜着，火烧着。马青儿被哥哥的反常弄得束手无策。突然，马木匠"唬"地站了起来，猛冲出门去了。

马青儿吓蒙了，追着呼唤："哥！……哥！……你转来，转来！……"

这时候，韩香香来了，挡住了马青儿。她似有许多话要说、要问，可是在姑娘面前却又像什么话都没有。马青儿注意地望望韩香香，望望那越发标致的身材和动人的脸，她心中涌起了那堆碎布片，凭姑娘的敏感，她十分狐疑韩香香和哥哥有说不清的事儿……而又猜不透，说不清。此刻，她心里急得火烧火燎，两个女人都有心事，又都戳不破那层纸儿。

第二章　春天推开农家门

1

马木匠奔进了牛富贵的小院子。

小院刚办过喜事，对联彩条还留着喜气。葡萄架下的井台上，郑婵英正在提水。她出落得更窈窕了，美得像一朵水灵灵的水仙花，此刻见马木匠像红了眼的兔子朝她奔来，顿时愣住了，把一桶水随手放在井台上，心跳着。

马木匠直通通地走向郑婵英，胸膛像鼓足风的帆，他要理直气壮地质问她，谴责她。可是走到这个娇美的女人面前，却什么理由也说不出来了，他恨得抓起井台上的那一桶水，迎头给郑婵英倒了下去！

郑婵英惊叫一声，立刻水淋淋的，好一阵，她才哭骂出来。

在郑婵英的哭骂声中，葡萄架背后贴着大红双喜的洞房内，一个女人从窗户内看清了马木匠，顿时眼前一黑，无力地倚在窗棂上……她，就是山妹！

郑婵英被马木匠当头一桶凉水淋了个浑身精湿，连心都冰冷了。她和马木匠结下了不解的冤仇。在两河村，她是堂堂的队长夫人，队里的人对她都是笑脸相迎，偏偏被该死的马木匠整得如此霉气！

回忆往事是苦涩的。郑婵英有她的苦衷，有她的伤心处。本是剪辑错了的故事。一个心高眼高的俏小姐，嫁个土疙瘩似的男人。

怨谁？她说不出。也许谁都不怨，丈夫是她自个儿选的，同时选择了深深的隐痛。有成群的漂亮小伙子为她害过相思病，郑婵英狠心拒绝了。作为一个女人，她知道在那时候应该怎样保护自己。父亲在旧衙门里供过职，母亲是昔日"贵族"家的女儿，弟弟郑贵贵读高中被学校"驱逐"，不能说与这没有关系。聪明的郑婵英得给自己找个保险系数，哪怕一百个不情愿，明知亏了自己也要一脚踏进去。她人嫁给牛富贵了，心还得自己留着。她不忍心再伤害原有的恋人，劝他：天涯何处无芳草，何必还要苦恋着？木已成舟，改变不了啊！她并没有做越轨的事。她想，马木匠如今这样对待她，太伤一个女人的心了。

她恨死了马木匠。因为家庭关系，她一直不让牛富贵"整"队里人，她有她的聪明处，许多浪子她都替丈夫平息了。她更"袒护"马木匠，不准牛富贵追究马木匠"外流"，对马青儿更是保护有加。现在，郑婵英横了心，她是破釜沉舟，决意要去找马木匠，了断他们之间的恩恩怨怨。

但她没有去，因为，蒙头睡了半天的马木匠给马青儿留下一张字迹歪歪斜斜的纸条，又离开了故土。

"马青儿，我在这儿待不下去了，我走了！"

马青儿看着那张字条，她再也忍不下去了，失声痛哭："哥，我恨死了你！"

2

真正怨恨马木匠的，应该是山妹。

她恨自己。恨自己不该轻信马木匠，女儿家不该轻易许身于人。

那个充满山寨风俗的洞房花烛夜。亲友们要挟着山妹，要她和那个叫她从心底里厌恶的病男人手挽手，喝交杯酒。她嗔怒了，恨恨地推开了两个年轻女人，径直走出了洞房。见势不妙的婶娘来拉她回去。

"我去解手！"她大声说。早已铁了心的山妹跑出山寨院子，走进了山林，涉过山溪，朝着认定的方向走去了。

那是一个宁静的夜。皎洁的山月伴着开了先例的山妹只身夜奔。她曾经在白天出嫁时走过的破贞节牌坊下坐了许久，她累了。不知那个贞节牌坊为什么没有倒下去，人们为什么还要留着它。在那个长着可怜的小草、曾经吊死过单身女人的牌坊下，她很自然地想到了妈妈满春曾经给她讲过的，遥远又不遥远的故事，想到了她熟悉的女人们的命运。想着母亲的劳累和苦心，她打算回婆家去，但到底迈开步子走了。

夜深时分，她走到了自己的娘家。她多想扑进母亲的怀里哭一场啊！把心里的衷肠，把怨恨和爱哭出来！但她没有推母亲的门，颤抖地缩回了手，只在窗前站了许久，默默地向为自己劳累得像干柴棍的母亲告别。她不能进屋呵，母亲那温暖的怀里不会留下她这个嫁出门的女儿呵！她知道，疼爱女儿的妈妈遵循山里的习俗，一定会重新把她送回婆家的，人啊！山里的山规也是"法律"呀！她的泪水流下来了，悄悄地流在母亲的窗前。

山妹无声地告别了亲人，最后喝了一口山泉水，凭着她的胆气和信念，山野里因她而闹得满城风雨时，只身到了两河村。

山妹后悔自己不该那么相信郑婵英。有什么法子呢！郑婵英的话是那么甜，那么入情入理，又是那么体贴人……曾记得，她懵懵懂懂的一趟子跑到两河村来，到了这陌生的地方，才发觉自己做了一件多么难以收拾的傻事！哪儿有马木匠的影子？幸好在她无家可归时，遇到了她今日的这个人美嘴甜的厉害嫂嫂！她不知道自己是不是上了当，反正，那个新婚之夜，她一下子变得那么软弱，像要被宰割的小羔羊，麻木地度过了改变自己性质的一夜。平心而论，郑贵贵比马木匠强，而她总有一种深深的负罪感和疼痛，她的心中盘着一根祖辈传下来的绳索。

或者马木匠不应该回来，不应该突然出现在她眼前……要知道，她才成了郑贵贵的新媳妇啊！咫尺之间呀！

马木匠重新离家出走的消息传到她耳里，她哭了，是那种更难受、得到安慰的哭。山妹相信马木匠是因为她而走的，马木匠心里还有她。泉水满盈则溢，感情到了顶峰希望找个人倾吐，在两河村，她觉得最值得信任的应该是韩香香，她想去找她倾吐。可是，她哪里知道：此时的韩香香正在感情的漩涡里呢！

3

韩香香是半年前嫁到两河村来的。

缘分还是那场大水。韩香香穿着马青儿的衣裤从马木匠的床上跑回去，她爹立刻神猜鬼疑。那个绰号"酒壶子"的韩老大，因为二两烧酒，什么事都马马虎虎，曾经在深更半夜喝醉了酒，又哭又唱，跌在泥塘里，淹个半死，抹着眼泪咒骂穷日子……喝酒，把志气、雄心、勉强能够赖过去的日子喝得山穷水尽，女儿也几乎被他喝成裸体，他倒迷迷糊糊地心安理得。一旦女儿有了异样，穿了别人的衣裤跑回来，他顿时觉得自己的女儿"拐"了。马上警觉起来：大女娃子千万做不得伤风败俗的事，穷归穷，这老脸可是要的！他追问女儿。韩香香哭了，骂了，弄得他晕头转向，半天回不了神，拿不出什么良策，只怨老妻死得太早了！

韩老大说不尽的伤心和苦恼，越发疑心：那不动烟火的事谁守得住哇？唉！女大难管啊！恰巧，郑婵英到韩家的隔壁走亲戚。韩老大对她的走运，能够嫁个在人前风光的生产队长，既羡慕又不平，想到自己的女儿，心头就火辣辣的，仿佛捧着一个成熟了的蚕茧，生怕时间长了蚕蛹咬穿洞，坏了整个一盘丝。他坐卧不安，央求隔壁的冉三嫂给郑婵英说，请她搭个桥。郑婵英乐于成人之美，当即便"牵"给在铁路上工作的道班工，每月有固定工资收入的王二。

女婿第一次上门就深得老丈人的欢心，那多亏郑婵英的心计——四瓶泸州大曲酒一肘肉，叫韩老大灰浊的眼睛笑成了一条缝，也叫队里的人伸舌头。同时，一套入时的花呢布料也让韩香香感情上过得去。当日款待女婿，因为有郑婵英陪坐，从不沾酒的韩香香竟被劝得喝下两杯，醉了。太阳偏西，郑婵英走了，把王二留在那儿。韩老大陪女婿喝酒喝到月儿挂上树梢头，他却醉醺醺地走了，到集体牛圈房里去睡，把女儿丢给王二。

韩香香却喊"亏了"。王二比她大十多岁，这老牛啃嫩草的事啃得她实在不愿意，后悔当初不该太轻率，太傻。要跑就该跑出去，不该半推半就给了他……醒来懊悔已经迟了，吞下的苦果子吐不出来！嫁就嫁咧，算是吃了哑巴亏，却偏偏让自己知道了，从水中把她抱起来的是马木匠，如今同住在一个大院子里，这有多冤！

从此以后，韩香香的感情失去了平衡。

错点了鸳鸯谱，韩香香打心眼里嫌弃王二。"长不像冬瓜，短不像葫芦，做爹呢，倒嫩了点儿！"因为感情上的负荷，夫妻之间就隔了一层纱。韩香香极不愿意在人前和王二待在一块儿，她觉得那太委屈了自己；一块儿睡觉，那种受欺辱的感情就更重了，常常从心底里生出反抗。王二对韩香香百依百从，像对待娇生惯养的女儿，但内心里却自然而然生发着一种怨恨，一种无可奈何的苦恼和男人对女人的猜疑心，夫妻间酝酿着一座火山。

韩香香的心事不可言状的苦涩，充满了青春激流被压抑的深深苦恼，感情的负债太重。她对马青儿有一种特殊的感情，看见马青儿她就想到了马木匠。她渴望知道马木匠是怎样把她从大水抱起来的，怎样把她衣不遮体地弄到床上去的——一想到这，她就涌起一种难言的羞辱。当时，她是"睡"着了，什么都不知道，马木匠还做了什么，在怎样想……这一切，都侵扰着她，使那颗本来就不平静的心更加不平静，激起一种要马木匠彻底"坦白"的强烈愿望。而马木匠长年不归家，也引起了她那种女人的疑虑和猜测。那次在深泉边相逢，她不认识他，恼怒而戏谑地"还"了他一石头，溅了他一脸的水，而当她知道是马木匠时，感情的闸门立刻打开了：她得问他！可是，一旦挡住了马青儿，舌头又"僵"了——怎么去找马木匠呀，难以开口哪！第二天，马木匠又走了，她觉得，马木匠欠了她的债，她对马木匠有一种恨，深沉的恨，却又不是恨。

往昔的事，马木匠没有告诉马青儿，她也没有露过口，整个两河村，只有她和马木匠心里知道。

4

人的感情无法用天平衡量。

王二有一个分居的同父异母的兄弟叫王春，比他小十三岁，也就是说，刚好和嫂嫂同年龄。韩香香对兄弟俩的感情截然两样。感情失调的韩香香，把女性的温情和关心倾注到了中学毕业回家的王春身上，渗浸着一种母爱。

马青儿是王春小学时候的相好同学，正热恋着王春。韩香香从内心里真诚祝福马青儿，却又妒忌马青儿，有一种难言的失落感。因为这，她当着王二的面，公开把王二给她买的议价米给了王春，让他度过断炊的难关，使王二心里很不是滋味。韩香香的感情"错位"越来越深地刺伤着他的心。

王春和马青儿都在韩香香心里。七月的一天下午，她只身在湔江河里洗澡。两河村的女人中，她是出了格的，她敢毫无顾忌地穿着汗衫和叉裤在大河里洗澡，这简直是对偏僻乡的挑战。远远看见王春和马青儿从霞光斜照的河堤上走过，玫瑰色的天幕上贴着一对亲密伴儿的剪影，她心里不觉生起淡淡的苦涩和惆怅。一会儿，马青儿走了，韩香香从水里起来，站在沙滩上等着王春过来，她心里有话要问他。河水流着鱼鳞似的金波。太阳的余晖中，韩香香的各部分轮廓都非常清晰，洋溢着青春的活力。她拧着乌黑长发上的水。

王春走上沙滩，突然发觉嫂嫂站在那儿，几乎吓了一跳，有点儿手脚无措地站住了。韩香香见王春那副神情，不觉也有点不好意思起来，但涌到嘴边的话还是要问："马青儿答应了吗？"

王春茫然，不知怎么回答。

韩香香嗔怪地说："我问你们两个讲恋爱的事呢！她怎么给你说的？"

王春的脸红了，支吾着："她……没说什么，我不晓得她是不是在和我恋爱……"

"我的妈，你傻到家了！"韩香香叫起来，"你把话挑明呀！不懂女人的心，你呀！……王春，听我说，你要多体贴她。她是真心的，我知道。那么大个姑娘，她哥走了，没一件打扮的衣裳，你应该为她……"说到这里，韩香香心里突然不是滋味，她意识到马青儿无换洗的衣服有她的原因。提到衣裳，王春为难地看着嫂嫂。韩香香明白：王春哪里拿得出钱？别说靠嫂嫂周济方才度过断炊难关的王春，在那个时候，整个两河村的人家谁都过得很艰难，恐怕只有韩香香的生活还过得去，因为她有个有固定工资收入、巴心巴肝疼她的丈夫。韩香香没说什么了，对王春正色说："衣裳的事有我操心。你可别欺负她！马青儿是个好姑娘！要不，我不饶你！"

把拘束万分的王春打发走了，不知怎的，韩香香觉得浑身一点儿力气都没有了。

王二心里窝着火，对韩香香是又恼，又疼，又恨。要打，不忍心，疼得很；疼得很，忍不住想打，打得她求饶，却又不忍心下手……惹得不顺心，韩香香拿软法惩罚他：三天五夜叫他单相思，几日归家一次的王二渴望、心慌、烦躁、恼恨，终于扎扎实实捶了韩香香一顿。韩香香哭了一夜，睡了三天，病了。

打了心疼，后悔，怄得揪心剜肝，像哄着小妹儿，求饶的话儿说了几大筐。韩香香一声不吭，"唬"地扭过身，屁股朝着他。胸脯抱得紧紧的，两天不吃不喝，病得很重。王二像掉了魂，不去上班，守着"小妹儿"。第三天早晨，好个大晴天，大院里喜鹊喳喳叫，没辙了的王二决意送韩香香到牛头镇去医病。哄、劝、央求，好一阵子韩香香才"嗯"了一声。王二再三思虑，怕把"小妹儿"摔了，不用自行车，改用乡间的鸡公车，精心布置，收拾得犹如高等卧车，站在院子里等待着。千呼万唤始出来，经过一番打扮，脸儿有点苍白的韩香香更加楚楚动人了。可是，王二刚刚摸着车把，韩香香白他一眼，突然不去了。她站在屋檐下，阳光里，亭亭玉立的影子长长地落在窗下看书的王春身上。

王二急得束手无策。

"王春，推嫂嫂医病去！"他突然喊。

王春一怔，韩香香也一怔。

王春不知如何是好。王二说：

"王春，你就帮我一回忙吧！"

韩香香心里骂："王二，你呀，比猪还蠢！像个男人吗？"她是不愿去的。这天底下哪有没结婚的小叔子推年轻嫂嫂的？不过，韩香香到底是韩香香，凭她的性格，有啥不敢去的？为了赌气，她真的坐上了王春推的鸡公车。脚正不怕鞋歪，我心地纯净，怕什么！

就这样，阳春三月，王二站在龙门口，望着王春推着韩香香，悠悠蓝天下，车声"妹儿……妹儿……"，渐渐被金黄的花海吞没了，鸽子在头顶上盘旋着，哨声传得很远很远。

人走了，王二心里的五味瓶子打翻了，他恼恨悲怆地"呼"一声拉上门，骑上自行车走了，仿佛永世不愿再回家。车，辗碎了一路花瓣，也辗着心。

5

韩香香和王春午后两点钟才回家。在牛头镇上，韩香香给王春买了一套衣服，给马青儿扯了两截上等布料。在众多的生人和熟人眼光中，王春一张脸通红，像个大姑娘，韩香香却是神态自若，骂王春："你这是怎么啦？"她骂着用惊奇眼光瞧他们的人："少见多怪，八辈子没见过？神经病！"骂他们"心术不正"，用一种挑战的眼光回敬。

韩香香的病终归好了。然而，小叔子和嫂嫂赶了一回牛头镇，鸡公车"妹儿……妹儿……"唱了一路歌，嫂子给兄弟买了一套新衣服……惹起了两河村的种种舆论。马青儿也咬着嘴唇发出了几回愣。韩香香气得抹泪。王春把买的衣服退还给了她。

韩香香气白了脸："好没出息的你！"恨不得要撕了衣服，看着王春那寒酸的样儿，心又软了，一把塞给他，推他个趔趄："你走，走！"

她哭了，哭得断人心弦，是那种遭冤屈不被理解的痛哭。从少女到少妇的种种辛酸都顺着泪水往外流淌。

王春像个傻子，呆了。

夫妻间的那座火山终于爆发了。

王二辱骂韩香香："骚货！……"

韩香香的头轰轰乱响，浑身颤抖着，她气懵了。突然，她扑上去，被红了眼的王二按倒在地，像马一样骑着，拳头在高耸有弹性的乳峰间擂打。韩香香痛得钻心，她没有哭，没有喊，也没有求饶，默默地承受着。她痛得快昏过去了，狠狠咬了王二一口。血，流在了她被撕烂底衫的雪白胸脯上。

王二叫了一声，跳起来了。

韩香香从地上撑起身子，咬住牙奔过去，抓起雪亮的菜刀……王二一惊，看见菜刀朝韩香香的咽喉抹去，他吓慌了，猛冲过去，拼命抱住韩香香。韩香香挣扎着，咬他。他忍着痛夺下了那把菜刀。韩香香瘫了，无力地倚在碗柜上，眼光痴呆……突然，她打开碗柜，拿出王二喝剩下的半瓶酒，像喝水一样倒进了口里。脸，立刻充满了血。她脱着衣服，一件一件地扔在王老二面前，只剩下贴身汗衫和叉裤。

王二被韩香香弄呆了，直到韩香香摇摇晃晃朝门外走去，他才喊："你要做啥子？"

韩香香倒在了门外。

6

韩香香病倒了。这一次是真正的彻底的害病。她太冤了！究竟应该怨谁恨谁？她说不出。反正她是进了一次炼狱。她付出的代价太大了！

因为误听了不实的传闻，马青儿出走了。临离乡时，竟来向她告别。她想哭。马青儿把锁门的钥匙交给了她："姐，我走了。钥匙给你，等我哥回来……你多保重！"

韩香香默默地接了，接下了马青儿交给她的一个家。当时，她心里硬着泪水什么也没说，过后她才感到吃惊：那马青儿意味着什么呢？自己多傻，不如一个十八岁的姑娘！她知道，三天前马青儿收到了木匠的一封信。马木匠写了些什么呢？韩香香的心有些忐忑不安了。

马青儿出走之前，韩香香回娘家办了父亲的丧事归来，王二便和她离婚了。

也许，王二是用离婚来逼她"改邪归正""回心转意"，谁知韩香香却是那么认真，一点儿也没有向他示弱，那么干脆就和王二离了，挺着胸脯走出了决定她生死的大门，没有丝毫留恋。望着她背影的王二想哭。

其实，韩香香还是有些后悔，对丈夫的情意还是有的，千丝万缕一刀哪能割得断？何况，她明知肚子里已经有了，王二已经在那肥沃的土地播下了种子。当晚，王二还希望和她最后同床告别，她坚决地拒绝了，把王二狠狠推出了房门。她在哭。

他们办离婚手续，王春在家准备行装，她回家，王春走——小叔子在恢复考试制度的高考中中了"状元"。可是，王春根本没有来看一眼嫂嫂，头也不回地走了。韩香香伤透了心。

这时候，偏偏有男人的信交到了她手里，那是马木匠寄给马青儿的，无人收，郑婵英转交给了她，正是韩香香离婚以后，狠着心打了胎在床上躺着的时候。一种女人的猜疑和好奇心使她偷拆了马木匠的信。顿时，她掉进了感情的激流中，喘不过气来，在月亮之乡带上了一个建筑队的马木匠，至今还爱着她，想着她，两次出走都是因为她……马木匠向"妹妹"吐露了前前后后的真情。天哪！

韩香香晕眩了，被羞臊和相思的火烧着，又抗拒着……烧得太难受了！那一夜，她梦见自己被马木匠从大水里抱起来，把她紧紧抱着，她喘息了，却离不开马木匠！"我……我……"她想喊，却在他怀里哭了，头上是金黄皎洁的西昌月，偏偏不是两河村。

7

两个女人紧紧依偎在一起，月光透过窗户照在韩香香和山妹身上。在这初夏之夜，一对女友互诉衷肠，心儿相贴。然而，说到两人共同的隐私处，谁都难以开口。

深秋之后的两河村，生活突然发生巨变，正在重新组合，农村体制改革敲着各家各户的门。

一个偶然的机会把韩香香和郑贵贵系在一块儿了。生产队那个濒于倒塌的小砖窑，跟土地一样，突然要让人承包了。郑婵英耍了点小心眼，要牛富贵手腕朝内弯，把小砖窑承包给郑贵贵。老早就把郑贵贵迁到身边的她，有心给娘家兄弟一个大便宜。可是，在那个崭新的早晨，人们似乎有些眼花缭乱，尽管郑婵英急得心要跳出来，望着那冒不出烟的窑堆，郑贵贵仍然迟疑不决。对婆家大姐深有成见的山妹，冷漠地瞧着牛富贵和郑婵英，不吐一句话。

韩香香站出来了，说："我和郑贵贵承包！"人们（特别是女人们）对韩香香的胆识和鲁莽不胜惊讶，却报以一连串掌声。事情就是这么简单，简单得掩盖了复杂。

土地下放承包了。容纳得下七八个人做工的砖窑一日之间换了"窑主"，谁也没料到名声已经开始狼藉的韩香香竟有一手"绝招"：能顶替窑师看守窑火！火，熊熊地燃烧，烧出一批新的群体，却也像窑渣一样，烧出一个韩香香做梦都没想到的话头在两河村暗暗流传："夫妻窑"。

韩香香的掌窑技术是向一个掌窑师学的。那时家中缺米少柴，她经常到窑上去拣二煤炭，帮掌窑师做了不少事情。无儿无女的老头子非常喜欢这个勤快泼辣的少女，向韩香香传授了"掌窑的真谛"，却没想到"徒弟"真的在若干年后掌了窑。韩香香又给郑贵贵传了"真经"。两人轮番日夜守在窑窝里。生活突然有了新的生机，潜在的追求在袅袅高升的青烟中得到满足，冷却的心在窑火呼笑的窑窝里开始温暖，韩香香俏俊的脸儿荡漾着春风了。可惜，她没有看到：来砖窑上给丈夫送饭的山妹是怎样的颜色，向窑窝里的她投来的是怎样的脸色——既鄙弃又怨恨！

韩香香明白了，她想哭！人为什么会这样？就不能纯洁一点儿吗？我韩香香不是那样的女人！而她没法和山妹说。

风言风语藏在山妹心中。马木匠和韩香香在河边的一段"艳遇"，韩香香和小叔子的"私情"，此时和丈夫……都一股劲儿在心里撞击，翻腾，莫名其妙的，像一团理不清的乱麻，将韩香香一个劲儿地冤屈下去，逐渐化为女人对女人深沉特有的恨，山妹心中燃烧着炉火，在铸烧着一块新丕……

韩香香望着欢笑的窑火，那春意盎然的脸被映得通红。渐渐地，那浅蓝色的炉火化成了深湛的水，清澈，明洁，炉膛好深好深，是回水凼，县城中学背后柳树拥抱的河湾。一个高年级的男生为了保护一个低年级的女生，任冲来的同学用稀泥涂、土块砸。他不躲闪，紧紧护着，她躲在他怀里……她是推荐上中学的，他是考进去的。因为那件事，她回家了，他也回家了。她是无法读书，他是被学校开除的。水与火交织着，变幻着……这就是生活。

夜深人静时，静静坐在暖窑窝里的韩香香，脑海里突然涌现出少女时的境遇，而且那么清晰，带着春情欲动的潮儿，连她自己也感到吃惊。如果在承包时冒出来，恐怕韩香香也会犹豫不决了。但毕竟是美好的回忆，那种苦涩的美好。

8

　　遗憾的是，这种美好很快被苦恼和痛苦代替了。那是在天亮后韩香香和郑贵贵拖着架架车从县城拉小砖机回来。

　　头天晚上下了雨，当天却是炙烧得人们汗如雨下的大太阳。他们饿着肚子，负着重荷，在烈日下像一对牛一样，前面是有坑凹的长长的路，身后是走过的脚印，泥路上两道深深的车痕……只着一层纱，和男人一块儿拉车，对一个单身女人来说，确实有点儿说不出的尴尬。有什么法呢？新接的摊子，创业啊！韩香香一直感到羞赧，或者是昨夜回忆的影响，幸好乌黑的长发飘落下来掩饰着脸上的红晕。而她的心是坦然的，真的，她不怕人们的眼光，只是走过县中学门口和繁华的街道，她出现了几次潮热。这世界上本来就有男人和女人，也没有人能把地球砍成两半，男人女人理应分开，男女一块儿不见得就不清白了，就像这车轮，缺了哪一个车子也走不了路……想归这么想，而一回家，又累又疲乏中了暑的韩香香差点昏了过去！——因为她和郑贵贵同路拉车，山妹和丈夫打架了，而且当着众人在砖窑上！山妹把心里久堵的话像堰水一样倾了出来，斥责得她有口难辩，无地自容。她穿着被汗水湿透的衣衫，浑身无力地倚在窑炉上。她的心太累了，太酸楚了！

　　韩香香含着热泪，离开了为之付出心血和汗水，开始兴旺的砖窑。山妹和她成了仇人。

　　山妹也要离开自己的丈夫了。韩香香气极了。她在村口的深泉边拦住了山妹，胸脯急促地起伏，谴责山妹："你就那么没良心，没感情？心胸就那么狭小？你凭啥要这样做？要走？"

　　山妹冷冷地说："别管我！管住你自己！我让开，免得碍着了你！……"

　　韩香香的心被抽打着，她险些控制不住感情给山妹两耳光。她噙着泪说："山妹，你别冤屈我一辈子了！亏你还是个女人，连一点女人的感情和同情心都没有！我给你讲不清，我屈死了！你总有一天会明白的！你转去……"

山妹的泪水也涌出来了："你好，算我命夯……"

"命？鬼相信！把人害死了！山妹，你听我说……"

"你别挡住我！"山妹带着哭声喊。

"你敢走！"韩香香拼命拦住她。

两个女人扭着，推拉着，一块儿落进深泉里，落在那盘结交错的青藤中间……

因为韩香香的阻拦，山妹没有能离开两河村，带着夫妻间新的裂痕回到了郑贵贵身边，她走上了响着砖机声的砖窑，代替了韩香香的身影。

9

韩香香回到了她的责任田里，伴着朝霞和夕阳耕种。而这块土地太小，容纳不下她的希冀。她的感情是苦闷的，骚动的，顽强地渴望着，要进行新的开始。

韩香香的责任田和郑婵英的责任田接壤。有一日，明明她在理麦沟准备播种，郑婵英无意间说了一句嘲弄的笑话："韩香香，你那'田'白着不可惜啊？"韩香香勃然大怒，火烧得心头难忍，她咬紧牙，抓起田边堆草垛用的铁草叉，猛然朝郑婵英叉去，郑婵英吓得白了脸，死死地抓住冲向胸前的铁草叉，惊呼着："韩香香，你疯啦？……"

郑婵英丧魂落魄逃回去以后，韩香香懒得播种了，收拾工具回家，在床上痛痛快快地哭了一场。

韩香香是在等待，等待谁呢？她说不出。不久，韩香香收到了马青儿从深圳寄给她的信，紧接着，王春的信又从北方一所大学的校园里飞到了她手里。他们都以一种新的观念原谅了"嫂嫂"，祝愿"嫂嫂"在开放改革中开始新的生活。手中的三封信把韩香香推进了从未经历过的感情浪潮中……她迷惘、思索、希冀，从而去找瞎子，偏偏算得怒从心头来——她不那么傻了，世上的事都是因果，命运的好与坏还不是因为自己！

马木匠的突然归来，使韩香香乱了方寸。她醒悟了：在她心里悄然播下爱情种子的是马木匠！经过曲折和"冬眠"，这颗种子开始发芽，伴着叫人难受的春情蠕动。挣脱马木匠的"拥抱""逃"回来，韩香香久久心神不宁，孤单单地在王二留给她的茅屋里（这是作两年妻子的报酬），感到一种留恋，觉得缺少了一点什么。村子里的崭新变化，使她的心越来越不平静，她受着感情的折磨。

突然，马木匠推门进来了。一刹那间，韩香香有些慌乱，心狂跳不已。她没有说话，默默地看马木匠一眼，那眼神是那么深沉，那么复杂，是她的全部语言和感情。

马木匠坐下来了，像一个孩子回到母亲身边，呆呆地坐着，显得可怜巴巴的。他喃喃地说："香香，我成一个人了！"

韩香香的心猛一震，瞟他一眼，嗔责地说："我不也是一个人了？"一阵潮热控制了她，"那你今晚就在这儿……吃饭吧！"

说完这话，她像鼓足勇气越过了一道难关，忽然感到心剧烈跳动后的疼痛。她倚在窗口上，等待着。窗外，牛头镇方向一片灯火，小镇辉煌，孕育着更新的变化。

一个早晨，山妹站在青烟袅袅的砖窑顶上，天际是灿烂的霞光，像春天的野樱桃林。大堤外，湔江河以新的气魄在向前奔流。一辆汽车从眼前过去了，那是从两河村出去的，开往一个大建筑工地。当山妹看清了车上的一男一女是马木匠和韩香香时，心里不觉涌起了新的苦涩和失落感。

第三章　苍生厚土

1

两河村的妇女主任曹霞是村干部中第一个主张土地下放的。那时，党中央还没有正式下达文件。她说，不应该吃大锅饭了，分了田耕种大家舒心，她也不用再兼任生产队的粮食保管。不管那个驻村的镇干部怎样批评，怎么引导，她都坚持不变。她说，她讲的是社员的心里话，不分田到户永远穷困。哪有一成不变的，驴还晓得解套呢！

驻村的镇干部火了，拍案而起，问她："你是不是党员？"

曹霞说："是！"

曹霞说她没有错，正因为她是共产党员，她才敢说真话。

曹霞因此在党员会上受到了严厉的批判。而她，仍然不认错。驻村的镇干部很惋惜，说："没有办法啦，等待撤职和接受党纪处分吧！"

曹霞离开会场以后，独自走在静夜的田野里。她的心很沉重，眼内含着泪水。

在那些日子里，是曹霞处境最艰难的时候，年轻刚强的她第一次感到人生的失落。

郑婵英的消息灵通，知道以后，为曹霞不平。可是，她想不出愤怒讨伐的招，气得骂女人的粗话。她找到韩香香，一块儿去安慰曹霞。

曹霞说:"没什么,我和山妹都是大山里来的,大不了回老家去挖山地。"

日子过得相当漫长,曹霞的遭遇揪着大伙儿的心。大约过了一个多月,一天下午,郑婵英高兴地跳了起来,那神情好像回到了少女时代的疯狂。她拉住曹霞,嚷:"你听见中央台的广播了吗?十一届三中全会!你没有说错!"

曹霞也听到了,她开始苍白的脸又有了红润。

曹霞和郑婵英都爆发了青春的活力。

郑婵英说:"太高兴了!我真想把你拉到河里洗一个大水澡!好好地释放释放。"

曹霞说:"冷死你!"

当然是说一说,在那样的天气里,还穿着秋衣呢,谁敢下河去?不要命了,才敢像郑婵英说的那么疯狂!压抑久了,确实需要释放,曹需也稳重不住了,在郑婵英的怂恿下,她和郑婵英带了一瓶白酒和炒花生,来到了韩香香的家。郑婵英还买了几支红蜡烛。

那时的韩香香还是寡女一个。

人是会改变的。谁也不会想到在那个偏僻的乡村一角,会有历史性的破天荒聚会。

郑婵英把红烛点燃了,烛火摇曳着,开出了偌大的灯花。喝了酒的韩香香也戏谑了。她说:"郑婵英,你干吗点亮那么多烛呀!一人两只,像出嫁似的!"

郑婵英说:"嫁谁呀?"

"嫁你!"

郑婵英没好话:"我?谁该嫁呀?问个儿!喂,马木匠,你嫁不嫁?"

韩香香擂她,说:"你以为我不敢?"

夜里的释放聚会,三个女人都有了难得的疯狂。曹霞喝酒厉害,醉来像漫山遍野的野樱桃花。郑婵英醉趴下了，说女人的傻话、胡话，倾倒得淋漓尽致，流露出了年轻女性纯真动人的一面，她并非人们心目中判定的那个女人。

嫁与不嫁，是她们的内心世界。

简陋的茅草屋，爆着灯花的红烛，女人们都很真实了。月亮很圆很皎洁，原野非常寂静，连偶尔的狗叫声也显得特别遥远。川西坝子似乎刚刚从历史的深处走来。河水流着，带走了月光和曹霞拉着郑婵英夜归的脚印。

难忘的一夜，一夜之间改变人生。

曹霞那"倒退"的"错误思想"打了个转儿，她成了庄稼人心目中的先哲、时代英雄。由于她太"超前"了，有些"异类"，各级干部都不评价她，曹霞还是那个曹霞，女共产党员。

曹霞不在乎人们怎样评价她，没心思没时间去想。她很忙，忙得屁股瓣儿颤动。作为卸任的生产队粮食保管，她得在干部和社员代表的协助下，清算公布所有的粮食账目，处理集体现有的种子、粮食，好像在为即将成为历史的一种体制，做最后的告别晚餐。

郑婵英问曹霞："你不留恋吗？"

"有啥可留恋的！"曹霞说，她早就不想干这烦人的保管了！这是郑婵英知道的，是一种解脱。

郑婵英嘴里无所谓，心里却暗暗有个结：丈夫的那个小小的官位还有没有希望？

2

留恋"大锅饭"的，是给集体喂养耕牛的韩老头，韩香香的那个爹。

颠倒了的日子被颠倒过来，庄稼人的心里总像揣着活泼蹦跳的兔子，有月亮的晚上，刮风下雨的晚上，或者星斗满天，睡不着的人多着，老两口说这说那，从土改到食堂再到分田到户，一路走来，几多酸甜苦辣。年轻的两口子，说得疯，笑，再也睡不着了，不用安眠药，反正精力旺，折腾够了，一觉睡到大天亮，早出的太阳晒了屁股，这才兵荒马乱，匆匆穿、洗，赶到生产队的晒坝去开会，讨论分田到户的天大事儿。

往日晒粮食的大晒坝，座无虚席，老老少少，男男女女都来了，叶子烟裹得赛炮筒，烟雾阵阵，喂奶的娘们儿也不害臊，金奶银奶，乳房扯出来塞进孩子嘴里，不放弃发言的机会，往往语出惊人……你一言，我一语，争论，拈纸团，决议，散会。扛丈弓的丈手来了，跟着往田里去，默默地数弓，并不会计算，却要拾个瓦片什么的在地上划，或者紧盯着记数的干部，生怕有什么猫腻。

养牛房的耕牛折价卖出去了，买了的人按号数到牛圈房里去拉。韩老头堵住牛圈门不准牵走，大喊："这是集体的财产！"

可是，谁听他的呢，反而觉得这个不参加开会、没酒嗜酒、既顽固又可笑的老牛筋，是刺笆笼里的斑鸠，不知春夏。懒得多费口舌，开天辟地，买了就不再是集体的了，属于自己的私有财产，只管从老头子手里夺回牛鼻绳，匆匆拉出门，似乎迟一会儿就会变卦了。一根，两根……当最后一条耕牛被拉走的时候，韩老头的双手已经让牛绳勒出了鲜血。他"咚"一声跪在地上，哽咽着喊："你们把集体拆散了！"热泪流在脸上。

人们看到他，没有话可说了，觉得他很可怜，又有些心痛。

紧接着，牛圈、牛房、生产队的保管室也要"拍卖"了。干部想到韩老头在养牛房里度过了十多年，就一个孩子也该成年娶妻了，给他优先，降价让他先买。可惜，他不要，仍然固执地认为这是拆散集体，大逆不道。郑婵英代替丈夫出面了，被韩老头抢白得俊脸儿绯红。她叫曹霞去给老顽固讲清楚。曹霞体味到了韩老头的那份比山高比海深的感情，带着晚辈的深情给他说啊，讲啊，他总算听懂了，摇头说，他不买，没有钱买，也不忍心买。他眼睁睁地看着牛圈、牛槽被搬走了，他睡了十多年的棚子床被拆垮运走了，屋里空空的了。最后，他抱着自己的被盖走出来，不忍回头去看。

韩老头一下子变得十分衰老，抱着很旧有补疤的老棉絮被盖，跌跌撞撞往早已忘记的家里走。看着韩老头的背影，曹霞的眼眶不觉湿润了。

韩老头回到空空荡荡的家，觉得太陌生了，似乎走错了地方。他把被盖扔在女儿曾经睡过的床上，倒下去，许久没有起来。

划分承包责任田的时候，有郑婵英发话，对韩老头是格外照顾了的：韩香香是嫁出去的女，泼出门的水，就他和儿子的责任田，没有叫他拈纸团，而是破例将他土改时分到的"肥水田"划给了他。当时，他并没有表示感谢，神情很木讷。从牛圈房回去以后，他睡到晚上，然后到他分到的责任田去了。

夜是清朗的，有半明半暗的月亮。土地湿潮，散发着淡淡的气息。韩老头坐在田埂上，很久很久。他的屁股湿了，这才起来，用手挖起一块土，包在兜里，重新回到茅屋。

女儿韩香香出嫁以后，虽说同处一个生产队，但极难回娘家，因为家里没娘，父女之间的感情也冷冰冰的。儿子呢不知到哪儿晃荡去了，屋里越发显得空。韩老头搬出一个小凳，把泥土放在上面，像祭祀祖宗似的，虔诚地向天地作拜，对土地的感情刻骨铭心。

那天晚上，韩老头病倒了，发着高烧。他不时翻身，陈旧的木床"吱嘎吱嘎"地响，好像一只小木船把他载着，飘向远方。

饲养了十多年牛的韩老头，身体一直很健康，从不吃药。他也熬过大罐的中草药，那是用来喂病了的牛。此时，竟然病得那么厉害，在高烧中缥缥缈缈，他看见了早死的妻子。妻子骂他，说他心里无儿无女，只有牛。啊，他又看见了集体的牛，奔跑着，一条条离他而去……

那天晚上，郑婵英从河边回来，对韩香香说，她看见了鬼，水鬼，从河里爬起来，水淋淋的，都很年轻，一男一女，女的披散着头发。

韩香香很害怕，也不相信。

郑婵英说，信不信由你！她拉韩香香去看。

韩香香不敢。最后，她们攀上了曹霞。三个女人到了河边，什么都没有。

郑婵英坚持是"水鬼"。

曹霞说："你相信吗？是人！"

这太胆大了！再释放也不能这样呀！

幸好郑婵英撞上了"水鬼"，三个女人从河边回来，从韩老头的窗外经过，听见了屋内的呻吟声。她们匆匆地绕过半个院子，推开了虚掩的门，用抬筛把韩老头抬到镇上的卫生院去，这才让他捡回一条老命。

曹霞和郑婵英骂韩老头的儿子韩久，骂也白骂。那小子压根儿就不见人影。

3

韩久并没有离开村子，就在当天，县公安局突然把他带走了，在村子里引起了轰动。女人们一打听，方知与郑婵英在小河里看到的"水鬼"有关，保守的捍卫传统道德的老妇们，"呸呸"吐着口水，说脏死了，丢人死了，听到都不吉利。那个男"水鬼"就是韩久。女的呢，村里人如果凭空去猜，猜死祖宗三代人也不会有结果。她是韩老头邻居冉三嫂娘家的一个亲侄女，披着秀发，在月光下和一个比她小两三岁的浑小子，在亲姨家附近的小河里洗大水澡，真开了历史的先例，村里人说：不捉韩久，捉谁？别便宜了他！

还有的人说，那女娃子也应该拉出来示众，太伤风败俗了！

事情并非那么简单，蹊蹊跷跷的多着。

东窗事发是因为那个叫赵果的大女娃子一夜未归。第二天，爹娘"动大刑"，严加审问。可是，已经24岁的赵果并不怕，彻底豁出去了，只有一句话：这是她的事，没碍着别人，要杀要剐随爹娘的便！原来，赵果读书不成，想出去工作，也未实现，要嫁人呢，爹娘特挑，门槛高，一次次失望，眼看成了老女子，精神也似乎出了一点儿毛病，遇上猴精似的韩久，便来了大女娃子的疯狂，"疯病"也好了。她是压抑的青春释放。

粗鲁的爹没有良策，信奉不打不成人，把赵果痛打一顿。当娘的劫法场，救走女儿，抱着赵果，母女都在哭。娘问女儿：真的吗？赵果说，真的。怎么洗的？老老实实回答：只穿短衩裤。娘被唬住了，强压羞辱的怒火，再问。赵果说，和韩久睡觉了。在哪里？在韩久家。他的老爹呢？没看见人。

赵果的娘也想把女儿撸一顿，而她舍不得，赵果是她的心肝宝贝。当娘的遇上了人生的难题，不知道应该怎么办？作女的说，她要嫁给韩久。因为，他们背着双方的爹娘，悄悄恋很久了，恋得管不住自己了，才有"我嫁，你娶"，浪漫成婚。

娘说："不行，一朵鲜花不能插在牛屎上！"

女说，她会生娃娃的，生韩久的后代，非嫁韩久不可！

赵果的娘来找隔房的冉三嫂。

冉三嫂也无良策。冉三嫂的丈夫知道以后，马上自作主张，去公安局报了案。韩久是以"强奸"罪捉走的。

当天中午，得到消息的赵果就赶到了公安局，要和韩久一块儿坐牢，无论如何都劝不走。她说，她和韩久是海誓山盟的恋人，他们是睡了觉，那是她要韩久睡的，恋人的自觉自愿，韩久没有强奸她。男大当婚，女大当嫁，有什么错？天底下没有不准结婚的道理！再说，他们的家庭成分都是贫下中农，没有啥被限制的门槛！赵果还够厉害的，她要看宪法，看婚姻法。

办案的负责人有些恼火，说，并没有给他定罪。劝不走，就唬她，说：别妨碍司法。不然，连你一块儿拘留！

赵果说："我不是已经来了吗？"

没法儿，只好立马进行讯问，录韩久和赵果的口供，也让他们分头签了字。这事刚刚告一个段落，赵果的父母又赶来了。为了女儿的名声，他们一口否认所谓强奸之事，赵大嫂还在公安局痛骂冉三嫂的丈夫，说那胎神毁她女儿的清白，要与狗杂种没个完。

于是，又把冉三嫂两口子找去。冉三嫂没好气，骂自己的男人："被饭撑憋了，狗把心肝五脏掏了！"也否认"强奸"之事。报案的"二百五"被闹得灰溜溜的，还挨了公安局的训斥。

案情总算闹清楚了。公安局放了韩久，赵果拉着他闪电式地出了门。等赵果的父母担心大事不妙，迟疑一下追出去，早已不见人影。

4

赵果和韩久失踪了！

韩老头正病着，他说："随他，死鬼娃娃会飞到天上去吗？"

赵果的父母心急如焚。有人建议：上报公安局，说韩久拐走了你们的女儿！

赵果的娘一听就火，骂：馊主意！她说："再去公安局，我的赵果真没有了！"

两夫妻动员力量分头寻找，找遍天涯海角。寻找不着，恩爱的夫妻吵架。吵了以后，当娘的来找冉三嫂要人。

冉三嫂恰好一肚子气。原来，冉三嫂遇上了郑婵英。消息灵通的郑婵英早已知道抓韩久，放韩久，赵果拉走了韩久的事。她骂冉三嫂落井下石，助桀为虐，蠢婆娘，瓜婆娘。

冉三嫂既气又屈，和郑婵英吵上了。可惜，她哪是郑婵英的对手，郑婵英的伶牙俐齿把她气回了家。这不，找不着女儿的赵大嫂又登门问罪。于是，一个堂姐，一个堂妹同室操戈，兵戎相见。不过，到底是同姓娘家人，吵了以后又坐下来商量，如何找回与韩久私奔的赵果。也算是急中生智吧，冉三嫂说，问郑婵英怎么办？

"行吗？"

"试试吧。"

郑婵英来了，倒不计前嫌，却是笑，戏谑地笑。

冉三嫂说："死婆娘，你到底帮不帮忙？"

郑婵英说："帮！"

"能找到吗？"

"能！"

见郑婵英说得那么肯定，她们又怀疑了。深知郑婵英的冉三嫂，害怕郑大小姐的疯劲儿来了，把所有的人捉弄了。

郑婵英说，不相信拉到！扭头要走。

冉三嫂把郑婵英拽住，追问："究竟是真是假？"

郑婵英说："假的你也求我？"

冉三嫂瞪眼。

郑婵英拍了胸脯，包在她身上，但必须听她指挥。否则，各走各的道，谁也不认识谁。

最后，达成了协议：一切听从郑婵英的，简单归纳——要找到人，首先得顺乎那份情！

寻女心切的赵果父母，急得很，问郑婵英：怎样才能找到他们的女儿？郑婵英说，写"寻人启事"，四处张贴。这不是白说了吗？

冉三嫂说："郑婵英，你别骗人，寻开心！"

郑婵英嗔骂："如果我是骗人，你另嫁！"

冉三嫂差点儿气歪鼻子，到底依了郑婵英。新鲜的是，郑婵英所说的"寻人启事"，把赵果的父母吓了一跳。

郑婵英要求这样写：

恋得没治的赵果和韩久，因为度蜜月走失了，请两位恋人看到启事后立即回家，父母答应你们的婚事，决不反悔！如有知情者请给赵家联系，必有重谢，谢他喝三百杯（酒），当媒婆。

最后签上赵果父母的姓名，还要写上监督执行人冉三嫂的芳名。

冉三嫂真想动粗，而她不敢认真，害怕郑婵英一走了之。论格斗，郑婵英肯定是冉三嫂的手下败将，但她说了：把她惹火了，休想找到赵果和韩久，让他们当流浪夫妻，流浪到国外去，还"里通外国"呢！总之，折腾来，折腾去，三个大活人被郑婵英折腾服了。冉三嫂找来纸、笔、墨汁，郑婵英是才女，就按那个意思，由她执笔写出了那个天下奇文的"寻人启事"，一共四份，四份都要赵果的父母和冉三嫂签名，并且用印泥按上大红拇指印。然后，郑婵英趁热打铁，怂恿赵氏夫妇在村口的墙上、大路边的大树上把四张"寻人启事"张贴了。围观者络绎不绝，争相传诵，加上是郑婵英和冉三嫂带着人贴的，太有权威性了。

郑婵英说："走呗，回家去，很快他们就来了！"

冉三嫂骂郑婵英是"神仙"，能算得那么准！说："如果找不到人，找你算账！"

郑婵英说，找到了千万别反悔承诺，变人要守信用。要不然，谨防声名狼藉，害死赵果！她真把赵家夫妻吓着了。

5

冉三嫂也不是一盏省油的灯，在村里小有名气，回到家以后，她恍然大悟，在心里暗暗骂郑婵英："死婆娘，你把我们都作弄了！闹得脏兮兮的！"而她不敢声张，既急又气。还好，不出两个小时，赵果和韩久就揭了"启事"来到了他们面前。

两天不见女儿，如今见她与韩久同双成队。于是把赵果拉到一边去，一定要女儿说出这两天的经过。

赵果红着脸，既已如此，也没有什么可忌讳的了，她原原本本地告诉了母亲：他们就在附近，像郑姐说的，既然父母不让他们结合，还要"强奸"犯，他们真豁出去了，就作流浪鸳鸯，有灌木丛，有草垛，郑婵英大姐的院子后面有个柴房，恋得死去活来度蜜月……现在，父母承诺了，说话算话，答应他们结婚！他们恳求郑姐作他们的"介绍人"（媒人）。还说，郑婵英已经答应了！

能有什么办法分开两个痴男痴女呢！"启事"不是启事，是向大千世界公布这桩离奇的婚姻，女娃子已经和韩久睡得滚瓜烂熟，再拖下去恐怕崽也有了，更气的还有了喝三百杯（酒）的媒人！当然，审视过后，觉得那个"偷花"的韩久倒也不错，配得上自己的女儿。

"结婚！"赵大婶喊。她似乎来了劲儿，也不管丈夫发怔不发怔，精神十足，就这么当众宣布了，要求是有的：一、韩久必须善待赵果，夫妻恩爱一辈子。不然，老账新账一齐算，决不轻饶！二、韩久必须到赵家当上门女婿，赵果不能穷个水冲光似的！她说一个条件，追问韩久一次，韩久每次都答应得干脆响亮。

大功告成，大获全胜的赵大婶带着丈夫、女儿和韩久，浩浩荡荡的凯旋而去。

郑婵英忍不住好笑。

冉三嫂说郑大小姐："你等着！"

那个韩老头气得不行。他不乐意白娶一个儿媳妇，认为丢尽了脸，在外打野，太不自尊！他决不承认，坚持贫下中农的志气，发誓不去参加韩久和赵果的婚礼，八人大轿也抬不去。

郑婵英骂他。他骂郑婵英。

曹霞劝他。他把脸掉向一边，老牛筋到底。

下了雨又出了太阳，郑婵英和冉三嫂被赵果风风光光地请去了，就落下个报"强奸"案的冉三。赵果和韩久坚决不请他，冉三嫂不准他去，他也不好意思去，自己酿下的苦酒自己品尝。

在婚宴上，赵果和韩久真心地感谢郑婵英，夫妻双双给他们的郑姐敬酒。冉三嫂拎着"喝三百杯"的话题，报一箭之仇，灌郑婵英的酒。郑婵英不傻，即使醉死也要拉上冉三嫂。结果，两个都成了风光无限的醉美人。

6

韩老头也在喝酒。这个守旧固执的老人公，养牛养痴了，把举行婚礼的一对年轻人看成了曾经在圈里喂的"牛"。他已经病入膏肓了，还那么倔强。他找出的那半瓶酒，并非琼浆玉液，而是普通的白酒，川西坝子的"二锅头"，烧冲子，从撤销养牛房时跟着他来了家里。重病的他，喝了两杯没有下酒菜的寡酒，开始云里雾里，分不清人生的春夏秋冬，缥缥缈缈直跟跄。

有着婚姻传奇，曾被扣在拌桶里，和下山女子糊里糊涂结了婚的"憨厚的牛"，刚好从门口经过，被韩老头叫住了。

干吗呀？"憨厚的牛"发晕，觉得韩老头怪怪的，似乎中了邪。

韩老头说："把我弄到我分的田里去！"他说，他要在那块田里安居乐业，和妻子长相厮守。因为，女儿嫁了，跟人（马木匠）跑了，儿子靠不住了。媳妇……呸，丢人！那块田原本就是他和妻子在土改时分到的。你懂那份感情吗？

"憨厚的牛"说"不懂"。他真不懂老一辈那种像鸡肠盘成饼的感情，但他懂得助人为乐。憨厚的人有憨厚的优点和要命之处，他也颇有聪明才智，知道怎么作了。他把韩老头的旧晒席扛到田里，搭一个简易金字塔似的棚子，然后扛去韩老头的床笆子，铺上席子、被盖，再把韩老头扶去，不忘捎去剩下的白酒。在田里安顿好以后，他对韩老头说：这儿很安静，今晚月亮真好。叔，好好守望！……

回家以后，"憨厚的牛"就是个忙，忙得把什么都忘了。到了晚上，倒上床就睡。睡醒一觉，他说："不对呀，韩老爷子不是早就死了婆娘吗？和谁长相厮守呀？不行，我应该去看看！"

妻子骂他："吃饱了撑的！人家睡觉你去看，霉死你！"

他想，老婆要"睡觉"，那就免了。他于是和妻子甜甜蜜蜜睡了个"蜜月"。天亮去看，韩老头已经死在了田里。

韩老头死得心满意足，没有遗憾。

"憨厚的牛"发憷，然后恍然大悟，说韩老头干吗不预先告诉他，太保密了！

曹霞赶来，痛骂了"憨厚的牛"。冉三嫂和郑婵英回来，也骂他。

"憨厚的牛"说自己太冤。他妻子说："冤死你！"

"憨厚的牛"被骂不醒悟。他说：是，韩老爷子死了。因为生活有奔头了，寻找老婆去了，老夫老妻的日子甜。

郑婵英骂他"有病"。三个女人也不想和"憨厚的牛"多说，人死了，入土为安，赶紧去把韩久喊回来。脚跟脚的，办了婚礼办葬礼，多遗憾呀！遗憾就遗憾吧，好像走路过桥，人生大概就是这样。

那韩久得到消息，啥话没说，马不停蹄地往家里赶。

赵果说："我也要去。"

他说："别去别去，老爸不满意你，见了面吹胡子瞪眼！"

赵果说："我凭啥犯了他呀？"不去就不去，她也懒得去尽那份孝心。韩久走了以后，她才反应过来，骂韩久：人死了会重新爬起来？给谁吹胡子瞪眼呀？不过，到底是人死如虎，她还真有点儿怕，不去省了那份胆怯。

韩久风风火火往家里狂奔，骑的是老丈人的老式永久自行车，加重型的，还驮了两个大筐。人的个子小，车却高头大马的，一个劲儿地冲，有点滑稽。到了村里，他首先遇见的是曹霞。那时已经在提倡火葬，移风易俗，火化免费，省了多少事。曹霞为他到镇政府办好了去火化的手续，正等他呢。

郑婵英和冉三嫂也想帮助他料理老爷子的后事。

韩久却不领这份人情。他直接骑车到田边上，把告别了人世的老爸抱上自行车后架，用被盖单包好，像捆干柴棒似的，牢牢地捆扎实，望望浑黄的苍穹，准备向二十多华里外的火化场进发。

郑婵英最先赶到，诘问他："你这就走啦？"

他好生诧异：不走干什么？觉得这个远近闻名的俏姐儿奇怪。

曹霞和冉三嫂也赶到了。她们的第一印象是：这个被韩老头放纵惯了的浑小子胡来，把安葬劳累辛苦一辈子的老爸，看成像起床睡觉那么简单，太不认真了！

那韩久也是村里的一绝，青出于蓝胜于蓝，有别具一格的遗传因子。他要那么做，三个俊俏娘们儿是挡不住的。可惜，他上车以后，起步慢了一点，被一个从院子里赶出来的权威老太婆拦住了去路。那老太婆也姓韩，算是韩老头的远房老姐。韩老太婆气得跺脚，险些儿打韩久一拐杖，骂："反了你！哪有这么葬老爹的！阴阳都不请喽，得给他开路嘛！二天他找不到路咋办？"

韩久说："笑话，我爹会迷路？"他说，他爹没患老年痴呆症。况且，还有他这个儿子驮着他去哩，再说……

不再说了，他瞅准个机会，一溜烟就跑了。郑婵英想起什么，喊了他一声。韩久也没听清，知道是郑婵英，倒是爽快地应了："姐！"把"姐"字说得很甜，很亲。

7

那天，韩老太婆的话不幸言中，真的迷路了，不是睡着不吭声的韩老头迷路，是韩久迷了路。他东奔西闯，连自个儿也不知走到哪里去了。没法儿，停下车问路，把别人吓得发晕。谢天谢地，总算找到了，功夫不负有心人。可是，时间已经够迟了。火化场的人检验正身，手续齐全，给以优先，问："骨灰盒呢？买高档的还是一般的？"

他说，没揣钱，老爷子就委屈了吧，用盛过化肥的塑料袋装。

别人吓了一跳，但也只好由了他。

韩久真没揣钱，那会儿他腰无半文，肚子饿了还马虎着呢。不过也好，回家的路上他没有后顾之忧，不怕打碎了瓦罐或木盒，骑着没有负重的"永久"，饿着肚子，一路狂奔。到了老爷子临死也在守望的田里，韩久傻眼了。老爸的骨灰？原来，那装过化肥的口袋有个大洞，网开一面，加上他没有把口袋扎好，经过二三十里碎石路的颠簸抖动，哪里还有骨灰！生他养他的爹娘，娘死得早，他不知模样，爹呢，就这么不辞而别了！

韩久有点儿想哭。男儿汉大丈夫的，他哭不出来。索性把还沾有少量骨灰粉末的自行车筐筐和化肥塑料袋放在田里，与"憨厚的牛"给老爷子搭的棚子、床和被盖亲亲热热的，点把火烧了，再一次火化。

那团火烧得熊熊的，像川西坝子里偌大的篝火。

韩久创造了奇迹，就这样安葬了老爷子。村里人骂他。可惜，骂也白骂，他当夜就骑着减负的自行车回了赵果的家。

赵果知道以后，也骂他。他特别温顺，任凭骂，任凭罚，只是心中有着暗暗的忏悔。夫妻到底是夫妻，赵果仍然给了他温情给了他爱。

那天晚上，那堆篝火熄灭以后，下了一场雨，韩老头一路飘飞的骨灰和烧尽的守望棚子，与土地融合在一起了，这是他生前对厚土的感情。

几天以后，韩久和赵果到村里来了，把韩老头留下的房子卖给了冉三嫂。因为，两家的房子相连，又是亲戚，价格也便宜，自然是水到渠成的事。冉三嫂两口子，因此背上了骂名。

跟随父亲穷了二十多岁穷出了传奇色彩的韩香香，十天以后才赶回来。她买了香烛纸钱，到韩老头死的田里祭拜，痛哭了一场。既然是嫁出去的女，泼出门的水，到这份上，老爸连坟茔都没有一座，她也就从此不回娘家了。

郑婵英说，她要痛骂韩久。可是，自从安葬了老爸，在村里见不到韩久了。即使被郑婵英撞见，他喊得那么甜，郑大小姐也不易真正动怒。

后来听说，韩老头死得那么爽快，还与队里的"名人"牛长生有关。

曹霞真想骂死他。骂管什么用？那牛长生就是特别，土地一下放，他反倒成了"明星特困户"。

韩老头死的那天晚上，满苍穹的星星，晶亮，簌簌往下落，也许是他那炮筒般的叶子烟熏下来的。吸叶子烟的火一闪一闪，似在呼唤生命，似在告别。

牛长生过去了。他和韩老头促膝谈心。他愤愤不平，说："干吗把集体的财产分给了地主（地主家庭出生的），他们又把田拿回去了！还买了牛圈房……"

韩老头开口答应着，因为被戳到了痛处，气愤在心头。后来，没声音了。牛长生感到没趣，心想："这老头瞌睡多，要睡就睡个够吧！"他起身走了。甚觉乏味的牛长生根本不会想到，韩老头已经不声不响的永远走了。第二天，直至韩久很雷人的把老爸安葬了，他仍然不相信韩老头死了。他说："死就那么容易，那么轻巧吗？没对！"

郑婵英把心中积累的火发泄到他的头上，把他骂成了七孔不响的闷葫芦。

郑婵英的骂，他忍着，还有点儿受宠若惊呢，即使不服也只能在心里嘀咕。

8

说起来也算奇迹，牛长生对远房的侄儿媳妇居然有一种说不清楚的情结。追溯起来，如果让郑婵英知道，肯定会有一番羞怒。

牛长生究竟是何年何月何日出生的，难以准确考证，村里人有个大概的印象，他比郑婵英年长三岁。因为他的爹娘在一年之内先后死去，最后一次端灵的时候，他刚满三岁，送葬队伍走过郑家院子的竹林边上，突然传出婴儿的哭声。那是郑婵英出生了。他一怔，扔下母亲的灵牌就往哭声处跑，被人抓住，重新把灵牌塞进他手里。

从此以后，牛长生对郑婵英就有那么一种感情，孩提不知，随着年龄的长大，心里就那么飘飘的，荡荡的，好像落进了郑婵英飘逝的红头巾里。阴差阳错，郑婵英嫁进了牛家，他成了远房的老辈子，得非常现实了。可是，他仍然有着淡淡的似依恋又不是依恋的情感，只是不敢说，埋在心底。如果说了，郑婵英决不饶他。

土地下放以后，离开了他相依为命、生活惯了的大锅饭集体，心里一下子空荡荡的了。是呀，要说单家独户，他牛长生真的够不上。在原来的生产队里，他不是强劳力，也不懂啥生产技术，就凭政治思想好，还能挣高工分，每年的报酬不错，差的是回到家，屋里空空的，找不到人和他说话，光棍的日子太寂寞了。如今，他觉得自己像没娘的孤儿。

牛长生去找郑婵英了，流露出那种感情。

郑婵英骂他："你是个男人吗？"

他不吭声。

郑婵英有了体量之心，把一些用旧的农具，锄头啦，粪桶啦，粮盖啦，能送的都给了他，扔下一句话：现在没便宜可捡了，自食其力，好好种那份田，没有翻不过的坎儿。

牛长生仍然不走，迟迟疑疑地待在郑婵英面前，有啥话想说又说不出口，倒吐不屑的。

不知为什么，郑婵英的脸红了，追问他："还想啥？不想说出来就给我出去！"郑婵英要撵了。

牛长生这才吞吞吐吐，结结巴巴地说："我想娶个婆娘！"

郑婵英气出了眼泪，抓起叉头扫把，将牛长生赶出了门。

郑婵英独自在家。撵走牛长生以后，差点儿哭了。不仅是羞怒，并且是侮辱。不过，郑婵英到底是郑婵英，是天地孕育的女人精魂，村里最聪慧的娘们儿。她骂自己蠢死了，干吗和牛长生计较，这不是自我作践吗？

人总是要生活，要活下去的，况且，在乡村里发生着巨变的日子，有多少事要郑大小姐去想，去做。有了理性的郑婵英，开始宽容和可怜牛长生了。无论怎么说，人家都没有想郑大小姐的意思，想有个婆娘，想成家立业，是一个被撵出婚姻殿堂的男人心迹。可她郑婵英能办到吗？她骂牛长生窝囊死了笨死了，是天底下男子汉的悲哀！她有对男人的同情心，在其他地方可以帮助，农具之类她不是送了吗，得寸进尺，还向她要婆娘！太欺负女人了！如果牛长生再向她开这样的口，她非打他的耳光不可！郑大小姐也真帮不了这样的忙。她曾经说过，哪个女人如果愿意嫁给牛长生，除非瞎了眼！其实，在牛长生向她开口之前，就有女人半戏谑半认真地对她说："郑大姐，给牛帅哥找一个，只要能生儿就行！"

她没好气："就找你！你嫁给他！"把那女人顶撞得半天回不了神，暗暗羞恼，骂郑婵英。

好一个牛长生，村里已经发生了巨变，他仍然沉醉在昔日的心态和生活轨道里。碰碰撞撞，到了而立之年，只有一个媒婆给他牵过老婆，就是曾经给郑婵英做媒，被郑大小姐抢白得灰了老眼的王大娘。她是作煤的专业户，上一回当讨一回乖，算是积累了经验。所以，在谋划牛长生的婚姻大事时，周密地进行了考察和论证，非常专业和智囊。至于报酬，她决不会要牛长生的，成人之美，做一件好事吧。即使有偿服务，凭女家的心，想给就给，不给算白跑路，人老了，练练腿劲。由于有前车之鉴，对两头都不声张，像搞地下工作，秘密接头。不过，对窝囊的牛长生，总是不放心，临走之前，精心策划，再三叮嘱，倾尽全力让牛长生有一番打扮，形象工程很重要，并且教了牛长生许多见面的诀窍。

牛长生问她："女娃子是谁？"

"去了你就知道了，还能配不上你？"

哪知，牛长生见了那个迟迟嫁不出去的大女娃子，扭头就跑，好像逃迟了会尸骨不全。那女子见了牛长生也竖眉瞪眼，连媒婆一块儿撵。好心好意的王大娘懵了，糊里糊涂的，跟着牛长生一块儿落荒而逃。出门以后，她才追问："究竟是怎么回事？是你偷了人家的鸡还是逮了人家的鸭？侮辱了那女娃子还是落井下石了？"

牛长生满脸通红，结巴得要命，好不容易才辩解清楚。原来，那是吃大锅饭的时候，他充积极，把在田里摘野菜的女子捉住了，不依不饶，拉别人去见生产队长，还扯烂了人家的衣裳，那女子气慌了，有一身虎劲，将他推翻在地，骑着他，淋他一泡热尿。那女子就是相亲的这个汪茵茵。

王大娘觉得好笑，笑了又气，饿了一顿午饭，气恼之余，她把牛长生被淋热尿的故事，随口乱讲，闹得老幼皆知。这一来，两个青年都被害了，男的难娶，女的愁嫁。好在那个时候剩男多，剩女少，那个敢在男子头上淋热尿的汪茵茵物极必反，后来居然嫁到镇上去了，单单剩下个牛长生。

剩男牛长生觉得没有什么，一个人清静，有集体那么大一个家，"大锅饭"吃惯了，虽然活路多一点，但不用他操心，田里长草长稗子都不需他去考虑，有粮大家分，缺粮勒紧肚子，公平。如今，分到责任田了，他倒发愁，年龄大了，想婆娘了。天上不会掉下馅饼来，他这才去向郑婵英"要"，偏偏不把话说清楚，让郑婵英白白的羞气了一回。

那些日子，吃大锅饭吃得精神有些麻木、有些依赖的牛长生，居然心也是荡荡的，好像被牛蹄踢醒了，知道人生远不是那么简单，村子里的快速变化让他有些不知所措，又似乎被彼丘特的情箭射中了，他真的想找人倾诉。

那天晚上，牛长生做梦了，梦见韩老头。韩老头絮絮地和他说对土地的感情，要和他畅饮那杯酒。他知道韩老头死了，扭头就走。转过身来，面对着郑婵英。郑婵英是女人，他不敢多看。缥缥缈缈的，他向汪茵茵求婚，汪茵茵骂他兔崽崽，却又要嫁给他。

那晚的峨眉月非常皎洁，月光照着新生的土地。

牛长生醒了，出了房顶有漏洞的茅草屋，在田野里坐了很久，也想了很久。这是一个中国农民对自我生存，对时代和命运的反思。

第四章　灵魂的归宿

1

在这片热土上，女人是多姿多彩的。又是春天了。春天是馥郁的季节。在油菜花簇涌的浪潮里，曹霞的心像一面镜子，也许是她长时间担任妇女干部的缘故吧，对女人的情呀爱呀知道得多，也理智得多，且有更多的包容和思索。

在农村体制改革的过程中，曹霞挺身而出，郑婵英难得说一句曹霞"伟大"，不再是老夫子一般假惺惺的"道姐"。曹霞当干部的时候，郑婵英老是奚落，口齿又伶俐，曹霞也有忍受不住发怒的时候。有一次火了，她把郑婵英按在小河里，郑婵英也把她拖进其中，双双都水淋淋的，两个年轻女人的疯狂。

农村体制改革以后，曹霞不当干部了，她的党员还在，她的内心和行动里还有那份责任。

郑婵英的那头"牛"，牛富贵，也顺理成章地离开了生产队长的宝座，郑大小姐变成了没有官味的农家女人，她更自由了，想怎样说就怎样说，想怎样做就怎样做，没有约束没有顾忌，难得的洒脱，改变了许多。在那个偏远镇的村子里，谁敢和她郑大小姐试比高低呢！

说句真心话，郑婵英有点儿不地道，一份私心，生产队的那个小砖窑，她是动了心计变成弟弟郑贵贵的，怨那小子连个女人都不如，方才走进了韩香香，后来韩香香被挤走，她似乎也有责任。曹霞心里清楚，曾经骂她：唯恐天下不乱！

郑婵英没怒，笑着，说："曹蛮子，是让你嫁给了我？"

曹霞扭头就走。

别看郑婵英少不了嬉笑戏谑，好像个大女娃子，村里人叫她郑大小姐，其实她的心思非常缜密，她把幼稚的山妹推进了郑贵贵的怀里，又在农村体制改革中，让小两口拥有了那座小砖窑，叫许多人羡慕，也算对得起父母和祖宗了，尽了作姐的那份心。可谁能料到，世事无常，韩香香离开以后，小企业整顿合并，那个不合格的小砖就被勒令停产撤销了。更憷的是，山妹和郑贵贵离了婚，独自生活在两河村。

郑婵英被惊得目瞪口呆。

有着婚姻隐痛的郑婵英，真不敢相信山妹有如此的胆量。

山妹把郑婵英的心刺得很痛。仿佛在已经麻木的伤口上狠狠地插进一刀，那刀十分秀珍，还有年轻女子的温情，却非常锋利。那一晚，郑婵英哭了，哭得很伤心。窗外的雨也哗哗地下。

2

在两河村的年轻女人中，郑婵英的经历不是一般的，有着女性的坎坷传奇。

当她还是一个十六七岁少女的时候，就和村里一个单身男人结了仇。那是一个三十多岁离了婚的鳏夫，在村上当过干部，叫范娃子。同在一个大院子，早不见晚见，因此想她，要娶她。虽说由于家庭原因抬不起头，但郑婵英浑身是刺，叫范娃子可望而不可即，甚至当众下不了台。

她和范娃子算是冤冤不解了，结了八辈子的怨。那范娃子虽说是个粗人，混混沌沌的莽汉，但到底人性未灭，尚还有自知之明，睡不着觉的时候想郑婵英，在心里把郑婵英龌龊够了，平白无故的淫荡以后，又回到了淳厚，觉得郑大小姐确实是天底下的第一美人，玷污她是人生的一大罪过。

在姑奶奶中，不躲避范娃子的，恐怕就数郑婵英了，而那眼神冷若冰霜，带着挑战，叫范娃子不敢正视。说来也怪，把郑婵英淫荡够了的范娃子，反而尽量去想郑婵英的美好。

因为想郑婵英没想到，激起了女人们的集体鄙弃。

范娃子到底不够坚强，承受不了被驱逐出境的难堪，厚着脸皮去央求当时的生产队长：给他另外派工，单独做的活路最好，避开姑奶奶们，还有一句话他没有也不能说出来："我害怕遇到郑婵英！"

生产队长心里清楚，爽块地答应了，安排范娃子去集体的养牛房，帮助韩老头喂牛，同时给食堂挑水。这是美差，也是对这个倒霉鬼的照顾。

范娃子去养牛房三天就叫苦，想逃离是实在的念头。那个平日里只能和牛交谈的老头子，成天在他耳边讲做人的道德经，旁敲侧击地对他进行教育，既不点明又处处戳他的肋巴。他倒怀疑，生产队长是不是把他丢进了捕捉野兽的陷阱。

食堂里的女炊事员们反对范娃子挑水，好像他这一去便有辱圣境，顿时有了戒备防范的心理，领头的说："不怕，让他来！"似胸有成竹。

范娃子去食堂挑一回水，讨一回气，神经都仿佛有点错乱了。瞧，他只要进去，几个年轻女人马上闪开了，背靠着的都是防身的武器：火钳、锅铲、棍棒什么的……范娃子一回家就吼叫，打烂的东西越来越多，快要倾家荡产了。憋得要发疯的那个晚上，他深夜睡不着，一合上眼就做噩梦，他梦见离婚的妻子出嫁了，青春袭人的穿着红嫁衣。他喊着去追，落进了粪坑里。过了一会儿，站在面前的是郑婵英，也穿着红嫁妆，然后是妖女……折腾一夜的范娃子，第二天早晨醒来，两眼浮肿，精神不振。

郑婵英也做了噩梦。不知是怎么回事，她梦见了早已不在人世的年轻大姨，浪笑着……从梦中醒来，郑婵英一身冷汗，害怕得不敢钻出被窝。可是，她不得不起床出工。

早早出门的郑婵英与邪事相伴，她竟然在涨水的村中河边撞上了久不见人的疯子。她的心一阵惊悸，离开河边，走向大队食堂。

这天早晨，灵魂被折磨着的范娃子，懒懒地走着，没精打采地到他认为是捕捉野兽陷阱的大队养牛房去。人生多没意思呀！他想。

突然间，韩老爷子喊叫着跑来："要出人命啦！快来人啊！……"

范娃子的神呀鬼呀啥的惊骇掉了。他睁大眼睛一看：啊！那头公牛发情了，冲出了养牛房，向食堂外的墙角猛奔过去。墙角里有一个年轻女子，穿的红衣衫，已经吓呆了，不敢跑也跑不了！就差那么两步，公牛的长角就挑进了女人的胯下。

那年轻女子就是遇见了疯子以后的郑婵英。

范娃子什么也没有想，他炸裂了，大吼一声，扑向发情的公牛，抓住两只牛角，把牛往一旁推，救了郑婵英。那公牛非常狂怒，朝范娃子的肚子挑过去，将范娃子的肠子和肝脏挑了出来……

赶到人的大声惊呼。

一个女人从食堂的后门跑出来，一把将郑婵英拉进屋去，关死了门。

公牛再次冲向墙角，挨了扔来的扁担、石头。疼痛的公牛吼叫着，猛撞食堂的后墙，哗啦一声，冒着烟的烟囱倒下来了，公牛死在乱砖之下。

范娃子也死了，闭上了眼睛。人们围着他，静静的，心里多了宽容和怜悯。

炊事员打开了门。死里逃生的郑婵英，说不出话来，一张俊脸惨白，由于惊吓过度和心中解不开的结，卧床不起，病了一个多月。

3

郑婵英是一个矛盾体，她的内心深处一直不平静，从青春期开始，她似乎就在寻找，寻找灵魂的真正归宿。这一点，曹霞能隐隐约约体味出来。因此，她对郑婵英有着过多的宽容。两河村的女人，谁没有难忘的事呢，曹霞同样如此，只是她稳重得多，不肯轻易说出来，让它静静的藏在年轻女人的粉红匣子里。

山妹在离婚前，曾经在曹霞的房间里痛哭过。这件事，曹霞不会告诉郑婵英，让郑婵英一辈子都不知道，这对郑婵和山妹都好。

山妹说，是郑婵英害了郑贵贵，也害了她。如果郑贵贵没有得到那个小砖窑，没有突然腰缠万贯，就不会偷偷去赌，去嫖暗娼，就不会堕落下去。她在嫁人时，傻了一回，那是阴差阳错，她咬着牙认了。她是山里人，从母亲那儿继承那样的观念，嫁鸡随鸡，嫁狗随狗吧，郑贵贵人也不坏，土地下放以后，日子会一天比一天好起来。谁知道，两河村、牛头镇那么多富起来的人没变，郑贵贵变了！

"曹大姐，你说，我应该怎么办？"山妹哭着。

曹霞把山妹搂在怀里，像抱着一个无助的亲妹妹。她的眼里也有泪水，而那泪水里有着愤怒和惋惜。

也许，山妹的胆识和果断是从曹霞那儿得到的。她揩干泪水以后，走在生机勃勃的田野上，她在做人生的抉择。苍穹下，她似乎看到了远远的，故乡的野樱桃花林子，想到了母亲的婚姻，还有山坡上的茅屋。

几天以后，山妹抱着刚满三个月的女儿，逼着郑贵贵走进了法院。

离婚？郑贵贵不同以往了，他压根儿就没把山妹当作一回事，一个老山里出来的，老实憨厚的女娃子，能闹出什么惊天动地的事儿来？他甚至有些可怜这个"小山棒"。

离婚得有理由，山妹被逼急了，把郑贵贵的嫖、赌，对她的背叛和拳打脚踢，抖包包倒了出来，说夫妻俩不可能共同生活了！郑贵贵昧了良心。他能说什么？说出来的都是山妹的勤俭和美好。

离婚是夫妻间的感情拉锯，那把钝锯会把男女双方的心锯得流血，揪心的痛。

山妹并不愿揭郑贵贵的短处，她太善良，一日夫妻百日恩，她想给郑贵贵留一点儿面子和男子汉的尊严，以后便于有女人嫁给他，盼他能够改邪归正，像地道的农家人那样，不愁吃穿，一家人和睦，平平淡淡的过日子。可是，对离婚反悔的郑贵贵信口胡说，漏洞百出的诋毁她，连法官都听不下去了。山妹满眼泪水，一肚子话堵在喉咙上，哽咽着。法官怀着同情，叫她有什么说出来。如果说，离与不离，山妹还有犹豫，到此时则是破釜沉舟，把郑贵贵的劣迹和对她的虐待倒了出来，只有一种选择：离！

按照婚姻法，离婚时，像郑贵贵这样的男方，应少得或不得财产。可是，山妹说，她不要，给两间栖身的茅屋就行了，她能好好地活下去。女儿判给了她，女儿的抚养费，她也不要。她说，她是山里来的女人，她要好好养大和教育好自己的女儿。

村里人知道以后，说山妹傻。

郑婵英说山妹不傻，是世界上最精的女人。她气哭了，嚷："小山棒，你把郑贵贵害了！"她说，打着灯笼火把都难找山妹这样的女人！郑家从此败了！

郑婵英有郑婵英的理由，她认为，一个男人，天管不了，地管不了，只有自己的婆娘才能管。山妹离了，谁愿再嫁给自己的那个混账兄弟？她甚至怀疑有女人把山妹拨弄醒了。是韩香香？不会。那是曹霞？她真的怀疑曹霞，而嘴上不敢说，只在心里又挽了一个结。郑婵英的感情负荷越来越重。

山妹确实会给曹霞吐露心里话，在两河村，她母亲的那段婚姻就只有曹霞知道。曹霞为山妹守口如瓶。

4

山妹的娘家在成都市管辖的大山里，那一片野樱桃花粉红若霞。那一年，山妹刚刚四岁，她心里留下了一件让她终生难忘的事，那是关于她的山里母亲的事！

初春的傍晚时分，天黑尽了。一个男人，就是在半山坡住的姑爹，领着一个跑山的年轻木匠，朝她家来了。他们在星空下，一步一个石板阶梯，拾级而上，艰难地攀登人生的旅途。到了山顶，是很宽的坝子。姑爹把木匠引到林子后面的小院落，敲门，喊着"满春"。

山妹的母亲，就是满春，打开了门。她举着灯看人。

姑爹说："你要的木匠我给你带来了。"

满春悄悄问姑爹："他愿意吗？"

"愿意啊！"姑爹说，"你表姐已经替你问过了。"

满春偷偷看木匠一眼，扭过头笑了。她笑得春光灿烂。

姑爹走了，木匠发现屋里只有满春一个人，不觉拘束起来。满春也有些拘谨，脸红着，笑影一直没有离去，处在幸福憧憬中。她问木匠吃晚饭没有，给木匠烧水洗脸、洗脚，然后去整理床铺，把床上的旧被盖抱进自己的房间，又抱出一床有绣花的被子，叫木匠去睡，温存得似一个贤淑的妻子在对待恩爱的丈夫。

木匠发觉那床绣花的被子还是热的，留着女人的体温，他的心深深地被触动了，又禁不住怦跳，甚至有些疑惑。高山顶上的夜是寂静的，偶尔有鸟儿拍打翅膀，也许是鸟儿在约会，谈情说爱。

第二天，木匠应该做木工活了。

窗外下着淅淅沥沥的雨。不能出工，满春就在屋里守着木匠。木匠问她做什么，她说："修你睡的那张床呗。瞧，两只床脚烂了，用高板凳垫着的呢。"

动手做工以后，木匠才注意到，还有一个迟起床的小女孩，毫无疑问，是满春的女儿（她就是小山妹）。满春有丈夫吗？为什么一直不见人？或者是……这当然不是一个外来木匠该想该问的。

说自己是木匠，脸红，在满春的眼皮下做活，他笨拙的乱了套。

雨，绵绵缠缠，好像一种情感。

满春说："你不是真正的木匠。"

对她，木匠能隐瞒什么呢，承认自己只是一介书生，迫不得已才出来流浪。满春看看他，默认了。满春说："试着做吧，我也不盼望你做木匠养活一家人，还有山地挖呢。"

木匠一顿，做工的手停了一下。他不明白满春的话，似乎是一种探测，一种预示。

满春长得很丰满、很健壮，充满了青春的活力，虽已做了母亲，仍像十分成熟的大姑娘，匀称的丰乳肥臀。她很有心计，守着木匠做工，似无心又有心地探测了解，时时做出某种暗示。

木匠有些狼狈了，开始手忙脚乱，砍木头的时候，一不小心斧头落在了手上。

满春惊叫一声，一把抓住木匠受伤的手。她红了脸，又放开了。血从伤口处涌了出来。满春忙不迭地往屋里跑，找出一节从生产队地里捡回来的黄连，捣烂，给木匠敷在伤口上，进行包扎。

木匠说，我自己包吧。

满春嗔怪地说："你能包好吗？别怪怪的了！"

小小的山妹发怔地看着他们，好像在看一个魔幻的世界。

伤得并不严重，但不能做工了。木匠很沮丧，暗暗怨自己，第一天做活就在女人面前一败涂地。

满春说："没啥，好好养伤吧，又没有残废。残废了我养你一辈子！"晚上，她背过女儿，悄悄问木匠："痛吗？"

木匠仿佛有了一个年少的母亲，眼圈都热了，说："痛。"

满春说："男子汉大丈夫的，别怕疼，过几天就好了！"

雨下了一整天。天一晴，满春就出去了。人生似乎开了一个玩笑，木匠被流浪忽悠了。他像个主妇似的，在养伤的十来天里，用一只手给满春做一些家务活，替她看守四岁的女儿。

小山妹太懂事了。一天，满春在外的时候，她说："叔叔，我妈妈很喜欢你，你喜欢我妈妈吗？"

木匠不知道怎么回答，也很惊讶。"嘘！"他让小小的山妹别瞎说。

小山妹说："我知道，我看见了！"

小山妹告诉木匠：她原先有个爸爸，到崖上去砍柴摔死了，妈妈哭呀哭呀，天下了好大好大的雨。小山妹还说，妈妈问过她，叔叔做爸爸好吗？她说，好！妈妈搂着她哭了，然后给叔叔钉纽扣，偷偷地笑。她悄悄看妈妈。灯亮到深夜。后来，她睡着了。

木匠的心开始震动，在心的深处，他确实对满春滋生了一种特殊的感情。满春那么成熟，那么青春，是他在二十多岁的人生里，所见到的最淳朴、最动人的女性了，激起他的，不仅是视她为年少母亲的感情，并且是……小山妹把他击中了：他还视满春是一个成熟的妻子！而一旦有那种情感的苗头，很快被潜意识的理性否定了。这山野之地不是木匠的归宿，他要走他的路，不能动山里女人的奶酪！

并不重的伤，在满春的照料下，很快结疤。木匠捂着心结，忙了一天，把床修好了，准备晚上告诉满春：明天就走。而一旦想到离开，便有了牵挂，心里有着失落，一是觉得欠满春的太多，二是感情上的，有一种依恋。木匠反复告诫自己，找出许多狠心告别的理由。可是，看见满春，他就犹豫了，不知何去何从，甚至有些怕，人的最大的敌人是自己！

就在当天晚上，那是月圆的时候。那轮皎洁的月亮从山坳里升起来，坦荡地挂在山顶。小山妹睡了，满春走进了木匠睡觉的屋子。她是新娘的打扮，脸上荡漾着幸福的笑，把她的成熟和美全部展示出来了。木匠的心怦怦地跳。

满春说，今天是个好日子——她找人算过，会白头偕老的，按照二婚嫂嫁人的规矩，就把婚结了吧。反正大家穷，以后还要过日子，用不着大操大办，队里人都知道。

木匠措手不及，一下子懵了。满春强烈地吸引着他，深藏的那种爱恋开始迸发出来，而他决不能伤害满春，满春的举动触动着他的灵魂，又净化着他的灵魂，木匠胆怯地说："满春大姐，不！我……"

木匠跑出了屋子，在门外，立在星空下。跑出门的那一瞬间，他看见了一个新贴上去的大红"囍"字。

满春哭了，她怒喝："进来！……"

木匠重新进屋，站在满春面前。他不敢看她。

满春流着眼泪骂木匠："嫁过人的女人就那么贱吗？任凭你踏屑！我并不是淫荡，要和你通奸，是有规矩的明媒正娶，正大光明地嫁给你，你说，你为啥要这么做？"

小山妹被惊醒了，悄悄地关了门。然后，不声不响，不解地看着自己的妈妈和木匠，看着那个大红"囍"字。

阴差阳错的相聚，离别揪着人心。那天晚上，满春被深深地伤害了，哭得木匠的心发酸。而他不敢面对流着泪水的满春，默默地垂着头。满春发怒了，是女性被侮辱被戏弄的震怒："你说呀！究竟为什么？"

木匠能说什么呢。他害怕了，感到理亏。其实，他早对这样的结果有所感觉，应该知道单身女人的心，却混混沌沌的接受着似年少母亲似妻子的温情。现在，冥冥中已经水到渠成。他却不能走进年少兼娇妻的婚姻殿堂，他强压着自己的感情，也冤，他的心在辩解："满春，我不能终生待在山里，这不是我的错……"

如果不是那份抗拒，小山妹不看着他们，木匠真要失去自我了，满春那青春袭人的怀抱说不定真成了他的归宿。木匠好不容易才平静下来，说清楚他到满春家去做工木活的经过。他说，他确实不是木匠，因为太穷，才出来闯山流浪。

满春哭得更厉害了，骂在山下接待木匠的那个女人："死女子，你害死了我！"那是她的表姐。

满春以她女性的执著和正气问木匠："告诉我：这么多天，你对我真没有一点儿感情？"

"有！"木匠说。他不敢欺骗自己的良心，直到此时他对满春还有依恋。

"是嫌弃我不是处女，已经嫁过人，还有个孩子？"

原本就是阴差阳错，木匠并没有想过这些。在满春的逼问下，鬼差神使似的，木匠竟不假思索的，脱口而出："我已经有了！"

"谁？"

"胡紫萍和胡丫头儿。"

满春的脸色变了，有了女人的威严，还有鄙弃："哦，原来你早就脚踏两只船，浪子！"

"不，胡紫萍早死了，没嫁给我，疯了以后死在大火里……"

满春叹口气，说："她们是姐妹吗？"

"是。"

"我不打扰你们了。"满春起身走了。她很失望。

"大姐！"木匠喊。他不忍心这样，想给满春说明真相。

满春说："你自个儿睡吧。明天别走，在家里等我。"她拉上小山妹，对女儿说："记住，妈妈的命苦！"

那一会儿，木匠的眼眶湿了，有了很强烈的失落感。

第二天早晨，满春煮好饭，匆匆吃了，把剩下的给木匠、给女儿温在热锅里，背着包谷壳——那是山里人唯一可以卖钱的东西，去了山下的小镇，不久，又匆匆地回来，买回了梨和大红枣，也买回了一小瓶菜油和一小袋食盐。山妹要吃梨，要大枣，她不给，而是塞在木匠的手里，说："梨是好'离'（梨），愿你和胡丫头儿早（枣）生贵子！"

太误会了！木匠说："满春姐，我是……"

"别说了！我坚强，能够和女儿生存下去，你走吧！"满春说，她的眼里浸着泪水。

木匠按照满春的吩咐，不在那条山沟找活路，离开这个善良美好的山里女人去流浪，让她好好地活下去。

满春对他说："翻过山去吧，那里有人请你做工，我替你联系好了。只是，姐孤儿寡母，穷呢，现时没工钱给你，待日子好过了，你再来拿，我给你积存着……"

男儿有泪不轻弹，木匠真想哭。他欠满春的太多太多了，可她……木匠动摇了，差点儿留下来，和满春白头偕老。可是，不知实情的满春说："到时候回去吧，胡丫头儿等着你，别昧良心！别伤害和背叛女人了，如果那么做是男人的罪恶。"

满春把木匠赶进了另一座山。那是春天里，野樱桃花盛开的山坳里，林木茂盛，与光秃秃的白鹿岭相比，多了丰满和含蓄，但日子过得和当时的所有农村一样，贫穷和饥饿是形影不离的伴侣，只是苦境的程度不同而已。

小山妹是山里说的那种"人小鬼大"的小女孩，木匠走了的那天晚上，她对满春说："妈妈，我睡不着。"

妈妈搂着女儿，深深地叹了一口气，过了好一会儿，说："睡吧，我们会好起来的！"

5

也许因为母亲那段刻骨铭心的婚姻经历，成年后的山妹步满春的后尘，遇上了马木匠，让她挺冤地留在了两河村，落进了另一个女性的圈子，郑婵英、韩香香、马青儿、曹霞，被村里人共同叫作"小姨"的吴小萍，和她有了千丝万缕的关联，或许就是人们常说的缘分，村里的大娘太婆们说：冤家！山妹没心思去咀嚼"冤家"那个多义的词儿，她和郑贵贵离了婚，得走自己的路。

村里人对"离婚"这样的举动，在道德标准上是不赞同的，无论男女，似乎一粘上这个词儿，就有离经叛道的嫌疑，对于女的来说，总有点儿脏兮兮的，乡下人说话也怪，称离婚是"扯豁了鼻子"，牛。倒是那个韩久，他难得有缘遇见山妹一次，翘指说："姐，你是巾帼英雄！干吗活受气？对，不离白不离！"

这话让赵果知道了，问他是什么意思？离不离？韩久差点儿吓掉魂。韩香香回来，痛骂他一顿，郑婵英也不饶他。他自知众怒难犯，见了山妹不敢再有话。

离婚之后，山妹确实承受了很大的压力，而她有山里女人的淳朴坚强，有她母亲那样的忍耐，从不和村里女人提及那桩不堪回首的事，她平静地住在简陋的茅屋内。家里空空如也，一间旧木床，一个旧立柜，一张小桌子，两条矮木凳，唯有小灶是新砌的，真正的贫困户。离开了那个小砖窑，清静多了，茅屋外有风声、雨声，更多的是有太阳和星星，明月是有的，并且非常皎洁。如今的山妹，既要种田，又要养育小小的女儿，压力重，很忙，而她坦然面对。夜晚，当明月从原野上升起来的时候，像她一样，是那么的美好。往往在这个时候，她怀抱着不谙人世间的小女儿，静静地坐着，会想到母亲满春，想到大山，想到花朵如潮的野樱桃林。

她没有把离婚的事告诉母亲。

在两河村生活几年了，山妹还不能完全丢掉山中女子生活的习惯。川西坝子的女人带孩子，用"布背带"绑在背上，她不，她用丈把长的蓝布把女儿和自己裹在一块儿。母女俩的承包田在河湾里，田边有树，有浓荫，有野花，河水静静地流，似人生。树上的小鸟会唱歌，夏日里，蝉儿"知了，知了"地叫。农忙的时候，山妹会带着女儿到田里忙碌。她把蓝布解下来，一头一尾绑在两棵树上，成为一个摇篮，把女儿放在中间。她在田里劳动，风吹树摇，那摇篮轻轻地摇。她不时喊着女儿，或者到跟前去看一看。如果女儿哭久了，她心里会非常难受，甚至盈出泪水。

有一次，山妹发现女儿被洋辣子毒红了脸，她终于忍不住哭了。

当她再次把女儿放进摇篮，去田里割完最后几把麦子，掉过头来，看见郑婵英在那儿，怀里抱着她的女儿。山妹走过去了，站在郑婵英面前，一句话不说。

郑婵英把孩子交给曾经的娘家弟媳，旁人很难体味到她那女人心里的痛。

6

那时候，两河村的竹林院子大，树木茂密，大树也多，到了初夏，斑鸠"咕咕，咕"地叫，好像提醒人们要留住人生留住乡愁。阳雀在头顶上飞，叫着"贵贵阳"，农忙到了！乡里人有个说法："阳雀叫在端阳前，高山矮山都栽完；阳雀叫在端阳后，高山矮山点黄豆"，意即天干（干旱）。川西坝子不怕干，两河村更无旱情，掘地三尺就是清花亮色的水，孵鸡婆扑个凼都是清泉。然而，到了插秧季节，那段时间的堰水不缺也缺了，因为分田到户，大伙儿都关心自个儿那块小天地，都想早一点把秧子栽下去，好好管理，盼望大丰收，落得个稻谷满仓，草垛金黄。

山妹勤快，借着一场瓢泼大雨，把秧子栽下去了，可惜天公不作美，一天一个大太阳，晒干了水田，晒萎了秧苗。她的承包田淹的是尾水，小沟断了流，她咬咬牙，带着女儿去了，到小河里舀水淹田。她们要生存，山妹挽救的是母女俩今后的一日三餐。

哗！哗！一片又一片的瀑布翻落下来。透过白花花的水帘，能瞧见五光十色的天际和暮霭轻漫的田野。太阳画在灰白的天上，血红。她搂搂滑落在眼睛上的几缕秀发，又飞起银珠乱溅的瀑布。秧田干了，头上身上倒湿漉漉的。黑发上的水珠比早晨秧苗上的露水更大更晶亮。不，秧苗上根本就没有露水，雷火大太阳把原野的水分全收回去了。天怎么这样旱哪？邻家大娘说，因为闰年闰月。她不信。原先她相信那些。结婚前夕，她曾经去宝光寺拜菩萨，虔心祈求保佑，是郑贵贵陪着她去的……她不再想了，没时间多想。有节奏的泼水声在暮晚的小沟边单调地继续响着。上游没有水源来，小河也快干了，清澈见底的河水只剩下碗大一股水，潺潺地在石头缝里流着。嘎！嘎！嘎！鸭子鸣叫，又会是一个大晴天。

瞧，月亮升起来了，那么皎洁，一点儿遮盖都没有……哎呀，怎么老想这些事？山妹想。是同院子的茶花逼的！如果不是天旱得厉害，谁愿意因为淹田和她吵架？那死女子无凭无据，尽揭老底，乱骂。谁没有个脸哪！当着那么多女人男人老人小孩，口口声声骂"烂收荒匠"、"山棒女娃子"……山妹羞臊得无地自容，气得发抖，横下了心，什么也不顾了，扑过去，和茶花扭成一团，把近邻跛奶奶求人帮忙栽下的秧子滚了一大片，谁也把她们撕不开，都成了泥妞。当时，气懵了的山妹确实把茶花死死地骑在身下，也忍不住骂了年轻女性的粗话。茶花的脸白了，眼睛在央求。山妹是一时失去了理智。想着人家是一个还没有出嫁的大女娃子，想想自己，手松开了，放了她，泪水却再也控制不住了！

同院的老年人评议说："山妹那么好的性情，怎么一下子那么横，那么野呵！唉，这人哪，真难看透……也许是别人太欺负外来的女人了！"

山妹心里哭泣着，她很懊悔，恨自己第一次鲁莽，没有宽容人，这不是她的性格和为人。

山妹从娘肚皮里出来就是一个善良的女孩。

碎花花的月亮舀在脸盆中，又一次次地倒在秧田里，手沉得快抬不起了，全是毅力支撑着，机械地动。手臂阵阵刺痛——拼着命把茶花骑在田里，手却被扭伤了。不顾死活地打一架，田仍然淹不上。除了两人披头散发浑身泥水以外，沟里田里都是干的。金黄的麦子，灰白的土坯，垂头的秧苗……都在火辣辣的阳光里燃烧，地面的热气往天上升腾，一眼望去，尽见极细极密的火星星，太阳月亮准时交接班……啊，月亮，又是那么圆的月亮！山妹真想扔下脸盆，哭一场，把心里的怨气哭出来。可是她没有，而是拼命地舀、泼，那疯劲儿让人吃惊！

月亮走，云彩走。她一点儿也不能走。月儿已经往斜西天边滑去了，露出了朦胧的睡眼，月朦胧。初夏的夜晚，应该凉爽，今夜反常，空气沉甸甸的，闷热。——哗，哗……泼水声非常清晰。田野里静不下来，不时传来争水的声音。淹水人一盏盏灯光闪烁着，像流连忘返的萤火虫。——哎哟，这手怎么这样痛呀，骨头就像断了似的！手痛，心更痛。茶花把她伤害得太痛了！

山妹不屈地舀着水，心里一直转着辘轳，她太累了。

水，把人们灵魂中最隐藏的东西冲刷出来了。这时，小河岸上出现了一个小姑娘，带来一片深夜的月光："山妹阿姨，你回家吧，明天我替你舀……"那是跛奶奶的小孙女儿。小姑娘皎黠可爱，站在她面前。

山妹心里很难受，也累垮了。她跟随小女孩回了家，倒在床上，再也起不来了，穿着湿衣服，昏睡过去。睡了多久，阳光什么时候叩的房门，她不知道。又是一个忙碌、焦虑、喧闹、火一样的晴天！

山妹背着孩子，又要到田野里去了。哦，头晕得厉害，心里想发吐。女儿，你理解妈妈吗？山妹浑身没有一点儿力气，像塌了架，手臂肿了，火烧火辣的，痛得钻心，昨天她把所有的力量都付与了打架和舀水；今天，生命似乎已经枯竭了。

山妹终于倒在了小河边。

一个路过的年轻女子看见了，从自行车上跳了下来，摸摸山妹，解开裹在山妹身上的孩子，抱在怀里，拼命往郑婵英的院子跑，带着哭声嚷："山妹死了！"自行车倒在水田里。她跑掉了鞋，着凉袜的脚被什么划破了，流着血。

山妹没有死，是昏厥过去了。那时，偏僻乡村不可能出现救护车，来不及找人，郑婵英和曹霞轮换着背着山妹往小镇上跑，两个年轻女人累出了少见的狼狈，好在只有一华里多的路程。发现山妹病

倒的，是韩香香娘家的侄女吴小萍，自行车也不管了，抱着山妹的女儿跟在后面，留下一路血迹

在医院里，医生说：需要住院，得及时抢救，否则后果不堪设想："快，家属签字！"

三个女人掏光身上的钱，为山妹预交了进院的费用，郑婵英接过笔，在"家属"一栏内签上了自己的名字。

7

春种秋收，是庄稼人一年的辛劳，重要的希冀，也是人生的收获。农村体制改革的第一个大丰收，连转动的水车都似乎响着一个刚刚出现的旋律——在希望的田野上。饱满的稻谷黄灿灿的，收进了各家各户的小仓。田野里，星罗棋布的，但见金黄的草垛。秋高气爽，晴朗的日子，天是蓝的，平坝的东边和西边，早晚可见清晰的远山。炊烟袅袅，时不时传来笑声。女人们的音调明显比往年高，嗓门儿也甜润得多。年轻的娘们儿，少不了嬉笑、戏谑，荤的素的都有，但绝不庸俗，倒觉得是农家女性特有的粗野，淳朴中的美好。

两河村人在欢笑中也有叹息，叹息郑贵贵的堕落，有那么一个精明窈窕的姐，却落得个家散人亡。人没亡，家散了，一个人见人爱、村里男子个个羡慕的妻子离了，多么可惜！农村体制改革以后，在两河村闹到这种程度的就郑贵贵一家，作为过来人的村中老者七奶奶叹气，说："这娃没福气，不知前辈子造的什么业，种的什么因！"

韩香香是村里第一个和男人离婚的，山妹第二，村里人贬的是韩香香，骂她是"骚货"，罪魁祸首呗。不过，凭良心说，绝大多数人心里还是同情和认可两个年轻女人的。韩香香和马木匠长年在外，也越来越富，想说什么就说噻，她听不见心不烦。

郑贵贵也听不见。他逃跑一个多月了，公安局正在找他。山妹和他离婚以后，紧接着就是关闭小砖窑，查账时，发现他欠了集体

巨额的款。钱呢？谁都知道，不是山妹拿了。郑婵英知道，是自己的兄弟赌掉了，混掉了，她后悔不迭！

稻谷收获了，山妹要离开了，就像田野的庄稼，在这块土地上发了芽，生了根，开出了灿烂的花朵，结了果，她也应该离开了。这块土地是富饶的，馥郁的，对她来说又是陌生的。从母亲满春的信中得知，山里也实行了农村体制改革。山妹是下了最大决心的，她卖掉了收进屋的稻谷，买了礼物，到曹霞那儿去感恩，恳请曹霞代种她母女的两份责任田，收获全是曹霞的，她什么都不要。那时候，刚刚有了属于自己耕种的土地，承包的责任田非常宝贵。

曹霞知道留不住山妹了，她的心也痛。她不收山妹的礼物，也不耕种山妹的田。她说："给郑婵英吧，她毕尽曾经是你婆家的姐，人也不坏。"曹霞拿钱给山妹，山妹不要，他们恋恋不舍。

郑婵英苦留，留不住去意已决的山妹，心，说不出的痛。

山妹说："姐，请你告诉郑贵贵，要他改，娶个适合他的女人，好好过日子。望姐能够管管他！女儿我养着，不会改姓，是我的，也是他的。"

郑婵英那女人的心痛让她承受不了，当山妹把土地交给她，把那两间茅屋交给她，接过钥匙的刹那间，她忍不住哭了，抱住背负女儿的山妹啜泣。

山妹就拎了一个小小的包袱，像她来时一样。

曾经为山妹把脚上的血流在村道上的吴小萍，看着在苍穹下离去的山妹，默默地祝福着。离别牵动她的心，好像山妹要浪迹天涯。

第五章　摇曳的红房子

1

在两河村，吴小萍是年轻女人的精灵。夏麦，是这个村子里学历最高的回乡知青，吴小萍偏偏说他窝囊，又舍不得离开他，他俩好像一个异数。山妹离开两河村的时候，他们正在热恋。

田野是寂静的，有浓浓的雾。那是一颗启明星。天快亮了，夏麦还在想吴小萍，想着走进他世界的女人。

初夏的夜，月牙很皎洁，细长的一溜儿，傍晚升起时，披着柔美的柳丝。吴小萍曾经有意无意地让他偷看了她的日记，她写道："一个女人敢袒露隐私和内心，是她少见的胆量和勇气……女人是美，是整个世界。"在乡村里，她是年轻女人中的唯一，长睫毛的眼睛极美，多水分，宛如春潮。有人说，这样的女子性欲强，容易红杏出墙头。怨她免不了对他柔情似水、每次的嫣然一笑，造就着阴差阳错。

夏麦和吴小萍睡在田野里，泥土散发着淡淡的芬芳。吴小萍的青春气息很浓，与生命力一样旺盛。她不像别的女人，她身上总有幽香。有时，在男人朦胧的感情里，真不知她是人，是妖，还是仙女。田地是酥软的，她那只着一层纱的胸脯也是酥软的。那两座高耸的玉女峰，她一向让它们自由自在，放荡不羁，现在安静下来了，让他虔诚地守望着。月光如水，轻轻地，从他们身上流过。吴小萍的身材那么婀娜多姿。

想起来总是心跳。

她是永远的处女，清白无瑕。在牛头镇，吴小萍的名声远扬，不知不觉之间，有了"处女座"的诨名儿，文绉绉的，该是土生土长的秀才学子所为，她骂"短命"。有一天，吴小萍把夏麦叫去了，在她的小院里，在那棵芭蕉下，她问："夏子，你说，我的诨名儿是不是你取的？"

被她加上"子"，活脱脱有了女人的味道。她说，她喜欢这样，叫起来亲切、温柔，心里甜。是她的执着。

吴小萍年满二十二，比夏麦大一岁，夏麦一直叫她"姐"，憨憨的，实实的，似大男孩钻进年少母亲的怀，贪恋地啃着乳房。夏麦喊，她应，每喊一次都怦然心动。

苍天下的责任田要春种秋收。油菜花馥郁，金黄，漫过田埂，往原野流的浪，荡着她和夏麦耕作的身影。和山妹一样，吴小萍的承包责任田也在河湾里。该收获了，吴小萍说："夏子，过来，我要你！"

夏麦点着头，去了。想帮她收打油菜籽的小伙子多着，她不稀罕。

五月的农田是火场，火一样的忙碌，火一样的感情。远离村落的河湾里，"姐"和"弟"，别有一重洞天。在姐面前，夏麦有了尴尬。怪姐不够检点，总让他心动。吴小萍怕热，追求自在利索，穿得太薄太少，放纵两个乳房，随它们任意蹦跳，黑亮柔美的腋毛暴露人间，热汗一流，薄纱紧裹，丰乳肥臀，似乎都不再成为女人的秘密。

吴小萍似一头火辣辣的母鹿。

她留着长长的秀发，流水一般，在风中荡着波浪，飘逸潇洒。长发是女人时尚的标志，是她的一份骄傲，又是劳动时的累赘，披在肩上既热又痒。

她要夏麦给她束上。

夏麦笨手笨脚，在她背后拾弄，无丝带去系，他束手无策。吴小萍叫他到她胸前的衣兜里去掏。"这儿，伸过手来吧！"

夏麦按照吩咐，摸到的，却是她的乳房。

"真笨！"她嗔骂。

收获的槤盖捶打着夕阳。最后一记槤盖响过，吴小萍倒在松软的油菜壳上了，长伸伸地睡着，一条美人鱼。她累坏了。

"夏子，你也过来吧！"

夏麦过去了，守着亲亲的姐。她说，睡吧，真累。夏麦睡下了，挨着她。她又说，变农民真累，真苦，让夏麦把她挨得更近一些。夜幕降下来了，混混沌沌的，一张偌大的网。他们在网里睡着，偎依着，七窍在呼吸，男人和女人的气息交织着，融汇着。夏麦的心在跳，跳得很急，涌起男子的冲动和渴望。

"姐！"他喊，又是憨憨的，实实的，似钻进了年少母亲的怀里，更急切地啃着乳房。

吴小萍没有声音，她那散发着淡淡汗味儿的身子开始发烫。村落里传来一两声狗叫。不知啥时候，他感觉到了她失律的心跳，呼吸急促。

"夏子，你该成家了！"她说，委婉，平静，淡淡的甜蜜，恳切地告诫夏麦。她已经在退潮了。

这时候，不知谁在村道上跌跌绊绊地走，粗犷的吼唱也是跌跌绊绊的："妹妹你大胆地往前走哇，往前走，莫回呀头……抛撒着红绣球啊，正着我的头啊……"早不见《红高粱》了，还唱，空气中弥漫着烧酒味儿。是个男人，醉鬼，酒疯子，朝他们瞎咋呼："咳，你两口子！牛把床踏啦？"

"夏子，我们该回去了！"吴小萍说。

2

下午的雷火大太阳，能把人的灵魂晒出窍。

又是傍晚，吴小萍去找夏麦了，要夏麦和她到河湾里去。夏麦跟着她，规规矩矩地去了。谁叫她是他亲亲的姐呢。村里人早就说了，夏麦是吴小萍的二分之一，就是那句话：娶一个多愁善感的你。

承包田在两河村的河湾里，别有一番风情。小河九曲十八湾，有柳，有草，有花，野花金黄、紫蓝地开着，娇小妖娆。水清人美，蝉鸣悠长。可惜，免不了有蛇，那是吴小萍最怕的。夏麦是她的胆。他们刀割手拔，一身的汗，还有溅满的泥，总算把田的四周收拾干净了。月亮也出来了，仍是那么皎洁。

明月不再是细长的一溜儿，似半面铜镜。

吴小萍是个有洁癖的年轻女人，一回家她就说："夏子，快去煮饭，我要洗澡！"

夏麦说："姐，煮啥吃？"

"你第一次来？随你！"说完，跑进了洗澡的小屋，门一关，便是另一个世界。

在边缘区的两河村，只有吴小萍有小小的浴室，满贴的洁白面砖中，镶嵌着一匹彩砖，釉面是外国名画《泉》，一个西方裸女肩托水罐向身下倾倒，似永远洗涤着的吴小萍，要洗尽青春的尘埃。

吴小萍是一本耐翻的书，夏麦一页一页地读着她。

晚饭以后，夏麦像一个俘虏，被吴小萍留住了，她要夏麦和她去烧掉收打后的油菜秆。那时候，乡里还没有禁止焚烧秸秆，乡里人也不烧秸秆，那是柴火，谁舍得烧掉呀！只有吴小萍独辟蹊径，亏她想得出来。

油菜秆燃烧着，静夜里，几颗偌大的"太阳"，映红了半个天。吴小萍罩在玫瑰色的光环里，她是那么的恬静，那么的美，似那一轮明月。

那天晚上，他们越轨了，紧紧地抱着吻，倒在了露水很浓的草丛里……最后，吴小萍求夏麦饶了她。

她说，夏子让姐死去活来了。

夜里，有了明月之后的潇潇雨，吴小萍的窗前，雨打芭蕉叶子响，清晰有声。

第二天早晨，吴小萍很迟才起床。她在闺房里，回味着梦境。在梦里，她把自己给予了比她小一岁的男子。她甜蜜，留恋，又感到有些心惊肉跳。

3

绵缠的雨后是艳阳天。吴小萍的小院后面，村中河的水更清了，如痴如醉地摇曳着红房子。河岸上开了野花，星星点点，点缀着女人的世界。在牛头镇，在两河村，吴小萍是有口皆碑的美女。对这样的话题，吴小萍知道，并未激起她心中的涟漪，尴尬处境折磨着她的青春。

那个别具一格的、矗立着红房子的吴小萍小院，似河蚌的壳，困禁她的家园。

红房子是吴小萍的写照。她是一只粉红色的河蚌，出众的苗条，出众的美，待在河蚌壳里，有她粉红色的女子梦。她不想喂猪喂鸡喂鸭，也不愿搞副业，不像个农家女人，没事的时候，她会静静地坐着，别的女人不曾想的，她会去想，想得自个儿的脸潮红。她放音乐，看书，写日记，传统歌星和时尚歌星的专辑，情歌，甜歌，疯狂的歌，她都放，都听。她那凌乱的、让男子动心的床上，扔着《红楼梦》《聊斋》《茶花女》和流行的爱情小说，还有盗版的《金瓶梅》，大多数是在镇上租的，也有买的，看不看完，凭她的心情。农忙时间，那就谁也别想缠着她，内裤乳罩也会扔在这些经典的头上，或者裹缠在一块儿，是经典作家们的幸运。吴小萍听歌和看书，良莠不分。

吴小萍的房间，无论多乱，都有着淡淡的幽香，就像吴小萍自身。她不像有的女人，因为爱美，涂脂抹粉似刷墙壁的蹩脚泥水匠，香水往身上倾倒。她不洒香水，玉体总有淡淡的香，那是她强烈的青春气息，自带馥郁，而吴小萍喜欢素面朝天，以她的本色压倒群芳，征服走向时尚的世界。

夏麦常常想，吴小萍的生活才是真正的经典，她的日记，是女人隐私和内心的真情袒露，最绝妙的著作。他盼望细读他摸过乳房的姐。吴小萍不会轻易让人进入她的河蚌壳，闺房是她的第二禁区。夏麦是幸运的，吴小萍给了他"绿卡"，她是有意让他独自去她的房间，探测她那女性的秘密。有一天，她问："夏子，你偷看了我的日记。对不？"

对想着的姐不能隐瞒，夏麦承认，偷看一眼，就是那一次。

她说，贼坏！却嫣然一笑。

吴小萍不是那种模样儿出众、懒散的年轻女人，她也曾经打工，在县城里当一般农村女人做不了的打工妹，因为她读过两年高中，机灵，手巧，头脑灵活，人美。那是拼命做，生活又节俭，挣了不小的一笔钱，把破旧的茅屋重修了，修成吴小萍似的河蚌壳——临村中河的小红房。然后，撂下一句话：姑奶奶不干了！回到了属于她的家。

4

吴小萍极反感别人议论男的女的在一起，那似乎触及了她心中的忌讳。她说女人不是沾沾草！她爱花，养花，也种草，种城里人欣赏的那种绿草坪的草，唯独小院里的那棵芭蕉，村里人摇头，说三道四。

乡下人迷信，说芭蕉下藏鬼，祖祖辈辈都这样说。

那棵芭蕉在吴小萍的房间门外，倚院角亭亭玉立。它是院里太阳第一个照射的生命。月亮从它的婆娑间升起来时，吴小萍常站在芭蕉下，是那么姣好妩媚，有了不少的南国风情，晴朗的夏夜，如水的月光里，穿着背心短裙的她，缥缥缈缈，影影绰绰，不是鬼，是仙。

仍然有人说她是鬼，风流女鬼，因为她太美，太脱俗。她是村女中最美的一个。而她，毕竟是很纯洁的。吴小萍与郑婵英不同，她多情，很容易让人爱恋，而郑婵英激起的，是男人强烈的占有欲。美和多情是女人的原罪。

吴小萍不怕鬼，也不信命。

吴小萍大大咧咧，够疯。初夏里，牛头镇上风风火火，再度流行呼啦圈，女人孩子都在圈内扭腰摇屁股，如盛开的旋转之花，大街小巷皆是。女人们扭的是减肥、健美。吴小萍也把呼啦圈买回来了，在小院里操练，扭扭扭，摇摇摇，丰乳肥臀都在晃动，美不胜收。所不同的是，她比城里的女人扭得潇洒，特别迷人。呼啦出一身大汗，七窍都冒着气，又得洗澡。她常常生活错位，在浴室里不止一次"兵临城下"，脱下的脏衣裤早泡水了，没有干净衣物穿，必无选择，大胆闯禁忌。好在只有她一个人在家，自由洒脱惯了，竟然赤裸着，穿过供神的堂屋，奔进房间，在穿衣镜前看着另一个一丝不挂的"吴小萍"，审视之后再套衣裤。

老人们说芭蕉下藏鬼，她偏要栽，还把别人顶到绝境："你见过？想不想？芭蕉茂盛了，立在下面的，是极美的女人，是吴小萍。"这话深究起来，就有些脏了，连老者的尊严都失去一大半。她栽芭蕉，是爱芭蕉，对芭蕉有感情。

吴小萍小院里的那棵芭蕉，两年前长在牛头镇上。

远离县城的边镇，曾经有一家倒闭的老茶馆。它面临湔江河，斜对今日的广场，是个好口岸。有人牵强附会地总结，说它错就错在门前有棵芭蕉，不管是与不是，就这么以讹传讹，成了死罪。小镇人最不能忘的，是芭蕉下有一个小烟摊，守烟摊的女娃子刚刚十六岁，书没读多少，却长得很姣好，乖巧伶俐。镇上的少男们说她"甜"，暗暗叫她"甜妹"，有事没事都到烟摊前去，缠，磨，没话找话说，舍不得离开，烟自然要买，不抽烟的也买。渐渐地，少男们才发觉，她是一枚多刺的玫瑰，不是可以随便沾惹的"温柔"。不久，芭蕉上贴了"妹妹专卖"的纸条。明眼人马上看出来了，那"妹妹专卖"指的什么。女娃的脸绯红，羞气得哭了，撕，扯个粉碎。第二天，又出现了。有人劝她，算了，别摆这个摊了。她咬咬牙，照样摆。

一个农闲的逢场天，湔江河涨了水，浊浪熙熙攘攘，早晨的云霞非常瑰丽。永远是处女的吴小萍上牛头镇了，也携带了夏麦。无论她去哪里都是风景这边独好。她心里有别人不易察觉的失落，闷闷地逛街，正巧遇上两个街娃缠着守小烟摊的女娃。

吴小萍把新自行车一扔，挺身而出。她不去还好，这一去，两个街娃见她，色迷迷的，眼睛都定了，缠上她。她急中生智，提过身旁的柿子篾，抓起成熟的稀柿子，猛扔，叭，叭！在街娃脸上开了花。

满街喝彩。

夏麦就在她身后，也抓柿子打，好一场混战。众怒难犯，两个满身稀里糊涂的街娃走了，得赔老婆婆的柿子。夏麦身上无钱，是吴小萍给的。大获全胜以后，吴小萍这才想到她的车子。幸好是一场虚惊，守小烟摊的女娃在等着他们，自行车在她手里。她望着夏麦和吴小萍，不知她心中的他们是一对什么。

有了那次相遇，才有大男孩钻进年少母亲的怀里，恋着啃着乳房的"姐"。

是吴小萍让夏麦叫她姐的。

从此，再也不见那个小烟摊，也不见那个妙龄少女。倒是那棵藏鬼的芭蕉，后来扔在河岸上，被太阳晒白了根。

吴小萍发扬敢死队精神，把那棵芭蕉搬回来，栽在闺房窗前，与它长相厮守。

5

吴小萍有侠女气魄，她忘不了守烟摊的女娃，过后又到牛头镇上去。早已不见人影。她叫卸任的大队妇女主任给她找人。

曹霞说："向我要人？你真霸道！"

曹霞扭不过吴小萍，也是热心人，不久便打听到了守小烟摊女娃的情况，说：那靓女子叫钟情——一个挺奇怪的名字，是大山里的人，人家称她"俊妹山棒"，父母早死，小学没毕业就退学了，在家待了几年，穷得实在过活不下去，跟着堂哥出来打工，可是别人嫌她年龄小，不愿收她，便在老茶馆的芭蕉下摆个小烟摊，本钱是向堂哥借的，谁知又遇上了狂男色娃。

"她在哪儿？"吴小萍追问。

曹霞说："我哪知道！"

也许心中那解不开的结，吴小萍在回避自己，有时，她对身外的事特别执着。有一天，她把夏麦找去了，要夏麦去讨回一组数字：一年内，村上财务的详细开支。她大概听到了村民是事而非的传闻，要查村干部的账了！

夏麦差点儿吓一跳："我的姐，你真够另类！"

小伙子明知太难，还是硬着头皮去了，结果吃了不软不硬的闭门羹，村会计问他是哪把夜壶？

"还是男子汉呢，真没用！"吴小萍说，她亲自去了。

对她，村会计如法炮制，只是把话说得好听一些罢了。吴小萍柳叶眉一竖，顺手揽了桌上的账本，抱在怀里："村镇财务公开嘛，好，我这就给你拿到村口去，一页一页的撕下来，贴在墙上。胶水我买！"

村会计急了。吴小萍穿得那么薄，他当然不敢到怀里去抢，老婆上前，又不是吴小萍的对手。没法子，他只好央求姑奶奶，答应吴小萍的条件，详详细细的，将村级部分说个一清二楚。折腾下来，早已饥肠辘辘。虚惊一场的村会计松了一口气，请吴小萍吃午饭，非常客气。

　　谢谢！吴小萍扭身走了，再饿她也不尝。她不稀罕别人那么客客气气地对她，也嫌脏——她看见苍蝇在上面爬过了。

　　那天晚上，吴小萍突然病了，发高烧，头痛欲裂，幸好夏麦从她门前经过，听见了呻吟声，破门而入，搂起蜷缩在床的亲姐。他问她，她不说话，只是满眼的泪。夜深人静，夏麦背上她便往附近的诊所跑。她趴在夏麦背上，像一团火，轻轻地喊着："夏子……"声音十分微弱。

　　"姐。"他哭了。

　　星空下，夏麦喘息如牛。

　　看了病，打了针，迈着沉重的步子把姐背回幽香的房间，已经是子夜了。吴小萍不让夏麦走。他在她的床前，听着永不疲倦的时钟节奏。

　　"夏子，你也来睡吧！"半清醒的吴小萍说。

　　"我？"

　　"来吧。"

　　夏麦胆怯地过去，躺在她的旁边。他在守护着病痛中的姐，感情是净洁的。

　　吴小萍曾经对曹霞说："蛮姐，我记得有位诗人说过，你对命运越钟情，命运越要捉弄你。"

　　"是吗？"曹霞一笑，"专对你说的？"

　　吴小萍脸红了，耍赖："给你说的，那诗人是男的，恋你！"

　　在心的深处，吴小萍总觉得，她被命运捉弄了。也许，她说的那位"诗人"就是她自己。而她决不向命运妥协，要向命运挑战。

6

　　吴小萍是韩香香的表妹，父母死得太早了，养成了她那独特的性格心理，讲恋爱也出类拔萃，会吓着两河村的不少人，怪不得别人叫她"小姨",她也火过,骂:"叫你妈,叫你姐!"韩香香听了,说她"傻",她也就懒得管了,叫什么都行,她就是她,世上少有的吴小萍,改变不了她的性别。她和"书生"夏麦热恋,有的人拍案称绝,有的人摇头,骂韩香香不管一管,不怕天下大乱?

郑婵英说:"谁管?韩香香还快失踪了呢?她管不了!"那是实话。

吴小萍盼夏麦去她的红房子里。有几天他没待在她跟前了,她想着夏麦,有种相思的感情,总觉得心里空空的。他也想她。只是这些日子,有一些闲言闲语传进了夏麦的耳朵,人言可畏,还有村里人的眼光,叫他有些寒战。吴小萍是他亲亲的姐,是他摸过乳房接过吻和同床睡过的姐。可是,人们偏不这样想,说吴小萍是婚外恋。夏麦没有吴小萍开拓,少了她的胆量。他似一脚跨在门外,一脚在门内,在作生死抉择。

吴小萍爱夏麦,气恨他,怨他,骂他。她对夏麦的感情像巫山云雨。

夏麦害怕雨。在村里,如吴小萍所说,他是最没用的,书读了不少,就是个穷。吴小萍不准他说穷,也不让别人说他穷。她说:"给你弄个贫困户当当,好意思吗?"又说"再要哭穷,谁嫁给你?除非我吴小萍!"

夏麦一惊,盯着她。

吴小萍早已掉过脸去了,他只看见了一片红霞。到此时,他才真知道她的心了,一颗女人的心。

在无能和贫困中,夏麦却去报考成人大专,这在乡村里,实属凤毛麟角。是吴小萍让他去的,连学费都给他出。她对此封了口,叫夏麦不要供出她。

夏麦那破破烂烂的茅屋,一下雨就漏,哪儿都在滴滴答答,再也没有吴小萍戏谑的——躺在床上就能看见星星,有亲吻月亮的浪漫。一天一夜的雨,叫小伙子苦恼死了。他真想待在吴小萍的屋里,和她度过相恋的时光，那儿才是他温馨的港湾。

7

夏麦为屋顶的大洞小洞发愁时，吴小萍推开了红房子后面的小窗——那是她别出心裁，特意请泥水匠凿开的。别人说不安全。她说："我怕谁？怕人爬进来强奸了我？"劝说的人噎了口气，不敢再开腔。那窗推开，才叫浪漫，村中河的美妙尽收眼底，风光无限。大水猛涨的时候，窗外好像大海，浅树林沉陷在水中，宛如大海渔船的桅杆。河滩上的那座坟茔被淹没了，只剩下坟顶的胭脂花在水面上开着，姹紫嫣红。

那座坟茔是柳林的母亲的，竟会激起吴小萍心中某种隐秘的感情，似乎是一种说不明白的信号。

柳林是村里的大龄青年，比吴小萍大两岁，柳林有一个妹妹，叫柳芸芸，和吴小萍是同龄人。那一年，柳大娘突然死了，兄妹俩哭着，把母亲送到了河滩上。从此，兄妹俩常年在外打工，很难见到人影。村里人说，他们忘记了故土。河滩年年犯水，河滩上的坟茔年年有鲜花陪伴。只有吴小萍知道，柳林每年都要回家，回家给可怜的母亲上坟。她在小窗内看得一清二楚。有一个清明节，柳林在坟前跪下去，起来的时候，发觉身后有一个年轻女人。流浪归家的柳林怕了，惊了，也怔了，他把突然出现的女人当成了鬼魂或狐仙。

"我是吴小萍！"她害怕柳林当时的眼神。

柳林从幻觉中回来了。他第一次见到吴小萍，心里有了这个"风流姐"。

今年的清明，柳林没有回家。人们看到，一个披着长发的年轻女人替他上了坟。曹霞知道是吴小萍。

回家以后，吴小萍在屋里坐了很久。

人生匆匆，风雨兼程。吴小萍知道青春易逝，静下来的时候，她得想她自己，她有苦恼，有忧愁，想到人生，想到某一天会轰然老去，竟有莫名的恐慌。

吴小萍离开家了，谁也不知她去了哪里。

吴小萍不在红房子里的日子，夏麦觉得时间好漫长。到这时，他才知道什么是相思。

8

吴小萍走了，郑婵英来了。

她说："夏子，男子汉大丈夫的，别老待在屋里，和我到建筑工地去！"

他有些迟疑。

郑婵英又说："盼啥呢？你想她？还早呢。走吧！"

吴小萍叫"夏子"，她也叫"夏子"。她把吴小萍守望的夏麦拽走了，交给了另一个女子。吴小萍后来一直怨恨她，说她狠毒。人生中就是这样，少不了这样那样的恩恩怨怨。

想不到，曹霞也支持夏麦去打工。

她俩都是好心。曹霞说："一个应该娶妻的男子了，不能这样窝窝囊囊，读书不成，总得有一点儿能耐，吴小萍爱得死去活来，以后你娶了她，还望她养活你吗？那你就太对不住她了！她痴，你不能傻！"

夏麦很震动，也很感动。他万万没想到，曹霞会肯定和支持他们相恋。

夏麦到湔水度假村建筑工地去了，在职工食堂做杂工。更叫他没有想到，那个厨师的助手便是在临河巷摆过小烟摊的钟情。一见面，他们都怔住了。

郑婵英完成了使命，心满意足地走了，含着笑，狡黠和戏弄味很浓。

钟情还是老样儿，小巧玲珑，永远的少女型，只是长得更标致了，脸上有了明显的红润，也多了羞赧的泼辣。她不如吴小萍娇柔动人，在她面前，无论何时何地，都让你觉得，这是一个值得你保护的清纯小妹，激起你的责任心。对她，更多的是兄妹感情。

那是一个标榜为服务性质的工地食堂。实际上，它的营业成分很重，至少，它的盈利远远超过职工食堂的标准。厨师乃建筑队的固定工，钟情和夏麦则是临时工，打工妹和打工仔，老板可以随时炒他们的鱿鱼。他们如果要炒老板的鱿鱼，那就难了，除非已经做了的工钱甘愿不要，白做。

夏麦是郑婵英的人情工，老板不能不要。老板说："真不知那娘们儿是怎么想的！"

钟情是厨师的助手，夏麦一去便是她的助手。她叫夏麦洗菜、掏火、洗碗筷、扫地，做不过来时，她也帮夏麦的忙。上街采购和卖饭菜收款，老板专门派的人，厨师不参与，夏麦和钟情更不准沾染，大概害怕他俩窃款外逃，到国外去度蜜月。有时，钟情洗了衣服，也叫夏麦帮她拿去晒。一次，当着厨师的面，她把洗净的健美裤和裤衩塞到夏麦手里。夏麦红了脸，迟疑了。

"你去呀！我不是也帮你吗？"钟情说。

厨师直瞪瞪地看着他们。

钟情骂夏麦："老封建！"

夏麦去了，把两条裤子给钟情晾晒在河滩中的竹竿上，在风中飘荡着，似两面不规则的旗。

由包工头从各地招兵买马组成的建筑队，是一个复杂精彩的世界，一个年轻女子在内打工很不容易，夏麦去了之后，并不能保护她，反而让她更难了。不知不觉之中，在粗话脏话随口吐的男人们中间，便有了钟情是夏麦的"那个"的说法，即"红颜知己"或者"爱人"。说白了，"婆娘"。只是，钟情和夏麦都不知道。

厨师知道，别人吼"你究竟有几个好妹妹"，他听见了。他骂"娘"。

一天，吴小萍突然出现在河滩上。

"夏子，你出来!"她喊，含着愠怒。

夏麦知道是亲亲的姐回来了，走出工棚，站在她面前。钟情也出来了，看看夏麦，又看看吴小萍，她的脸有些发白。钟情第一次知道夏麦有个被女人叫的"乳名"。

吴小萍拉上夏麦就走。脚手架上的，挖土方的，拌料的……一霎时，整个工地都停下来了，所有的眼睛都看着厨房门口。厨师不阻拦，很平静地目送着吴小萍和夏麦。

在吴小萍手里，夏麦浑身燥热。他回头看了钟情一眼。

钟情低下头走了。

那是一个艳阳天。

9

回到红房子，吴小萍终于抹泪了。那是女人的怨，女人的恨。

夏麦怕看吴小萍那双热泪盈溢的长睫毛眼睛。

他喃喃地说："我好想你。"

吴小萍没说什么，她把女性的怀给了夏麦。她的怀是炽热的缸，夏麦快被融化了。他感觉得出，她的生命在颤动。

他们忘记了红房子外是怎样一个世界。

吴小萍说，我们不能再往前走了，仍然求夏麦饶了她。

那晚的皓月比往昔的圆，比往昔的亮，月光如水，似从吴小萍身上流出来的。

那是一个决定生死的夜。吴小萍把什么都告诉夏麦了。说她是嫁了的女人，那是天底下最大的冤。村里人都知道她早为人妻。她嫁了吗？她那位善良软弱的母亲，好心好意害了她。是呵，母亲要离开人世了，想给将要成为孤儿的女儿安排一个好的归宿，自作主张，将吴小萍许配给在外地有个工作的杨大，草草地摆一桌酒席，她就是人家的老婆了。是吗？没办结婚证，什么理由都没有，吴小萍从头到尾都不承认，也不去杨家。她害怕把母亲气死了，什么都不说，管他呢，不是吴姑奶奶的事！他想娶谁他去娶！第五天母亲就死了，杨大想来端灵送葬，她被逼急了，提着木棍把杨大撵得狼狈奔逃。母亲死了，死无对证，这嫁与娶的事，谁认？吴小萍叫杨大去找她妈！

事情并没有完，吴小萍不认，杨大认，杨家赌神发咒，非吴小萍不娶！曹霞挺身而出了，捍卫吴小萍，杨家人反而说曹蛮子欺负人，要上告。曹霞叫他们去告。他们不傻，不告，整整一年多，在精神和名声上折磨一个孤女。

吴小萍说："杨大快把我逼死了。夏子，你让我麻木的青春复活了，也让我死去活来！我太艰难了！"

吴小萍即使不说夏麦也知道了，她前段时间离家，是去找杨大，要和杨大好说好散，恳求杨大放过她。杨大会吗？年少母亲般的姐，她爱得执着，爱得艰难，是不屈于女人命运的精魂。

从红房子里回来，夏麦长久地坐着。窗外那轮明月，就像吴小萍。他在想初恋女人的爱情、婚姻、家庭和命运，在想亲亲的姐。她让他等待，等待她奋斗和抗争的结果。想到吴小萍，夏麦有着淡淡的负罪感。他开始抹不掉钟情的影子了，钟情美得单纯，美得质朴。

明月是隽永的。人生并非明月。

那一天，吴小萍独自去了牛头镇，踏上了边镇的河心岛。

河心岛是新建的旅游地，岛上有一座极具时尚风格的"女娲庙"，叫小镇人眼睛锃亮。庙不大，却特别的酷，庙内只有一尊女神，美女。后来有外国人闻讯从省城来了，参观之后，赞叹是中国的小镇维纳斯。她被雕塑成半裸体，动态，娇柔不俗，人、神、仙浑然一体，更有一个奇妙的设计，一按电钮开关，便给她穿上内衣和裙子，或垂下纱帘，使她在影影绰绰之中，美不胜收，再按开关，又可使她渐渐半赤裸。因此，参观者极多，再由参观者变为祭拜，从不收门票到凭票入境，有人称之"女娲"，有人叫作"夏娃"，虔诚膜拜的女人则说成"娘娘庙"。

吴小萍没心思观看美景，对直走过摇摆的吊桥，到了岛上。

她在"女娲"面前犹豫片刻，虔诚地跪了下去。

每个女人都在修着自己的"娘娘庙"。

10

也许是冥冥中的命运把夏麦和吴小萍连在了一起。吴小萍带着女性的执着，艰难地追求。

天总在下雨，没完没了，割不断的情，连家长里短的闲话也被淋得生了霉。过来人说，女人闲不得，串不得门儿，两个女人一到堆，闲话就是"野火烧不尽，春风吹又生"。夏麦和吴小萍之间的隐情，成了乡里人的话题。

最不能容忍她的，是杨氏家族的人，他们认为被称作吴小萍的"儿媳"伤风败俗，却又拿吴小萍无可奈何。

曹霞也不能幸免，村里人凭直觉断定，她是吴小萍的指使者。

乡间的夜里是寂静美好的。夏麦住的是茅屋，与邻为界的篱笆上爬满了牵牛花，静静地开放着，似在期盼地等待。他的邻居是一个年轻女人，叫喻姝，静夜里，她像纺织娘一般，轻轻地吟唱。

突然间，吴小萍轻盈地，一闪身进屋来了，多像蒲老先生在《聊斋异志》里所写的狐女。

她站在夏麦面前。

"姐！"

吴小萍悄悄制止他，让他小声一些。隔墙有耳，她在回避喻姝。喻姝的吟唱已经停了。村中河的涛声隐隐约约传来，吴小萍的红房子在轻轻摇曳。他们的心在跳，跳出月夜里孤男寡女的共鸣和碰撞。

姐和弟坐在床沿上。小屋在静谧的原野里，祖辈传承的习俗被踩得嘎嘎作响。夏麦盼着姐，姐来了。姐弟感情在超越着，热辣辣的，向更深的境地发展。

吴小萍那么静，似一尊等候命运判决的女神，流露出女性的悲凉和艰辛。

"夏子，你真喜欢姐吗？"

夏麦说："我爱着姐，真的好想姐。"

"别轻飘飘的。"吴小萍说，"姐在赌命。"

夏麦开始心悸，有些怕，却抱住了吴小萍。吴小萍拉开他的手，似临刑前的追问："姐嫁给你，你敢娶吗？"

夏麦好像被雷猛击了一下，一时哑了。他热恋着吴小萍，深爱着姐，连梦里都想着吴小萍属于他。可是，当吴小萍很现实地摆在他面前，他竟然有些不知所措了。真的，他没有认认真真地想过。到这时，人们的告诫，农家人誓死捍卫的"规矩"，杨家人的愤怒……突然间如泰山压顶，显得那么重，还有另一个男人站在他面前。他的灵魂开始破裂，心在不知不觉地呻吟……也许吴小萍已经在失望了，开始恨他这个懦夫。就在吴小萍要起身离开的那一瞬间，他再次抱紧了她。夏麦突然意识到，这一松手，将是他和吴小萍的各自西东，可能从此就失去了她。她会鄙夷他，长久地恨他，怨他。

吴小萍，他亲亲的姐，并不是轻佻的水性杨花，她有她做女人的特殊标准，别于一般乡间女子的爱情追求。她静静地让夏麦抱着，显得很软弱，不再是一个年少的母亲，似需要男人保护的小妹。过了一会儿，她抬起头来，那么执着，一定要夏麦回答她。

夏麦点着头，说他要娶亲亲的姐。

吴小萍又一次把处女的怀给他了，让他在她的乳房间。她轻轻地抽泣着，用眼泪诉说着内心深处的话。

夜深了，吴小萍要回去了。夏麦留不住她。即使夏麦再有男子汉的勇气，她也不能留在他的茅屋里。她得坚守住自己，那是女性的道德底线。

第六章　飞逝的仙子

1

吴小萍又要去远方了。

这一次，她告诉了夏麦。

夏麦到大桥头去送她，依依不舍。天还没有大亮，桥下的水在哗哗地响着。夏麦和吴小萍在河湾里接吻时的明月又挂在天边。涂了唇膏的朝霞已经慢慢出现了。偶尔有早行人通过大桥，细瞧他俩难舍难分的剪影，想看清夏麦和吴小萍的脸。吴小萍避开了，只给他们一个无限想象的空间。

吴小萍把一串钥匙给了夏麦，把整个闺房和小院放在小弟的手里。夏麦老是放心不下亲亲的姐，好像这一离去，吴小萍就再也不回来了，心里有叮咛的千言万语，却笨拙地吐不出来，倒是吴小萍拉着他的手，细细地嘱咐。

"别回你那间老屋了，贼娃子不稀罕你屋里的破铜烂铁！真要偷了你的狗窝，以后就和我一块儿住。钥匙揣好，别丢了！记住，不准外人到小院里去！"

夏麦知道，有红房子的农家小院，和永远的处女吴小萍一样，是女人的秘密，只对她的夏子开放。相思总是牵挂，姐把不必说的傻话、蠢话都说了，他还是眼痴痴的。吴小萍动情地嗔责他，亲了他一下，说："还想吃奶不？三岁小娃似的！"

夏麦说："我等着你。"

"你不等我，等谁？"她满足地一笑，往前走了。

像从地里冒出来似的，郑婵英突然站在面前。

她戏弄地说："咋不一起去呀？舍得？"

夏麦不搭理她。他的脸绯红。

吴小萍曾经说郑婵英是"奸细"，细想起来，她还真配。不知为什么，夏麦和吴小萍之间的事，她似乎了如指掌，犹如吴小萍房间里那幅新潮的明星画，随时都看着他们，含着几分嘲弄，幸好她也是个女人。

2

郑婵英曾经对曹霞说："吴小萍，就一个蠢姐！离什么离，要嫁就嫁呗，谁管得了她？"

曹霞骂她"唯恐天下不乱"。

她说："早乱了，不乱也得乱。吴小萍不是早就和夏子吻了吗？想同居想睡，两相情愿，旁人去管，多事。法律也管不了！"

曹霞瞪眼，骂郑婵英："别胡说八道，好事都让你说糟了！"警告："别害了吴小萍！"

吴小萍走了，夏麦待在红房子里。

曹霞来了，知道是怎么回事。

曹霞不是外人，同样是"姐"，是无法拒绝的党员大姐。她到小院来，是找吴小萍，看看院里的情景，没说话。她知道吴小萍的忌讳，没进房间，也没和夏麦多说，出去了。

夏麦目送着心事重重的曹大姐。

吴小萍终归是一只粉红色的河蚌。在幽香的房间里，睡在有青春气息的床上，夏麦总是想她。把闺房划为禁区的吴小萍，对夏麦完全开放了。在单纯执着的女性心理，她已经属于夏麦。涛声依旧，床上的东西原封不动地扔着，偶尔使用的乳罩、穿过未洗的内裤……都在。她只锁了日记本，那把小钥匙也带走了。那是她的隐私，夏麦只能偷看，她也让他偷看，却不给他。

吴小萍少女时代的照片，放在小圆镜的玻璃后面，笑得非常灿烂，很甜，又有几分狡黠。心中有了夏麦时的艺术照，她放在床头柜上，有插鲜花的小花瓶陪伴。她看着夏麦，青春荡漾，期盼着，那是热恋女人的春情。

一个又一个夜晚，夏麦在留守，为吴小萍守望。

在那些日子里，杨氏家族的人到小院外来侦察过，愤怒在他们心里集聚着。

3

吴小萍突然回来了。

她眼里有泪水。夏麦不敢多问，以弟弟和恋人的感情体贴着她，给她泡解渴的果汁，烧好洗澡水，提进浴室，找出她换洗的内衣内裤，抱到她跟前："姐！"

夏麦和吴小萍很默契，知道远行之后，她首要的是洗澡，洗去一路风尘，洗掉他不知道的经历。

夏麦煮了一顿恋人的团圆饭，等待姐弟共餐。

吴小萍从小浴室里出来了，叫夏麦也去洗。夏麦看看姐，进去了，走进了她给他的空间。

吃饭的时候，他俩都静静的，那气氛使人的鼻子有些发酸，似乎是最后一顿晚餐。

晚饭后，月亮出来了。

吴小萍背着夏麦站在房间里，看不见她的脸。

夏麦该回去了。

"夏子，留下吧！"

这一夜，吴小萍把她的全部给了夏麦。

她在轻轻地哭泣。

4

吴小萍失去了理智，她告诉了曹霞，全说了。她说："对，我把女人的全部给了夏子。真的，我坚守不下去了！为什么我要这么坚守？这对我太不公平了！要杀要剐，我等着！"然后是哭。

曹霞骂她，也满眼是泪。

夏麦经受着灵魂的拷问。

他去找吴小萍，吴小萍不见他，仿佛一夜之后，便各自在水一方，变成了牛郎织女。

曹霞遇见夏麦，停了一下，有话没说出来，又走了。

夏麦预感到了事情的严重性。

郑婵英来找夏麦了，说："你跟吴小萍睡了？你姐真大方！"

夏麦唬得说不出话来，心就那般的跳，一阵惊悸紧张，仿佛面临着审判。

郑婵英含着笑，笑得极美，很甜，有着要融化男子的魅力。她说："没啥，睡就睡了呗，又不是外人，是吴小萍。不过，你娶不了她，她早就是人家的人了，你得替你姐着想，你叫她怎么活人！你是青童男子，恋你的女娃子有的是！"郑婵英开导他，说"天涯何处无芳草"，还说她见到了摆过小烟摊的钟情，说钟情想着他。郑婵英也自称姐，说："姐去给你牵线搭桥，她一定会嫁给你！你就等着吧。"

夏麦的脑壳里轰响，记不清郑婵英究竟说了些什么，懵懵懂懂的，似被置于由女性温情铸成的爱情测谎仪里。和吴小萍同睡，尔后，脑海深处总有声音，无论他怎么驱赶，都在"告诫"他，那是有婚史的女人，你不怕害了她，让她身败名裂？尽管是他的吴小萍，那声音仍然时不时冒出来。还有，面对突如其来的压力，所产生的惧怕和担忧……不知不觉之中，都被郑婵英套出来了。

郑婵英真成了精。

郑婵英不笑了，正色说："不敢娶吴小萍了？想钟情？"

　　夏麦真不知应该怎样回答郑婵英了。她已经扰乱了他的心智，击中了他的要害。

　　夏麦深恋着吴小萍，丢不开她，不知为什么，又有些相信郑婵英的话，开始怀疑亲亲的姐在他之前已经不是处女，吴小萍的美已经不完整，而他还是深爱着她，越是疏远越想她。

5

　　那是多雨的时节。雨中有吴小萍的泪水。她红润的俊脸开始苍白。夏麦在河湾里遇见了她。她就站在他们曾经接吻的地方，压倒的野草早已长还原了，还开了野花。别人不知道那儿的特殊含义，吴小萍和夏麦知道，像奔腾的黄河，它是他们的爱情源头。

　　夏麦喊"姐"。吴小萍不应，背过夏麦站立，似乎害怕作夏麦的奴隶。

　　雨在下，细，密，无限的柔情。

　　在那些日子里，关心夏麦和吴小萍的事，似乎成了郑婵英的嗜好。她并没生什么坏心眼儿，而是心魔，她没办法控制住自己。

　　郑婵英对夏麦说："我是为你好，为吴小萍好，命运不可强求。"

　　夏麦终于说了："我不信命，我爱的是吴小萍！"

　　"那是有夫之妇！"郑婵英说，"你真要让吴小萍身败名裂？我和她都是女人，你别害她了！她离不了，也没有地方离。她只能做你的那种姐，连姐也难做下去了。"郑婵英说，吴小萍早已不完美了，你放过她吧！仍说"天涯何处无芳草"，但绝口不再提守小烟摊的少女钟情。

　　夏麦突然开始恨郑婵英了。

　　夏麦走了。他要去找我亲亲的姐，问个明白，诉说他的相思和热恋。吴小萍的门关着，转眼间他又没有了勇气，一种复杂的心理让他冷静下来，也许是郑婵英推心置腹的话俘虏了他。

　　对夏麦和吴小萍之间的恋和村里人指责的"越轨"，煎熬着卸任的村妇女主任的心，她真不知怎样保护两个恋人。曹霞毕竟只读过初中，一个问题苦苦地困扰着她，那就是农村改革开放了，农村的婚姻意识需不需要更新？传统的道德观念应不应该一成不变的继承遵守？吴小萍的那桩所谓婚姻，她决不认可，太荒唐了！可是，杨家人认，简直在誓死捍卫，村里的一些人也糊里糊涂地跟着认，还有的人说起吴小萍就摇头，叹息吴小萍爹妈死早了，缺少管教，二十来岁的大女娃子，人长得倾城倾国，就是个放荡，乱！曹霞是下了决心，支持这对恋人，哪怕说她"坏"，她也认了。郑婵英去找夏麦，对夏麦的许诺，让她吃惊，心里说："死婆娘，你不怕戳漏天？"

俗话说，没有不透风的墙，不久，村里便传言，说夏麦要娶时尚的牛家小妹牛媛媛，是郑婵英许诺了的，她将真正作夏麦的姐，还说牛家小妹也同意，心甘情愿。

吴小萍知道了，是郑婵英亲口告诉她的。

6

久雨之后，终于有了新的太阳。傍晚，妩媚的月亮斜斜地挂在小河湾的苍穹上。

夏麦去敲红房子的门。

吴小萍似乎知道夏麦要去。她看着他，眼圈是红的，有泪水。

吴小萍说，郑婵英刚走。

"姐！"夏麦喊，是大男孩钻进年少母亲的怀里，贪恋啃着乳房的感情。

吴小萍死死地咬住嘴唇，控制住自己。她说："你走吧。我委屈你了，不配你！"

夏麦说："不！姐……"

"快走吧，别让人家看见！你要成家，姐不能害你！"

夏麦还想说心里的话。吴小萍终于哭了："姐看错了你！夏子，你能记住我就行了！"

夏麦想找回昔日的恋情，被吴小萍拒绝，他失落地站在红房子外面。

郑婵英说得信誓旦旦，而牛家小妹并不见夏麦的面。她原本就没说过她要嫁给那小子，是郑婵英的一厢情愿。

她说："要嫁你嫁！"

"嫂嫂嫁？"郑婵英脸都气红了，说不出的羞辱，她这才知"天下大乱"是什么滋味。

拜拜！牛媛媛扭头就走了，到外打工去。

吴小萍从夏麦的人生中消失了，夏麦很后悔，更想她，恋她。失去了的，才觉得特别珍贵。

曹霞希望夏麦和吴小萍重归于好，希望他们终成眷属。可是，她很为难，太难了，无形的压力困扰着她。她要吴小萍等待，要夏麦等待。日子在走，它不等人。时间医不好心中的创伤。吴小萍不愿见夏麦。曹霞很焦急，骂吴小萍：不争气！

曹霞要做好这件事，确实比一般的女人难，她不似郑婵英。郑婵英可以"唯恐天下不乱"，她绝对不能。

雨和太阳，是终身恋着的情人。恋姐的日子很漫长，悄悄地过去，成林的秧子怀孕了，抽穗了，有了丰收的预兆。夏麦见到吴小萍了，却隔着开始凋谢的牵牛花。她在喻姝的小院里，只让夏麦看一眼，换成了俏丽的背影。夏麦喊"姐"，她不应，飘然而去，看着夏麦的是喻姝。竹篱寨比天河还宽，隔断了一对恋人。

听说，吴小萍和喻姝结拜了姐妹。

7

天还是天，地还是地，日子还得过下去。

夏麦失恋的时候，被村里的青年汉子拉着去了远方，到外地打工。是呵，年纪轻轻的，他不能就这么沉落下去。心中有恋着的女人，永远走不远，不出两个月，他就辞工回乡了，风雨兼程。

在村中河的长堤上，夏麦遇上了郑婵英。

郑婵英是那么惊愕，更有女性的痛惜。

她说："还想着你的姐吗？你的姐已经不可救药了！"

夏麦的第一反应是绝不相信，想扑上去打她。但他没有，郑婵英的神情让他呆住了。看得出，她也很难受，并非幸灾乐祸。郑婵英嗔责夏麦，说他不该在吴小萍最低落最艰难的时候抽身而去，一个男子汉少了起码的良心！

"你的姐是女人，你改变她以后，像个陌生人，把她扔在家里。你俩的暧昧，村里传得沸沸扬扬，一切都让她独自承受！"

郑婵英说，那个傍晚，喝醉了酒的吴小萍独自在外，被喻姝的男人抱进了谷田。吴小萍并不怎么挣扎，那是绝望。天是晴天，田野也美，漫着暮霭……她没有半点儿声响，被毁了。吴小萍是有泪的，在心里喊："夏子，姐完了！"那是女人最痛苦的呼喊。

"吴小萍，我亲亲的姐！"夏麦一阵眩晕。

郑婵英是什么时候离开的，他不知道。

曹霞知道以后，气哭了，骂夏麦："你害了吴小萍！"

在夏麦和吴小萍面前可称"姐"的她，含着眼泪痛斥："你干嘛要把她引上那条路，又抛弃了她？她受得了吗？"

曹霞说，爱有多深，恨有多深。

"夏麦，亏你还读了那么多书，知书达礼！你说，吴小萍是不是把啥都给你了？她只是你姐吗？她已经把自己当作你的妻子了！处女给的是你！你得到了却嫌弃她！吴小萍不是荡妇，不是水性杨花，你把天底下最好的女人失去了！"

曹霞这样骂一个男子，还是破天荒。她把女人的贞操看得那么重，满含女性的羞恨和伤痛。夏麦第一次看见她那样的哭。她摇着夏麦，使夏麦不知所措，怯惧得说不出话来。曹霞的感情压抑也太重了。

从那之后，吴小萍仿佛与世隔绝了，她真成了闭门的河蚌，再也不出红房子。曹霞叫夏麦去敲门，他喊着"姐"，没有回音。

郑婵英说，早走了！

大家都提心吊胆。

8

吴小萍匆匆离家，走得那么神秘，她的去留无人能够准确判断，仿佛真的从美好的世界消失了。

也不知过了多少难熬的日子，曹霞突然出现在夏麦的门口。她是受吴小萍之托，叫他到红房子里去。

夏麦好激动，心花怒放："我的吴小萍，我盼到你了！"

那是一个出乎意料的夜晚。吴小萍的房间里，站着另一个女子，少女型的，出落得很标致，很动人。见夏麦跟曹霞进去了，她略含羞涩地喊："夏子！"

夏麦一怔。啊，钟情！曾经在牛头镇芭蕉下摆小烟摊的少女钟情！她怎么会在这儿？他应了一声，眼睛却在寻找相思着的姐。

吴小萍侧着身站在灯下，把她朦胧的美全给昔日的恋人了。她掉过脸来，没说话，神情有些黯淡。夏麦突然敏感起来，意识到事情有变化。

夏麦的心开始乱了。

顾不得钟情和曹霞在跟前，他喊吴小萍，仍是大男孩钻进年少母亲的怀里，贪恋地啃着乳房。

吴小萍嗔怪地看他一眼，说："你看谁来了？"她在掩饰。

夏麦和吴小萍的心语交流，不速之客的钟情尽收眼底。

像她的名字一样，钟情是一颗爱情的蒲公英种子，随风飘落，从远方飘到小镇，再到外地，现在又跟着吴小萍到两河村来了，就在房间里！在牛头镇的小烟摊前，夏麦和吴小萍与她奇遇，在渭水度假村的建筑工地上，她把少女的情意给了夏麦，让夏麦怦然心动，吴小萍追来，把夏麦抢回去了，原以为不再见面，她在夏麦心中的那枚绿芽，渐渐枯萎，已经开始将她忘却，不料她会突然出现在夏麦的面前！

夏麦等待的姐，让他和钟情相会。

亲亲的姐拉着曹霞走了，禁地里只剩下夏麦和钟情。夏麦的心随吴小萍而去，人却在钟情面前，痴傻的孤男寡女。

钟情比原来俊俏多了，更苗条更娟秀了，流露出流浪女的野性与活力。她瞧瞧夏麦，又有了很动人的笑。

夏麦终于找到了开口的理由，说："钟情，你走了多久？回家了？"

钟情说："我哪儿有家？流浪呗。差点儿被人贩子骗去做人家的媳妇，翻墙逃了，幸亏遇见了你的姐！"

她说得很轻松，轻描淡写，似乎在讲述另一个女孩的故事。

钟情的话让夏麦的心震动，他知道这是一个有泪有血的少女经历。钟情说得那般的淡漠，是因为看见了夏麦和吴小萍之间。她一直在窥察夏麦，又说："你呢？"

夏麦不知如何开口。他感觉得出，钟情洞察了他心底的秘密。

钟情仍是那么笑笑："吴小萍早告诉我了！"

夏麦开始狼狈起来。

钟情索性全说了："你姐要我嫁给你。"她也羞臊，脸绯红，等着夏麦的回音。也只有作了流浪女的钟情，才有这样的直率和胆量。她是要夏麦坦荡地表示：相爱不相爱，都给个快性，犯不着遮遮掩掩。

夏麦没料到事情竟会这样！不相信是吴小萍所为，却又判定钟情没有说谎。他不敢正视钟情那双纯洁又有些狡黠的眼睛，语无伦次地说："钟情，我穷。"

"我知道，你穷，没能耐，还和吴小萍……"

夏麦从姐的禁地里逃出来了。

夜是那么静谧，没有明月，只有星空，很灿烂。夏麦在小院的门口找到了吴小萍和曹霞。曹霞不吭声，侧过身去，她似乎早就知道有这样的结果。夏麦也不管有没有曹霞在场，冲着吴小萍说："姐，我要娶你！你答应了我的！"

"不！"吴小萍带着哭声说，"夏子，你饶了姐吧，我们没有缘分！"

吴小萍哭着跑了，曹霞也走了。夏麦拖着似要垮塌的躯体，慢慢往他的破旧茅屋移动。

钟情站在那棵芭蕉下，看着夏麦，看着吴小萍和曹霞。

9

受到了人生的挫折，夏麦躺在床上不想起来。第二天早晨，太阳老高了，曹霞赶到，推开了他虚掩着的门，叫他去挽留钟情。曹霞说，因为他，钟情负气要走了，吴小萍拦不住她，要他赶快去。夏麦不动。曹霞把他从床上硬拉起来，骂他不是男子汉，是脓包。

"不管怎样，你也不能让她再当流浪女！"

迫不得已，夏麦去了。他一去，并没有说挽留的话。钟情就留下了。想不到，这一挽留，改变了吴小萍的命运，也改变了他的命运。

钟情知道夏麦的过去，更看到了现在，而她留下了，那是少女的痴情。她不怕大男孩钻进年少母亲怀里，贪恋啃着乳房的故事，也不怕夏麦和吴小萍接吻，不计较姐和弟的曾经。钟情很自信，她对曹霞说："没啥，只要夏子留，我就不走。他穷，无能耐，我都不怕，那是能改变的。我也流浪够了，希望有个家，有个男人，我不嫌弃他。他们还要恋，我也不怕，结了婚，他们只是姐弟了！"

曹霞很感动，称赞钟情是个好姑娘，说钟情坦荡，不计较，真心真意要嫁给夏子。她给吴小萍说了，问吴小萍。吴小萍负气说："他们要娶要嫁，是他们的自由，不关我的事！反正我和夏子没什么。"

曹霞明白吴小萍的心，劝钟情走。吴小萍咬咬牙，坚决留。夏麦对她央求，她嗔怒地拒绝，骂夏麦，搡夏麦。过后，她悄悄地哭了。

钟情很大胆，不顾忌什么，夏麦的茅屋里，她想来就来，像个极年轻的主妇，熟悉地主持着一个不像家的家。夏麦在田里，她照样去。她跳进村中河的浅滩处，卷起裤子的大腿被河水泡得通红，替夏麦洗衣洗内裤，声音清脆地喊着夏麦的名字。她远远超过吴小萍，似乎她和夏麦已经是一对恩爱的小夫妻。

夏麦总是心神不定。吴小萍不理他，好像她和他突然陌生了。找曹霞，曹霞很为难。

郑婵英骂他"笨猪"，说："你踏两只船，别后悔！"

村里人为了结束夏麦和吴小萍的畸恋，都在促合这门亲事，生怕流浪来的鸟儿飞走了。一念之差，夏麦忽然觉娶姐无望了，顺理成章的，和钟情去办结婚手续。女方的户口、身份证什么的，钟情都随身带着，很快就成了。一拿到结婚证，同钟情走出大门，夏麦就开始愧疚，心像被无形的手撕着。

"姐，我的吴小萍，我亲亲的姐！"吴小萍有些红肿的眼睛在他的脑海里晃动，他们之间的恋情潮水般涌上心头，夏麦马上醒悟了，事情不该是这样的，他彻底背叛了深爱着他的年少母亲，亲亲的姐！他揪心地想她，"我们不能只是一面空镜子，应该破镜重圆！"可是，一切都迟了，钟情已经是他的合法妻子！

钟情也低着头，似乎在想什么，她的心也沉郁了。

夏麦和钟情办了结婚手续以后，吴小萍病倒了。钟情没有别的落脚点，就住在吴小萍家里。因此，夏麦无缘再去姐的床前，一切由钟情代替。钟情成了吴小萍的侍者和卫士。成为合法夫妻以后，夏麦居然有些惧怕钟情，不敢贸然去闯禁地。

几天以后，吴小萍起床吃饭了。她的脸很苍白，钟情的眼睛也有些红肿，真不知她们之间发生了什么事情。钟情俨然似吴小萍的亲妹，谁也别想知道这几日红房子里的故事。

"君问归期未有期，巴山夜雨涨秋池。"真没料到，深秋里会有一场大雨。田野里，金黄的草垛滴着水，星罗棋布地呆立着。曹霞从镇上的邮政代办所取回了一封特快专递的信，交给吴小萍。

吴小萍看了信，热泪一涌，差点儿晕了过去。

刚强的钟情，抱着吴小萍，咽喉发哽，喊了一声"姐"。

钟情知道吴小萍为什么会这样。

吴小萍死死地把信捏在手里，谁也别想看。第二天，还有泪痕的吴小萍把红房子的钥匙交给钟情："你等我回来！"

10

"何当共剪西窗烛，却话巴山夜雨时。"要归来的人终久会归来，三天之后吴小萍回来了。她一回家就要夏麦和钟情举行婚礼，把曹霞吓了一跳。

曹霞知道吴小萍的心，她说，缓一缓吧。吴小萍就是那么坚决。曹霞感到非常内疚，对夏麦和吴小萍的爱情，她支持，却又是理智的，有些优柔寡断。总之，有说不清的理由和难受。事已如此，曹霞也特别心痛。

不知吴小萍是走出了低谷，还是狠心豁出去了，她是长痛不如短痛，痛肠子割一刀，让夏麦和钟情早早把婚结了，结束无边的相思和痛苦。她害怕自己压抑不住，和"夏子"再爱得死去活来，让被她带来的流浪女痛苦。

曹霞阻挡不住吴小萍。

吴小萍是孤女，她从不信鬼神，现在却到"女娲庙"内下跪，再悄悄请人给夏麦和钟情选择结婚的良辰吉日，都是因情所致。她既然痛下了决心，就不容别人更改。

夏麦喊"姐"，说不出想对恋人说的话，只是为难。他一无钱，二无家具，连那间木床也是破烂的，摇篮一般，有的是面临婚期的男子汉尴尬。

吴小萍不理会夏麦，也不和谁说话，她独自去牛头镇买回一床新毯子和新被褥，再买两张大红"喜"字、一对有喜字的红烛，把新毯子、新被褥、新枕头扔在她床上，说："就在我屋里结婚！这儿就是你们的洞房！"

夏麦和钟情都不敢作声。他们怕这位独断专横，主宰他们婚事的姐。

婚礼极简单，是破格的，请来了曹霞和老村主任。红烛流着蜡泪。曹霞喊了"夫妻对拜"，然后说："拜你们的姐姐！"

吴小萍的眼里闪烁着晶莹的泪洙。

夏麦和钟情叫了一声"姐"，向吴小萍鞠躬。钟情的头一低下去就抽泣起来，夏麦的热泪也往外涌。然后是喝交杯酒。谁喝得下去？接下来该入洞房了，夏麦的心跳得很急。红房子里只有一个房间一张床，亲亲的姐也在里面，要是她……

吴小萍已经不见人影。

曹霞过来，小声叫夏麦："你姐叫你出去。"他看看钟情，钟情垂下了头。

夏麦去了。大家留在屋里。

小院里，在牛郎织女相隔的晶亮天河下，吴小萍站着。她似即将飞逝的仙子。

"姐！"

"夏子，抱抱我！"

夏麦迟疑一下，上去抱住了亲亲的姐。吴小萍也抱紧夏麦，她的身子在微微地颤抖。

吴小萍说："夏子，姐好冷……"她在夏麦怀里淌着眼泪。夏麦也想哭。好似永远的别离，他想给姐最后一个吻。

吴小萍说："留给钟情吧，你心里记住姐就行了。过去吧，钟情在等你！"

曹霞出来了。她是担心他们。

曹霞说："吴小萍，到我家里去！"

吴小萍被曹霞拉着带走了。老村主任也走了。红房子里只剩下了夏麦和钟情。

红烛继续燃烧着，结了很大的烛花。

钟情的眼睛是湿的。她问："你还想着恋着吴小萍吗？"

夏麦开不了口。

钟情说："干嘛不敢说？我也想她。你欠她的太多了！"

那晚上，他们很久才睡着。在燕尔新婚中，夏麦第一次是给亲亲的姐，第二次给年少的妻子。

新婚之夜，睡觉甜蜜。一觉醒来，太阳光已经从窗户射进来了。夏麦看清了钟情。

11

钟情没有吴小萍那么婀娜多姿，大概因为比吴小萍年纪小，正值青春旺长，更具活力。钟情很羞臊，连忙拉被褥遮住身子，叫夏麦闭上眼睛。

子夜后下了一场雨，天又晴了。钟情灿烂地笑着，问丈夫："又想吴小萍了吧？"

突然有人敲门了。钟情着急，不准去开，得等她穿好。她断定是吴小萍来了。钟情有点儿草木皆兵。

门拉开，不是吴小萍，是曹霞。他们感到吃惊。

夏麦忍不住问："我姐呢？"

钟情看他一眼。

"走了！"

曹霞的神色有些黯淡。她说，吴小萍昨晚在她那儿喝了酒，流了眼泪，天刚亮就走了。说着，把一个信封放在床头的柜子上。

床头柜上，吴小萍留下的艺术照嫣然地笑。

信是留给夏麦的——

　　　　夏子，姐走了，也许再也不回来了。你要好好善待钟情，你如果背叛她，就是背叛了我！

　　现在我告诉你，曹大姐那天带回的信是杨大写的。他坑我，他在这之前已经结婚了，这才和我断绝关系，还在公证处作了公证，把公证书寄给了我。姐傻，就让这一切过去吧。姐走了！

　　红房子和红房子里的一切，都给你们，别让外人侵占了。

吴小萍

　　信封里还有一张将小院、红房子和全部财产给予夏麦和钟情的字据，盖着村委会和镇政府的公章。不管这证据是否符合法律手续，反正她是铁了心了。在夏麦和钟情结婚前，就悄悄去办理，不办也得给她办。面对那张字据，看着那封短信，钟情忍不住哭了。夏麦和曹霞也落泪。

　　亲亲的姐呵，深爱而不能地老天荒，白头偕老，把钟情看作了亲妹，在她感情的深处，钟情成了她的替身。夏麦和钟情举办婚礼的前一天晚上，吴小萍坐在临河的小窗前，把那本日记一页一页地撕下，扔进村中河，让它们带着她的人生和爱恋史，在月光下慢慢远去了，只有一页飘在了河岸的草丛中，被钟情捡到了，上面写的是她因为深爱着"夏子"，把自己给予"夏子"的那个晚上……钟情震动着，脸绯红，看了以后，仍然扔进河水里，她没有告诉任何人。

　　郑婵英未能参加夏麦和钟情的婚礼，有些耿耿于怀。她说，她真的想醉饮一次，吴小萍很见外，根本不告诉她，夏麦也忘恩负义。

　　牛媛媛知道以后，说："活该！"

12

　　岁月匆匆，吴小萍离乡以后，发生了很多的事情。

　　吴小萍碍于名声，没有状告那个恶棍的强奸，她忍了。纸是包不住火的，与吴小萍结为姐妹的喻姝终于知道了，那个勤劳温柔的女人毅然和丈夫离婚，回了远方娘家，后来再婚，嫁了一个好人家。而那个毁了吴小萍的坏小子，声名狼藉，遭到世人的唾弃，混混沌沌的过日子，后来因为其他案子被法院判了重刑，两河村人说，罪有应得。

农村实行体制改革以后，有了不少的农闲时间，女人们多了串门儿的机会，家长里短、天南海北的话题多的是，也说夫妻间的故事，年轻娘们儿往往红脸，输不起的会打情骂俏，年轻女人动武别有风情。当然，更多的是议论出外打工和创业的男人，今后的日子和农家人的前景，以及奋斗的目标。庄稼人重实际，也有梦想。

女人们自然会说到背井离乡的山妹。有的说，"小山棒"在城里重新嫁了人，端了金饭碗，是那时很香的城镇户口，新嫁的丈夫虽然年龄稍大一点，但人家是工程师，郑贵贵应该羞死先人！郑贵贵呢，被关了，不挨才怪呢，鸡飞蛋打！也有的说，山妹回了大山，那野樱桃花真美，山里还有个满春。

那个苦了大半辈子的跛奶奶，该享清福了。她常常坐在门前晒太阳，看着一天比一天美好的田野，感慨万千。她是饱经风霜的过来人，总结了人生的道理，对年轻人说："这为人啦，种啥因会结啥果，善有善报，恶有恶报，这村里的事不就这样吗？"

吴小萍走了以后村里人才明白事情的真相，女人们一琢磨一议论，马上喊：亏了"小姨"！于是，舆论骤转，都说吴大小姐是天底下最美好的女子！年轻男子们好像集体失恋。

夏麦的旧草房在风雨中倒塌了，他和钟情生活在吴小萍留给他们的家里，那是温馨的港湾。日日夜夜，红房子的倒影在河水里摇曳着，婀娜多姿。

曹霞一直很内疚、难受。她在思考、自责。有一天，她终于骂自己了："当初，带着吴小萍去诉诸法律，不就迎刃而解了吗？曹霞，你个瓜婆娘！"

曹霞也骂郑婵英是瓜婆娘，傻！

第七章　花朵灿烂的女人

1

郑婵英不傻，她是两河村里另一种类型的女人。

郑婵英是村里顶着油菜花瓣，第一个上街经商的年轻女人，牛头镇出了名的娇姐儿，她让许多人折服，她那个被称作"娇娇饭店"的小店叫人感叹。随着农村改革开放的发展，从乡村出来经商、打工、创业的农民多了，有养尊处优嫌疑的街上人暗暗有了危机感，他们似乎在一夜之间突然醒悟了，想着如何与进城上街的乡下人竞争。以往开店，郑婵英可以说不急不躁，满有闲情去管像夏麦和吴小萍那样的嫁呀娶的。如今，她也有紧迫感了。

这不，这几天郑婵英的心里就挽了个疙瘩。谁说女人不骂"娘"，她骂了"娘"。

外地来投资的广发公司，那老板很幸运。不，是善于抓住机遇。他了解牛头镇的实际情况，趁镇政府财政困难和急需了结集资款的关头，提出投资建渑水度假村，把租令土地的出价一压再压，经过几次谈判，镇党委书记不得不咬着牙签字，心中暗骂"奸商"。镇党委书记和镇长的笔一动，牛头镇内的"黄金三角洲"便属于这位"外商"，外地来的投资者了。那是镇内不少商家和企业主看好的"风水宝地"，静悄悄的归了别人，其速度之快，叫爱慕者瞪眼，就像一个姣姣淑女，想讲恋爱的正在权衡自己的实力，去讲恋爱的还

未进入角色，一夜之间已与人同床共眠，嫁了，后悔也罢，叹息也
罢，都无济于事。

广发公司老板跑马圈地，数日之内便立了"界桩"。未来的湔水
度假村有岛有水，有现为庄稼地的河滩，还包括大堤内的临河巷，
也就是钟情摆过小烟摊的河边小街，即今后的度假村入口。郑婵英
看着，芳心发痛。她绝无"外商"的实力，也无那样的气魄，不敢
有太大的奢望。郑婵英的根仍然在田野里，即使她再有雄心，再有
胆识，也脱离不了庄稼人的视野。她不想大堤以外的地方，大堤局
限了她，只希望临河巷的几间铺面，两间也行，她想过多少次呀，
可以说是梦寐以求。现在，没有了，全是人家的了，好像只有男人
才拥有它！

临河巷不"巷"，一边是大堤，一边是房，公房，原牛头镇商业
公司的，改革开放以来，商业公司名存实亡了，十多间铺面的主人
属镇政府所有，其中只有两间是私人的，只叹那家不发丁，人多不
够死，如今只剩下一个老太婆和一个在北京读大学的孙子，可那老
太婆偏不卖房。现在，镇政府一齐将临河巷"卖"给了"外商"，以
房换房，要老太婆迁居，她就是不走，说是死也要死在房内，死了
之后埋老骨头。真把镇党委书记气怔了。出任乡镇干部快三任了，
他还没遇到过这般难拔的钉子户！知情者透露：谁说那老太婆不卖
房？要卖！可她不"卖"给镇政府，要卖给私人，卖给一个漂亮的
女人。说到此，便不再说了。有人胡诌，说那漂亮女人将来肯定是
老太婆的孙媳妇，七老八十了，还为情所惑。当然是瞎说。终于有
好事者探听明白：指的郑婵英。

老太婆说，郑婵英好，对她好，胜过死去的儿媳妇。

那位固执的老太婆也姓郑，也许是郑婵英的远房长辈。钟情在
铺面前的芭蕉树下摆小烟摊时，当家人还在，钟情被街娃逼走了，
芭蕉挖掉了，老伴也死了。老太婆好气好悲伤呵，她盼望着少女钟
情，钟情却从此不见。她盼来了郑婵英，那泪珠直往外滚。

　　郑婵英期盼着那两间铺面，她心中设计着发展蓝图。万万没有料到，广发公司的臭男人捷足先登了！在这之前，她已经和老人说好了。有人告诉她，镇上的房子，买卖须上税、过户，这是必然的，郑婵英不是那种偷税漏税的人，她绝不打让人唾骂的主意，她心中有国家，该交多少她交多少，她劝说老人照办。可是，一打听，首先得去镇国土办。人家朱成卓兼管房产，你郑婵英纵然有三头六臂，再娇再美，也买不了那房那地。

　　郑婵英竖眉恨眼，咬牙发誓。现在，她抹眼泪了。

2

　　牛头镇上有个香蜡铺，和郑婵英的小饭店遥遥相对，早不见晚见，可谓边镇一绝。那李鞑子的老婆就是两河村的汪茵茵，曾经淋过牛长生一泡热尿的勇敢大姑娘。她和郑婵英本是同村人，不知为什么，竟然成了冤家对头。

　　那李鞑子是老牛啃嫩草，却生活得不容易，常到郑婵英的店里来诉苦，这一来二去就叫郑大小姐有苦说不出了。

　　记不清李鞑子是第几次到郑婵英的小店了。他从娇娇饭店回去的第三天傍晚，难得的晴朗，云彩淡化了，只剩下依依不舍的夕阳，月亮不守常规，提前出来了，浑圆，不屑包装，纯情的裸露。郑婵英到大堤上去了。她留恋临河巷。远远的，她看见了坐在门前的郑老太婆，似在守望她古老的归宿。郑婵英没有过去，她无颜面对老人，心里也痛。

　　与大堤一水相隔的河中岛上，已经立起了守护的工棚，灯亮了。"海峡"上搭起了能过载重汽车的临时预制板桥。开发的步子迈得好快！湔江河在大浪淘沙般奔流，没心思等待落伍的人们。它背着鲜红的夕阳，走向朦胧静美的境界。

　　月亮放出了光华，淡淡的，融融的，在牛头镇流淌。

　　郑婵英要回娇娇饭店了，她该回去了。

这时候，一辆太子摩托车过来了，迎面驶向她，骑手正是朱成卓。

郑婵英一怔。朱成卓也一怔。朱成卓那神情，叫郑婵英觉得受到了亵渎。

"郑婵英！……"

朱成卓喊。

郑婵英没理他，也没回头。她吞下了突然浸出的泪水。

第二天，临河巷便开始拆房了，老太婆死活不走。她还在等郑婵英。谁拿她都没有办法。她说，拆吧，拆吧，推垮的房子把我埋在这儿，就是一座坟，我还有孙子，他会来烧纸祭悼的！

两次遇上郑婵英都不吉利的女副镇长来了。被真情感动了的老太婆，终于上了女副镇长的奥拓车，去了她该去安度晚年的地方。临走时，她说："郑婵英呵，我等不到你了！"

郑婵英发誓，从此以后，绝不再去临河巷的大堤，但她还是去了。因为湔水度假村开工以后，外地来承建的建筑队头头和"白领"们聚餐、待客和宴请有关领导，看中了娇娇饭店，她不能不来。郑婵英身不由己，扭着感情，常常出入未来的湔水度假村，这又引起了小镇人的猜疑和议论，对她评头论足。

郑婵英老是背黑锅，而她出类拔萃，背得起，敢背，不怕背。进入了商战的圈子，有啥办法？因为是她，黑锅也就轻飘飘的了。

3

风靡的湔水度假村，最先建成的是"女娲庙"，足见广发公司老板的精明，颇懂小镇人的心理。牛头镇的人不少，经商办厂的，出外打工的，有了改革意识的乡下人，居然没有看到这一绝招，被一个外地投资者把"牛"牵走了，镇内人免不了叹息。

那座极有时尚风味的"女娲庙"，虔诚膜拜的女人称之为"娘娘庙"。

夏麦的亲亲姐、恋人吴小萍就是在这儿膜拜，吐露心声祈愿的。

伴随着渝水度假村的修建过程，"女娲庙"的香火日趋旺盛。牛头镇镇政府的领导们，没料到广发公司的老板要修"女娲庙"，更没料到有越来越旺的香火。镇党委书记派人去谈判制止，"外商"一口咬定是艺术品，并且拿出有关部门的鉴定，雕塑者乃省上一名家，他能作证，谁说不是呢！为了证实渝水度假村的修建严格按合同办事，广发公司老板指着合同上的有关条文，上面赫然写着："……促进牛头镇旅游事业的发展，弘扬地方文化……"有关小镇"女娲"的传说，人人皆知，县志上也有记载，这毋宁置疑了。人家还拿出了刚刚出版的著作——《小镇女娲·夏娃传》，叫镇政府的"钦差"看……镇党委书记得到汇报，有些恼怒，说了一个字："精！"

《小镇女娲·夏娃传》居然闪电式的自费出版，且成了畅销书，让李鞑子瞪眼。这当然不是盗版，而是广发公司老板通过郑婵英作"中介"，仅花几千元便买断了他的版权。书，是你李鞑子写的，但作者署名不能来个"李鞑子"，得有个女性味的"笔名"，叫"妃儿"吧。李鞑子迟疑，却不得不答应了。当时他还很感激郑婵英呢！要不是这位"红颜知己"，盗版就盗版了，李鞑子的性别也就改变了。不，人家根本就不相信你李鞑子能够写书，他一说，男女老少还以为他在"盗版"，他在冒名顶替哩。于是笑，笑得他毛骨悚然。从此，他再也不敢在小镇人面前提说写书的事。他对此有很深的感慨：自己被"奸污"了！想起来愤愤的。

李鞑子埋怨郑婵英。郑婵英没好气，骂他。李鞑子只好向郑大妹子赔罪。

郑婵英是真心真意帮助李鞑子。她说，她怕看见李鞑子为了那个书，可怜兮兮的，这才挺身而出，凭着与广发公司老板算是熟人，连说带警告，佯称：如果修"女娲庙"侵犯了李鞑子的版权，李鞑子就会上法院起诉，并且抬出了市文联的"西部采风团"。那个极精的"外商"一盘算，马上拍板买下了《小镇女娲·夏娃传》的版权，李靶子得了几千元的回报，也就"妃儿"了。李靶子气，郑婵英何尝不气。她也没料到广发公司老板自费把书出版了，花钱在大报小报上炒得火热，书畅销了，可那"妃儿"，圈内圈外的人闹不明白：究竟是写书的人呢还是出书的人，终成疑案，冤案。这且不算，广发公司老板又摘其书中的精华，印成宣传渝水度假村的小册子，凡进"村"的，人手一册，免费相送。当然没白送，回报在日后，一本万利。有记者著文说，这叫文化搭桥，推动经济发展。小镇的知情者则说，是郑婵英在"搭桥"，意思明白得很：她在两个男人中间"搭桥"，又让郑大小姐沾上了不洁的嫌疑。

郑婵英是个热心人，喜欢成人之美，你若认为没对，那就拉倒，以后别再来烦她郑大小姐。这一次，为李靶子，差点儿把她气傻。

郑婵英再次发誓：决不去渝水度假村，不瞧那儿一眼！又有啥用呢？人家照样在修，边修边营业，你气它，它气你，谁也不怕谁。

4

"女娲庙"就修在与临河巷一水之隔的河滩上，成了河心岛的胜景。

从河心岛到临河巷，修了一座别有风情的钢绳索桥，打造得像一个女人横着躺在河面上，有了感觉就扭动身子，摇摆，快乐。

偏僻的小镇，因为诞生了"女娲庙"，竟然开始繁华了，甚至有好几家真正的外资瞄准了名不见经传的牛头镇。外乡外县来参观和礼拜的人也络绎不绝，来了就要吃、住、游、玩、买纪念品，刚刚竣工的渝水度假村很快进入旺季，临河巷变成小镇最热闹的街，有人戏称为"成都的北门火车站"。

李靶子因此特别后悔。他万万没料到，被"奸污"的《小镇女娲·夏娃传》会在小镇如此畅销。长长的河堤上，如今似盛开的巨大花朵，撑着好些大伞，一把大伞之下便是一个小摊，卖香蜡钱纸的，卖小食的，卖小玩意儿的，卖书的，哪个小书摊上都有他的杰作，可是，谁都不买他的账，谁都不认识他。有一天，他伸手拿起一本，多翻了一会儿，那女子摊主便不耐烦了，说："买不买？别弄脏了！"他放手，走了，背后传来讥讽："这老头子，也想看'夏娃传'，吃错了药，霉！"

李靰子说他真的"霉"。开了二三十年的香蜡铺，"李靰子店"也罢，"孔乙己店"也罢，早该是名店，如今的名店很值钱，唯独他的店不值钱，远不如大伞下的鸡毛摊、幺妹摊。大概事物的发展如此，他写的书不值钱，"妃儿"以后就畅销，就值钱，他本人不值钱，多看两眼也是罪过。

郑婵英听了李靰子的牢骚，笑，戏谑他"大男人也吃醋"。

如果说"吃醋"，李靰子也吃女儿李莎莎的"醋"。

那李莎莎就在长堤上撑着一把大伞，真正的"幺妹摊"。不过，李莎莎与众不同，伞是特制的，多色彩，张开如花瓣，伞下的人也特别，时尚，开放，娇娆，露出半个胸脯和肚脐。她卖的东西也特别，多与情、与爱、与星有关，摊上也有书，但绝不卖《小镇女娲·夏娃传》，她知道是怎么回事。别人来不来摊前，看不看，买与不买，李莎莎都无所谓。有人暗中叫她"香魂女"。说李莎莎是"香"，是"魂"，这话似乎太损。不过，李莎莎的摊前摊侧，女娃子多，小伙子多，她似乎还在谈情说爱。临河巷和大堤上，人多眼多，没有瞎子，心计也多，风言风语更多。

李莎莎上大堤不足一个星期，年轻发体的李靰子夫人汪茵茵便来了，那把全身黑的大伞硬插在别人的摊位地上，挨着李莎莎的那个老头无可奈何地走了。大概如人所说，他害怕胖老板娘倒在他身上把他压断气。胖老板娘操本行，卖的仍然是香蜡纸钱，还有既不能换外汇又不能存银行的冥币，面额大得惊人，不知她造就了多少个阴间的亿万富翁。

李莎莎叫苦。她深知她的后妈，意图很明显，胖"老太婆"追到大堤上来，是对她的监视，娘不放心女儿，严防死守，一是作保镖，二是"避邪"，把个李莎莎气得眼睛鼻子都移了位，却拿"老佛爷"没有办法。胖夫人自有一番道理，不是真理也是真理：李鞑子不中用，她则担负起"天下兴亡，匹夫有责"的重任，凭着她那七十公斤重的肉体，堪称总镖局的镖头，谁敢在李莎莎身上发生不动烟火的那种事，决不轻饶！那些轻浮的崽娃们，岂敢和她抗衡！有老娘在此，泰山石敢当，天下太平多了。世间的事，有利便有弊，当娘的来了，女儿便开始躲了，三天两头花不开，连大伞的影儿都不见，气得胖老板娘跳脚，回家骂李鞑子：养女不教，不如不生！

"谁生出来的？是我？"李鞑子吼。

"是我生的？你霉不醒！"胖妈不怕，从眼前骂到李鞑子和死去的前妻，他们"耍朋友"那会儿，在灶脚下干那事，不怕玷污了灶王爷的眼睛。

李鞑子给郑婵英如实说了。郑婵英面若赤霞，骂李鞑子："啥都给我讲！你好意思？"

胖老板娘把李莎莎赶进了卡拉OK厅。不恋白不恋，李莎莎小姐"恋"得离了谱，和三个小伙子在舞池里疯狂地跳，开怀畅饮，还吞摇头丸……那个夜里，他们睡在一块儿……李莎莎最后成了一摊香魂的泥。

女镖头似的娘，等来了弱不禁风的女儿，李莎莎苍白而俊俏的脸，不理睬她妈的审视，擦肩而去。

李莎莎撞上了吴小萍。

夏麦那亲亲的姐没心思多看李莎莎，她要去"女娲庙"，脚步在胖老板娘的香烛摊前停了一下，对直走过摇摆的吊桥，去了河心岛。

5

郑婵英妖娆，农村改革开放以后，她上了牛头镇，更多了时尚的风姿，村里人看着不习惯，贬她，说她"开放"了，花开了，也有在背后骂她的。郑婵英我行我素，她说那些人是刺芭笼头的斑鸠，不知春夏，要保守死，回娘肚皮里去！曹霞不骂她，但也说了一句："你得了吧！"

曹霞是两河村乃至整个牛头镇公认的，最标准的俏姐儿，郑婵英却说："老土！"

评价女人，城里人和乡下人是两个标准。郑大小姐是双栖，两者都占了。属于异数的郑婵英，和乡村窝里的女人总有些格格不入，难怪两河村的娘儿们要说她在镇上"疯"。本是一个普普通通的字，女人们能说出它的隐讳和深意，郑婵英更听出了真谛。她气得来骂："疯你的 ×！"

外人免不了有事求郑婵英，她总是有求必应。镇上的人把她看成神，看成仙，看成神通广大的"浪姐"。村里的人却不求她，怪怪的人间哲学，叫郑婵英心里很不舒坦，暗暗的气。

今儿，曹霞来求她了。郑婵英仿佛走进了世外桃源。那是老村头病了，病得不轻。

曹霞说："死婆娘，别眼愣愣地看我！说，干脆点儿，借不借？"

"不借！"她说，老村头医病，那百十元钱，她出了。

曹霞却不要郑婵英"捐资"，犯不着操"大款"！把郑大小姐气得眼圈发红。她骂"曹蛮子"："茅坑里的石头，又臭又硬！"说自己为老村头出钱，高兴，情愿，出了钱心里痛快。因为老村头清廉！

曹霞不想和郑婵英多说，扭身朝医院跑。郑婵英风风火火的跟来了。

老村主任和医生护士吵得人仰马翻。他坚持要走，可叹他遇上的又是两个姑奶奶，难缠，走不了。幸好两位俏姐儿及时赶到。这费用一缴，就由不得你老爷子了。女医生和护士说："别依他，救人要紧，输液！"曹霞和郑婵英，一边一个，硬把老村头给"绑架"了。医生和护士不知他们之间的关系，这事传出去，成为牛头镇的笑谈。

老村主任的病好了，心痛了。他叫老婆子把仅有的四只鸡卖了，还了曹霞和郑婵英的钱。曹霞气。郑婵英更气，她说："老爷子，这就叫你受贿啦？做贪官啦？把好心当成驴肝肺！郑婵英的钱来得不容易，不脏！"

老村头说："领情啦，领情啦，你们有这份心，老头子不忘！"他说他骨头贱，天生不是进医院的，穷有穷的福气，以后宽宏大量，不害病。

"你长命百岁！医生都去吊死，医院关门！"郑婵英气哭了，悄悄抹的泪水。她觉得，正直的老村主任瞧不起她，深深地伤了她的心。只有曹霞心里清楚：老村头舍不得钱，他穷，却不说出口——他是老革命，老村干部哪！这话，能给郑婵英说吗？

郑婵英的理解不同，她奚落老村主任"死爱面子"，干吗不染发涂口红？为这话，他挨了曹霞的骂。有人在她的饭店里喝了酒，酒话滔滔不绝，说："如今当官的个个肥，不整钱的是傻瓜……"她听了烦，把对方骂得很难堪。别人也会哪壶不开提哪壶，戳她的痛处："那你为啥在镇上买不到地？煮熟的鸭子都飞了？"

"狗嘴里吐不出象牙来！吃了你婆娘的骑马片（月经带），嘴臭！"她泼了那酒鬼一瓢冷水——警告，醒酒。

6

郑婵英正因为鄙弃和义恨赃官、贪官，才更加敬重老村头，也钦佩和她一样有着绯闻的卸任的村妇女主任。至于曹霞的绯闻是真是假，与对她的传言是否压根儿不同，她不管。她对老村主任的敬重，虔诚中含着同情。对曹霞，则转个弯儿，变成了姑奶奶的嬉笑怒骂。她的心，她的感情，她自己知道。郑婵英真的不坏。

牛头镇的横街子，是郑婵英的第二故乡，是她发迹的一块热土。土生土长的乡下女人要在镇上发展，在大浪淘沙的商潮中立住脚，能有所作为，多么不容易啊！俏姐儿有她更多的难处和危险。太阳出来，总是抢先照着横街子，照着她的风情店。月光下的横街子更美妙，更迷人，就因为有"考古学家"感兴趣的李鞀子和风情万种的郑婵英。

到了夜里，横街子很静，连街灯都无一盏，只有如水的月光在潺潺地流着，郑婵英听得见虫鸣的声音，还似睡在乡间的竹林小院里，有浓郁的泥土气息。郑婵英的根虽然在祖祖辈辈用汗水浸泡的土地上，但她决不愿永远被禁锢在小桥流水的村落里，要走一般乡下女人不敢跋涉的路。几多周折几多艰辛，她终于登上了一块城镇的热土，也立住了脚。可是，不知不觉中，这块热土被突如其来的暗流冲刷着，还听得见被挖掘的声音。郑婵英有了危机感，心中滋生着淡淡的恐慌，她开始发愁，又有些无奈。

从横街子出去的临河巷，大堤外的湔江河日夜流淌，流着郑婵英美好希冀的破灭。那两间郑姓的街房，原本应该属于她的，阴差阳错，被有经济实力的男人抢走了。那是她发展的一个根基啊！郑婵英感到屈辱，怨恨，她不甘心。啥年代了，臭男人还要压着弱女子！郑婵英不服这口气。她恨掌握着生杀大权的朱成卓。

李鞀子说："朱卓娃也主宰不了，人家是投资哪，'大老爷'也不好得罪人家，况且你没有先去通天！"李鞀子说的"大老爷"，是指镇党委书记。李鞀子自觉公正，晓之以理来劝很亲的郑大妹子，让"红颜知己"消消气。殊不知，反而把郑婵英惹火了。

郑婵英不骂他，骂谁？

这些日子，郑婵英眼睁睁地看着湔水度假村开业以后，娇娇饭店的生意一天天软下去。更叫她羞气恼恨的仍然是朱成卓。也许是成见，也许是朱成卓在娇娇饭店里消费，在女老板面前说话轻佻点儿了，像郑婵英那样的年轻女人，又吸引人，不少男子会怦然心动的。因此，郑婵英便认定牛头镇国土办的头儿朱成卓是个色鬼。在店里喝酒吃饭的时候，郑婵英对他确实格外青睐，他也满口答应让郑婵英买那块宝地，后来便支吾、拖，吞吞吐吐，再后来，干脆不进娇娇饭店，移"情"到湔水度假村去了。李鞀子是哪壶不开提哪壶，惹得郑姑奶奶心头火起，挨骂活该！

7

　　淄水度假村新招聘了一群姐儿，虽然不及郑婵英，在娇美和风姿上，和郑婵英有着天壤之别，但善于卖弄风情，女多势众。朱成卓不到娇娇饭店以后，确实使郑婵英的生意清淡了许多。郑婵英恨的不是这个，她恨朱成卓捉弄了她。大凡漂亮的女人都有很强的自尊心，也很自信，还有点儿娇媚温情的霸道，甜蜜的自傲，她自认自己付出了，理应该当的必有收获，到头来却是竹篮打水一场空！朱成卓骗她，蒙她，郑婵英的骨子里有着其他女人不曾有的高傲因子，她甚至感觉到在感情和纯真上被一个男人捉弄了！女人往往是单向思维，顺着这个思路一直走下去，那还得了。那李靼子老古董，哪知道这些？他真不知冲撞了郑大妹子的哪座娘娘庙。

　　李靼子懦懦的。汪茵茵骂他笨猪："你钻进她肚皮里去，知道她想的是啥？"

　　李靼子摇头。他坚信自己说的是实情。

　　郑婵英不这样认为，她也坚信，坚信自个儿被坑了，成了她解不开的心结。

　　她容不下这等感情上的侮辱！

　　李靼子"生不逢时"，本来一肚子牢骚化作的委屈，一肚子怨气，要向能为他分忧解愁的郑大妹子诉说，求郑婵英帮忙。可是，回眸的却是沙尘暴，他只当寒潮来了，骤然降温，慢吞吞地回去了。

　　郑婵英也没留他。一个不领人情的老村头，叫她一厢情愿，像个嫁不出去的丑女，赖着人家似的，现在又来了个气死人的李靼子！郑婵英满腹冤气，真想找个人发泄，偏偏李靼子又走了！

　　心情不好的郑婵英，不想骂牛富贵，那是根木头。牛富贵虽然当过生产队长，改革开放以后，明显的落伍了，视野和知识都显得很狭窄，郑婵英骂他"老土"。在男女感情上，郑婵英的话更绝，称他"七老八十"了，这话是深究不得的。牛富贵也自觉无味，甚至感到如今的郑婵英开始瞧不起他了。当然，他绝不敢去想"红杏出墙头"那个词儿，郑婵英绝对不是那样的女人！社会在发展，在变，人也在变，有着祖传农民朴实基因的牛富贵，居然有了男人的苦恼。

牛富贵深爱着自己的妻子，是那种现代人认为落后于时代的爱。

8

在外人的眼里，郑大小姐美若天仙，既刁又荡，却不知她有着过多的后悔和哀怨。假如李靼子不走，作个冤死鬼，一个人待在店里的郑婵英，准把他骂得不知春夏秋冬，求饶都没有一句完整的话，那才叫忘年的兄妹感情。

郑婵英还会泪涔涔的，让李靼子不知所措。

生意清淡的时候，牛富贵常常往老家和田里跑，对土地复苏的眷恋超过了夫妻感情。牛富贵是在这块土地上长大的，像他的父辈一样，从未想到过离开土地向另一个空间发展。那是命根子，就像庄稼田旁边的楷木树，离开土地就会枯焦死亡。爷爷教诲父亲，父亲开导儿子，生生世世都要把自己锁在生我养我的土地上，这是希望，是生息繁衍成家立业的根基。有时候，土地也会变成铁链，锁住了庄稼人的手脚，庄稼汉奋斗娶妻，经营自己的小小家园，在土墙茅屋或砖墙瓦屋里，嘿嘿地干着自己的婆娘，生出的后代又接下了上一辈人的班。社会的发展，乡村的改革，庄稼人经历了多少风浪，少不了阵痛，但观念的改变却跟不上时代的脚步。

牛富贵的父亲当过两年村干部。在两河村的小伙子中，牛富贵是最强健的，也很帅气。因为有这样的优势，失落中的郑婵英才和他有玉米林子里的故事，他才捡了便宜，娶了娇柔超群的郑大小姐。哪怕到现在，他仍然不敢相信郑婵英愿意嫁给他。他没进过中学的大门，读小学时成绩也差，是标准的"大老粗"，有气魄的庄稼汉。他不懂郑婵英那千变万化的心理，但凭直觉他明白郑婵英是自己酿的苦酒自己喝，喝得很艰难，也很失落。

牛家是两河村中最保守的农村人，到了牛富贵的父亲，虽说开拓多了，但仍然小心翼翼，看起来是恪守祖训，实际上是"怕"，中国农民的胆怯。老爷子是拥有土地之后死的，临终的遗嘱就是要儿子规规矩矩，守着珍贵的属于自己的田土，别心花意乱，要长相厮守，百头皆老。郑婵英是破天荒婚恋的创始人，也是牛家的"叛逆"。两河村是牛头镇的"特区"，这个生产队又是"特区"中的"特区"，不是开放发展，而是相比之下的守旧、贫困。郑婵英是"特区"中第一个走出去的女人，是边缘区的先驱者。

晴空云淡，川西坝子难得有这样的好天气。太阳还没有落下去，露水已经上来了，挂在秧叶尖，晶亮，每一颗露珠都是一个庄稼人的世界。田地冒着热气，芬芳，甜润，又有着淡淡的腥味。清凉的溪水，不管人们的心情，欢快地流淌。

牛富贵蹲在责任田边的绿树下，心里有了一种男人的空荡。也许，如果郑婵英不从这两块责任田走出去，仍像有的乡下女人一样，待在竹林小院里，农闲时在幺店子上打打小麻将，他种田，有空在附近打打工，两口子甜蜜地度过农家人的夜晚，他们就不会有今日的感情隔阂了！

牛富贵不笨，他悟出了道理：郑婵英没有麻木，没有俗下去，他也就锁不住她。

第八章 勿忘草郑婵英

1

饭店的生意萧条，让郑婵英的心眼儿变得狭窄起来，像被玷污了的腐蚀剂，悄悄地消融着她的美好。眼见经商不景气，牛富贵更没啥心肠了。头脑简单的壮实汉子，他原本就缺乏郑婵英的雄心壮志，只是随妻子的大流，给婆娘"打工"。郑大小姐是决心走出田野的巾帼英雄，他是壮年的村娃，他生命的根在田土里扎得很深，没有那份"野心"，不想看那么远，只希望在拥有的小块土地里，守住小小的家园，日出而起，日落而归，有个能干的妻子，就很满足了，如果能够平平静静的生活在这个天地里，传宗接代，那就是人生的全部。可是办不到呵，就因为他的这个出众妻子是郑婵英！

牛富贵待在田里的时候，气恨的郑婵英侧身上了牛头镇。

夫妻间互不通气，真有点儿断绝"外交"关系的味道。好事不如巧事，郑婵英刚回到娇娇饭店，李鞑子就找上门来了。

那李鞑子有了乡土作家的头衔，随着时间的推移，牛头镇乃至县城的民间都承认他的才华了，知道他有不朽之作问世，尽管有点儿扭曲，仍可算作盖棺定论，挤上一个"遗老"吧。在小镇人的眼里，如今的李大先生是三栖明星：怕婆娘怕出名；女儿"浪"出名；写畅销书出了名——笔名妃儿呗，大小也是个人物。可是，在郑婵英面前，他只有拜倒在石榴裙下的档次。

郑婵英喜欢这个。

李鞑子叫郑婵英"大妹子"，省略一点吧，叫"妹"。郑婵英总有这样的感觉，李鞑子千真万确把看她成了"知己"。李鞑子就停留在这个水平上，不敢越界也不会越界，郑婵英却往往听得越了界，她不止一次在心里骂李鞑子："我是你的婆娘？"而不拒绝李鞑子。

李鞑子对郑婵英无话不讲，包括隐私，胖老婆听不到，郑婵英能听到，听得脸红，小声地嗔骂他："你要脸不？啥都给我说！"

李鞑子总是脸红筋胀地分辨，好像害怕被流放或被判死刑。

郑婵英于是笑，戏谑地笑，心情顿时开朗了许多，驱散了和牛富贵相处积在心中的怨恨和气恼。村里人认为郑婵英似乎有点儿不守妇德，对丈夫不忠，那是对这个农村美女的最大误解和冤屈。

那个黄昏是出格的。李鞑子来向郑婵英诉苦，说李莎莎背叛了他。

郑婵英好笑，说："背叛？李莎莎是你的恋人还是情妇？"

李鞑子瞪直了眼，等郑婵英笑够了，奚落够了，这才满含做父亲的悲哀，给郑婵英说：李莎莎应聘去了广发公司，对对，在湄水度假村里当"小姐"，人家说她"三陪"，不听父亲的教育，又说："你是她的……"

"我是她的啥？"郑婵英竖眉了，她又回到了"我是你婆娘？"的话头，嘴上没说出来，心里骂李鞑子。

李鞑子又急又气，语无伦次。

郑婵英饶了他。

李鞑子可怜巴巴的。

郑婵英认真了，嗔责李鞑子："谁叫你让她去的？你咋教育的？你两口子，没意思！你看见过李莎莎'三陪'？你去过，住过包厢？自己作践自己！"

李鞑子真的被郑婵英折腾糊涂了，脑壳昏昏的，他央求郑婵英去劝李莎莎，把李莎莎叫回来，回头是岸。郑婵英咬住牙，硬着头皮答应了。答应以后，她才骂李靼子："你真害死人！那地方你咋不去？"

2

郑婵英确实不想去那个度假村。说实话，在她的心目中，也认为那些受聘的妞儿，八成是"陪妹"。她这一踏进去，算啥了？背一身的骚！郑婵英是个明智的女人，冷静下来，觉得事情并非那么严重，也不相信李靼子的判断。不过，说起李莎莎，她也被"误导"了。想来想去，心一横，为了李靼子，去就去呗，脚正不怕鞋歪，她倒要看看，那些妞儿是啥货色，有多大的魅力！

郑婵英到底是超群的俏姐儿，她有别的女人无法具备的风姿和魄力。她去湔水度假村，是以压倒群芳的心态踏进河心岛的。郑大小姐不愿下午或傍晚去，那样让人猜疑，别把自个儿弄得脏兮兮的，而是选择了阳光灿烂的上午。果然，她一去就是破天荒的靓丽风景。以往去河心岛，她是为了饭店的生意，现在则是使命感，有种挽救的成分，对那些妞儿和度假村，还含着挑战的情绪。瞧瞧那些妞儿，哪一个敢和她媲美？真想不出她们有什么吸引力！郑婵英感到愤愤不平了，想起了李靼子的话和小镇人的传闻，顿时有了女人的悲壮感，她为那些刚刚步入青春旺季的女子怜悯，也为娇娇饭店哀伤。

见了面，李莎莎差点儿把郑婵英的灵魂气出窍。那副居高临下的神情，那般的不屑，好像郑婵英想进那个圈，人家不要。郑丫头，你认为不洁吗？别人不稀罕你！郑婵英读出了李莎莎眼里的话，扭身走了，又一次发誓不踏进这块被玷污，充满嫌疑的地方。

郑婵英不像吴小萍，对女娲庙里新塑的偶像大不敬，还骂了脏话。

郑婵英要骂李靼子，骂这个害死人的笨蛋。脸皮丢尽的李莎莎如此鄙弃她，冤屈她，她实在气不过。

牛富贵恋土地恋得如痴如醉，又回村了。

萧条的饭店里，就郑婵英一个人，她破例独自喝闷酒，脸喷红。郑大小姐似一朵怒放的桃花。

隔壁店里的小伙子，闲着无聊，懒洋洋的放老歌，孟庭苇的《你有几个好妹妹》……

李靶子来了，一看"大妹子"的情景，就知道没什么好结果。他呆坐着，等待知己者的回音。不知是女人有约还是男人有约，牛富贵和胖老板娘都来店里了。一个从田里回来，一个是追踪，能不能抓捕是另一回事。

"李靶子！……"

胖老娘喝叫。李靶子和郑婵英都没动，无动于衷，似乎都在背叛。

3

李靶子在家造反。

胖老板娘骂："就因为那个郑婵英，贱货！"

郑婵英听不见，她骂啥都行，自由得很。气的是李靶子。她就是要气他。李靶子成了冤大头。

气也白气，但不能不气。李靶子曾经想过：开拓一些，大度一些，"难得糊涂"吧，境界低一点儿，就看破红尘，平平淡淡过一生。不行！他李靶子混不到"出世"的地步，于是豁出去了。一个站得稳抬得起头的大男人，被婆娘软囚了，那是大千世界里最悲哀的事。女儿不争气，放着书不好好读，偏要去早恋"下海"，"下海"成了"三陪"，当父母的能不难受？原本指望郑婵英能把李莎莎要回来，想不到又落了空！人家郑婵英好心好意，一副热心肠，要不是和我李靶子有那份友情，会不计较羞辱去那种地方吗？你个胖婆娘，好歹不分，闭着眼睛瞎骂，糟蹋人家，我就是心疼！他骂胖老婆："醋缸！"

醋缸就醋缸，保宁醋，特级醋，超酸的醋，随你骂什么都行，胖妈就是食古不化，和李靴子没完没了，以她女人的狭窄心理去想，一想就不容郑婵英，不酸也酸了。

李靴子豁出去的烈火被胖老板娘几瓢潲水泼得干干净净，只冒烟，印证了他常说的阴盛阳衰，深层次的男人阳痿。

李靴子造反不成，躺在马架子凉椅上生闷气，柜台上的买主千呼万唤，他仍然长躺不起，双手枕着头，悠悠然去了。胖老板娘拿他没办法，只好自己上阵，可惜买主信任的是李大先生李大作家，她也做不了。

说起"作家"，李靴子就气，比"啄家"还气。经过《小镇女娲·夏娃传》的命运颠簸，胸怀大志的李靴子已经心灰意冷了，好在他还时常想到女性的善良美好，想到郑婵英的美好温情，想到吴小萍的遭遇，仍然免不了怜香惜玉。

胖老板娘却不让李靴子美好下去，天大地大不如发财的心大，她一把将懒懒的李靴子从马架子上拉起来："你在挺尸！害了倒床瘟？人家要你写神！"

写神祇是大活，他不得不去，但没好心情，边写边在肚皮里嘀咕："你那么虔诚？我写了数不清的神位，还不保佑我哩。再说，时代变化了这许多，神灵还墨守成规？"他在启发叫他写祖宗神位的乡下人，不是说自己的胖夫人。启发胖妈枉费口舌。胖老板娘不信神，信"钱"，商品意识比李靴子强得多。

4

郑婵英好些日子没在李靴子面前出现了。她也在变，随着小镇的变化悄悄地改变。落进低潮中的郑婵英，不知不觉又成了浪头上的人物，诀窍因"娇娇饭店"，那是牛头镇人心目中的风情店，有那么一种超乎寻常的美好。

镇党委书记不是心血来潮。民告官的集资案叫他窝囊了好一阵子，总算走出了低谷。待招商引资有了一点眉目之后，他便突然想到为民办实事这个重要问题，举措之一则是两点：一，从有条件的行政村着手，修水泥路村道，改善全镇的交通状况，促进农民致富发展；二，给镇上安置街灯和镇口的路灯，为街上人和乡下人各做一件好事，也是形象工程吧。当然，资金的来源又叫他抓破了头皮。他相信那句话："牛奶是有的，面包也是有的"，好汉不会被尿憋死，发动干部群众想办法，集思广益，事情总会办好的，反正他不贪不拿，轻松，胆壮。仿佛是割不断的恋情，这事又与郑大小姐联系上了。

娇娇饭店门口已有一盏街灯，是原早安置的，镇政府当时还破例，让郑婵英在灯下横挂了一个小小的广告牌。那个别出心裁的广告是李鞑子设计的：只著"娇娇"二字，有颇带情感的线条图案，与他书写的店名互相衬托，够时尚，够女人味了。

郑婵英乍一看，也蓦然心动。她骂李鞑子："讨厌！你把我想成啥了？"

李鞑子发誓辩解。

郑婵英多情地笑了，脸也红了。她嗔怪李鞑子"傻"，就这么傻定了。傻定之后请人装饰出来，挂好，果然效果非凡。因为时间一久，上面积了灰尘，且有蛛网，大概人们喜新厌旧吧，注意的人逐渐少了，有点儿被打入冷宫的味道。由于生意的逐渐清淡，郑婵英也不再去管它，要死要活，任它自个儿去听天由命。

新一届镇政府管企业的那位大学本科生主任，却从中大受启发，给镇党委书记建议：效仿郑婵英，将新安的路灯与打造牛头镇的企业商家形象融为一体，广告牌须精心设计，统一制挂。当然，安置路灯的费用和日后的电费也由上榜企业商家承担相应的数量。镇党委书记大为赞赏，当场拍板。各企业商家也纷纷加盟，为了走出封闭的"国门"，谁不情愿？

谁知，那位管企业商户的主任来找郑婵英，差点儿把鼻子碰平，郑大小姐一个字：不！再来劝说，回答更绝：知趣一点儿，请走人！以过硬知识加实力当上公务员的主任，万万没料到会遇上这等的漂亮女老板，经熟悉镇情的同事指点，他去求助两河村驻村干部女副镇长。女副镇长和郑婵英算是熟人了，都是女性，应该好说话，回到镇上也摇头。

怪哉了，郑婵英原本不是这样的女人！创始者居然水火不进，坚持不参与，未免有点儿大煞风景。镇党委书记爱才，觉得郑婵英是个难得的才女，也舍不得那个"风情小店"，那几个字是市文联的"西部采风团"路过小镇时，一个著名书法家为郑婵英写的，不能让它遗漏了。在这个历史悠久的牛头镇，还没有哪家有让名家主动题词的殊荣。说真的，当日的西部采风团连镇政府都未留下一点墨迹，唯独钟情郑婵英，大书记至今还有点儿心理不平衡呢。说白了，镇党委书记仍是为了牛头镇的发展，落下一个娇娇饭店，失去一个郑婵英，未免太可惜！总之理由很多。镇党委书亲自出马了，开了牛头镇的先例。

这回，郑婵英点头了，轻轻叹了一口气。她说，她不是怕出钱。镇党委书记说，他明白。大书记知道一个乡下女人在镇上开店的艰难，这让郑婵英很感动。

5

牛头镇的形象工程，也叫企业商家的包装工程、光明工程，很快告捷了，比修村道快得多。通往县城和通往外地的各个街口，那些划一设计的精妙广告牌，将牛头镇的企业商家展示出来了，真是风景别致！从外观看，边远的牛头镇颇有些通都大邑的气势。郑婵英的那张"牌"独领风骚，上面是"风情店——娇娇饭店郑婵英"。镇政府还格外开恩，为郑婵英去联系县电视台，县电视台又把市电视台搬来了。

风情店的专题节目一播出，郑婵英便成了风云人物，娇娇饭店的生意也日见红火。忙不过来时，郑婵英又把那个叫嫂嫂嫁的牛媛媛请回来了。店里有这样两个女人，没说的，真是风景这边独好！

风情店，风情万种的郑婵英，时尚成熟的牛媛媛，在电视上扬了名的横街子小店，又在牛头镇窈窕多姿了，要多"牛"有多"牛"，连湔水度假村都似乎有些不敌。

李靶子多日未见到"大妹子"了，就因为郑婵英在忙着重展壮志。等他发觉，街口的路灯已经亮了，郑婵英已经上了电视屏幕。李靶子好一阵叹息，但不后悔。他有自知之明，知道自己的香蜡铺登不了大雅之堂，认命吧！

李莎莎偏偏要回家一次，说："狗肉上不了正席，土，俗！"不知是指香蜡铺，还是指老爸老妈，等明白过来，还来不及气，人已经飘然而去。又是湔水度假村，居然瞧不起两个老东西！

李靶子气得够呛。他不好直接来找郑婵英。饭店的气氛已经变了，多了一个妖精妖怪的牛家小姨子，人多眼睛多。牛富贵站在灶上不移窝，仿佛御厨总管。

心情好了的郑婵英，又是那么风姿，那么温情，笑得很甜，很迷人，魅力无穷。

6

这一天，郑婵英的生日到了，可谓千载难逢。饭店里，酒肉饭菜有的是，兴奋的牛富贵为妻子展示高超的厨艺，一副好心情，鞭炮放了，炸得一条小街硝烟弥漫，震耳欲聋，好像世界欢腾。

李靶子真心祝贺郑婵英，提前给知己的"妹"送了礼，重礼，背过人悄悄送的。有客这天，他没来，郑婵英也不去喊，双方都心知，避嫌，人言可畏，再纯洁再正常的事都怕被不知者胡诌出脏味儿来。李靶子还有一点则是惧内，这反叫胖老板娘感到奇怪："咋？不去了？理应该去上阵却打溜边鼓！啥意思？"

李靶子说"没意思"。对，不去了，应该去的不去了。

　　他婆娘骂他"狗屎"。他也不管骂不骂，反正心里高兴，还哼几句小曲。胖老婆把他看了又看，生怕他中了邪，最后总结：仍与郑婵英有关，关系还大。于是，再捡个便宜，莫名其妙地找气恼。

　　日落黄昏，横街子又罩在橘红色的余晖里，早早开了晚饭，娇娇饭店提前关了门，家家扶得醉人归。不走的至亲好友则鱼贯迁徙，到牛富贵的乡下老家去打牌，来一番桌上的厮杀，"清河"，"扛上花"，"斗地主"，"春天""炸弹"……花样多，名词不断翻新，耗费着每个人的聪明才智。这也是川西坝子时兴的一种客场规矩，好像有酒席无牌桌便是对客人的不尊敬，主人脸上不光彩，客人扫兴，就像如今办丧事一样，主葬的阴阳一定想法多敲一棒，给主家弄来个安葬仪仗队和丧事演出队，从中抽回扣，至于演出的节目黄不黄，俗不俗，没人去管，反正能让人捧腹大笑则可，叫死了亲者的人家既花大钱，又深感无奈。

　　入夜了，至亲好友们怂恿郑婵英大放烟花，说是来年更红火，人寿财旺。郑婵英开拓，不俗，不屑于这些，但碍不过情面，考虑到日后饭店的生意，去买了，点燃，五彩缤纷往天上飞射，引来喝叫声，也似听得硬币倏倏往下落，四五百元钱顷刻间只剩下了有星斗的夜空，静悄悄的田野。

　　牛头镇上也同时在放礼花，与郑婵英遥相辉映，好似吉兆。

　　劳累奔波一整天的郑婵英睡了。一觉醒来，见窗外不远的牛头镇上通红，如一颗偌大的太阳，伴着喊声，嘈杂声，消防车的喇叭鸣叫声，她突然心惊肉跳，推摇牛富贵。她想到了她的风情店。

　　牛富贵还沉浸在与妻子的炽热感觉中，瞌睡很沉，"嗯"了一声，又睡过去了。郑婵英骂了，把他蹬醒。细细一看，确感事情不妙，夫妻俩慌忙穿上衣裳，匆匆往牛头镇上跑。

　　已经迟了！被大火烧着的正是横街子，娇娇饭店是街火的中心，不知是掏下的炉火作祟，还是别人放的烟花鞭炮落在了饭店的草房上，要不然就是屋中老化的电线漏电。饭店里的明星照，十分狼狈，没心思去过问失火的原因，大门有锁出不去，干脆和书法名家题写的"风情小店"条幅，手挽着手，亲亲密密，在锅碗瓢盆的合奏中，悲壮地走进火海。别了，郑婵英！

深夜里，被惊醒的街坊们有点儿晕头转向，经镇政府引导、指挥，好在救火时未乱方寸，但为时已晚，县城的消防车开来，江河横流，只挽救了受株连的左邻右舍。爱莫能助，名声外扬的风情店被烧为灰烬了！

郑婵英站在大火前，捂着脸哭了。她哭得很伤心。

7

郑婵英病倒了，躺在床上发着高烧。

屋外下着瓢泼大雨，农历盛夏的炸雷在房顶上滚动。

缥缥缈缈的，一个又一个人生片断在郑婵英的脑海里萦绕，勾起心底深处的回忆。

女人有一本属于隐私的账，多多少少有着后悔和无奈。

在涌江河一带，郑姓是旺族，在牛头镇上姓郑的也不少。郑婵英是本村人，如乡里人所说，肥水不流外人田，嫁的男人也是同一个村的，院子对院子，一顿饭工夫可以走三回娘家。这样当然好，女婿随时随地都处在老丈人老丈母的监视之下，胆敢欺负郑大小姐，罪不可赦。郑婵英娘家的窝叫郑家院子，连老鼠都姓郑，尽管弟兄们早已各立门户，分家又分家，但老爷子尚在，堪称四世同堂。儿媳妇、孙媳妇的生育能力都很强，一个比一个能生，如果不是计划生育，人满为患的郑家院子早就爆炸了。因此，管计划生育的曹霞被郑姓骂得最多。奇怪的是，越骂，曹大姐活得越好，人越美。

郑婵英最瞧不起的，便是娘家那些会下崽的婆娘。

郑婵英是幺房门下所生，郑姓中唯一的"公主"，美女。她在成堆的粗俗男娃内，高高在上，真有凤凰落在猪窝里的感觉。父母对她很器重，寄予厚望，盼着她出人头地。郑婵英也是唯一能走进县城中学读书的郑氏后代，恨只恨她的考运不好。她想当教师，考师范，在独木桥上连挤了三次，都只差一两分，重读两个初三，三连冠败下来，她哭了，疲乏不堪，背着被盖卷怏怏回家，十天闭门不出，不愿见人。从此，她在那些打工学艺和做生意的男娃中抬不起头来，情绪一落千丈，被她瞧不起的那些会生的女人们也白眼相看，指桑骂槐。

失魂落魄的郑婵英，曾经在湔江河边徘徊。那是夜里，她悄悄从后门出去的。她娘抱住她时，自个儿吓得裤裆被尿湿了。

夫妇俩只希望，早点儿把郑婵英嫁出去，害怕女儿疯。

真如吴小萍所说，郑婵英是被钟情的命运捉弄了，她苦苦追寻的白马王子竟然是"最后一个匈奴"，是一个粗犷的庄稼汉！那有什么可怨的呢？郑婵英把那颗苦果悄悄地吞了，但愿别人不戳她的痛处。农村体制改革以后，她怀着希冀走出村子，到了牛头镇上，是她那女性心灵的一种解救。

几年之后，那颗苦果有了淡淡的橄榄味，不速之客的文艺家们，又叫郑婵英那颗开始麻木的心敏感了，激起了有关人生和女人价值的思考。

8

在牛头镇横街子的"娇娇饭店"，与李鞑子的香蜡铺相隔半条街，一个在南，一个在北，好像长城上的烽火台，遥遥相望。同是酒好不怕巷子深，两人的故事回味悠长。

人称郑婵英的饭店为"天下第一店"，娇娇饭店的广告牌是李鞑子写的。郑婵英比吴小萍大两岁，是牛头镇境内的名女，人人皆知的俏姐儿。为写招牌，她三顾茅庐，又得避开胖老板娘，说起来，算是走私。为了有一个像样的广告牌，郑婵英不愿花钱请名家书写，她也出不起那笔钱，不得不这样。

起初，李鞑子死活不愿，又碍不过郑婵英的人情，那可是甜蜜的火辣辣的女人滋味。他只好如实相告："大妹子，不是我李某摆架子，实在有些不妥……"他说，他侍候"死人"侍候惯了，而今要给供活人吃喝的饭店写招牌，恐怕……噢，太损太损，李靰子不能这么缺德。

郑婵英扑哧笑了，说："你咋那么不开窍呢？死人活人都是人，活人不吃不喝才是死人哩。我的大哥子，写吧，写吧，郑小妹儿求你了！"

李靰子活了四十来岁，心头还没有这般甜蜜过，这"哥"呀"妹"呀来得不易，太珍贵了。他记得，郑婵英还暗送了一个秋波。怎能不写！于是，欣然提笔，这是他一生中最得意的杰作。不过，他不敢落款"李靰子"：一是其名狗屎，不配登大雅之堂，更无什么名气，想"炒"都"炒"不起来；二是瞒胖夫人，蒙顾客的眼睛，随便落个杜撰的名字，也就糊糊涂涂扮个名家了。

广告牌是在饭店里悄悄写的，熬夜打的工。郑婵英亲自掌打，用扇子给他赶蚊子，扇风退热，说不尽的温存。匾额做好挂上去，娇娇饭店的生意果然兴隆。郑婵英要谢他，李靰子高矮不受。他真动了感情，说，这是为兄对待妹哪，不能被金钱玷污了！后来，郑婵英请李靰子在店里吃一顿饭。李靰子不喝酒，郑婵英还是敬了他一杯，两人再碰杯。郑婵英的脸醉得红通通的，越发美。李靰子的脸也是红的。

李靰子回家以后，觉得天地都变宽了，自叹活出了人生的滋味，活出了真谛。他快乐了好些日子。不料祸起萧墙，郑婵英的男人不知道，他那位冠军级别的胖妈不饶他，加枝添叶，把他骂来脑壳勾在裤裆里头。他不吭不语，心里嘀咕：不跟俗婆娘一般见识。啥叫高洁，啥叫人间真情，她懂吗？唯小人与俗女不可教也！当胖老婆顺着梯子爬，骂到深处时，李靰子暴怒了。哪里有压迫，哪里就有反抗，胖老板娘被唬住了，半晌回不了神，只恨郑婵英改造了自己的男人。

9

　　郑婵英做梦都不会想到，会有一群文艺家落脚在她的小店。那是市文联派出的"西部采风团"，近二十人，有作家、诗人、画家、书法家、摄影家，还有编剧、导演。他们从河与江的汇合处出发，带着都市放牛的感情，沿湔江而上，牛头镇是第几个驿站？记不清了。也许是文艺家们固有的女性情结吧，看见写得脱俗的"娇娇"二字，看着倚在门边的郑婵英，一下子便有了西部风情的灵感，不约而同地选择了这个别具一格的名女店。

　　那段时间，季节搭错了车，本是骄阳似火的盛夏，懒蝉儿不要命地愣吼，不吼"我家住在黄土高坡……"，吼"是呀，是呀，家在树荫里……"，翻开日历的每一页都是雨，大雨，小雨，雷雨，下得多姿多彩，火辣辣的感情，彩虹赶来凑热闹，从东到南，拎起了湿漉漉的小镇。

　　雨后的街道，如同一块印染的湿布，铺向小巷深处，连日的雨，下灭了小镇人的食欲，男人女人都似患了禁食症，各家各店都冷冷清清。这日的香蜡铺，买香烛、纸钱的不时登门，买黄纸钱的更多。李鞑子本想给杀青的《小镇女娲·夏娃传》写一篇后记——管它的命运如何，麻雀虽小，肝胆俱全，要做就做到位，被这一搅和，啥警言妙句全都泡汤了。再说，他的惨淡经营是"非法"的，第一关通不过的，便是胖老婆。成则为王败则寇，商人重利，哪怕你是经典之作，如果没钱，也是狗屁一个，远不如"啄家"实惠！李鞑子只好忍痛割爱，不写了！但他闹不明白，为何今日进香蜡铺的人这么多？这绝不是李记店铺的时来运转，也许是这些人在步后尘，跟着感觉走吧。过后才听说，农历六月十九，乃民间所传的观音菩萨的生日。他淡然地笑了笑。

　　这李鞑子很绝，香蜡纸钱、对联神祇他都卖给别人，自己从来不使用。有人说，祖宗神佛遇上这个吝啬鬼，只有穷一辈子，干瞪眼。他的说法不同：香蜡铺只是他一家的衣食父母，没别的意思，买与不买，是人家的选择。这与当官不同，当官吃国家的俸禄，要廉政为民，道德境界应该高得多。如果他李靶子有别的选择，他决不开这劳什子店！

李靶子的脑壳静不下来，老在想，想这想那。

闲下来的李靶子在想郑婵英。不，是他想到了郑婵英。同在一条小街上，几日不见郑婵从店前走过了。虽不是邪念，但确有些挂欠。只在心里想，念头这东西看不见摸不着，胖出格的妻子管不了，这是乡土作家的"自留地"，世外桃源。

这会儿的郑婵英，就是文艺家们看到的"西部风情"，她正倚在店门旁，神色很恬静，又若有所失，好像一个想念情人的少女，灵魂走得很远，天高云淡。久违的夕阳斜照着她，比往常更美了若干倍，是那么的脱俗，连身后的小店也显得空灵了。

瞧见她的那一瞬间，一个诗人忍不住惊叹了一声："啊！……"

西部采风团的汽车是上午到达牛头镇的，被好客的镇政府接了去，镇党委书记和镇长亲自为文艺家们接风，这在偏远落后的边镇算是很开明的了。镇领导们一定要留文艺家们吃饭，主客共饮，然后座谈。在官会上，镇党委书记、镇长很快言归正传，把招商引资的重任放到了客人身上。文艺家们十分的窘，就像学生遇到了答不起的考题，心中也少不了叹息。随后，便是参观牛头镇的农业、企业，走马观花，只有领导们的介绍，数字一大堆，及至离开了"导游"，自由活动时才有了很多的感悟。娇娇饭店和郑婵英则是文艺家们的重大发现。

收获和遗憾是一对情侣，往往形影不离。文艺家们在娇娇饭店的时间太短了，和郑婵英相见恨晚。那位在省内极有名气的书法家，挥毫写下了题为"风情小店"的横幅，送给郑婵英，以示感情的表达。

另一位青年画家，即兴速写，郑婵英那娇柔、纯情和灵秀的形象跃然纸上，透露出内在的美。郑婵英倚在门口的那一瞬间永远留在了画家的记忆里。他对郑婵英说："到时候我会把画寄给你的！"

文艺家们临走之际，郑婵英的心里突然空荡荡的，有一种留恋。

郑婵英已经知道这些来访者是谁了，触动着她埋藏很深的感情。她曾经是中学校园里的优秀女生，崇拜过名家名著，她最早阅读的便是《简·爱》《牛虻》和《浮士德》，在她的人生坐标里种下了另一类根。

相见时间很短，文艺家们行程匆匆。分别时，一位作家对她说："郑婵英，我会来采访你的……"

郑婵英点点头，又一笑，笑得那样的温柔，那样的甜。是她的嫣然一笑。接着，她的脸红了。她想，应该拒绝。却没有拒绝，只是心悸有些怕，有些紧张。她瞒着丈夫，在盼望着，悄悄地等待，像等待不归的恋人。

10

娇娇饭店烧了以后，郑婵英病得让家人害怕，牛媛媛哭着喊"嫂嫂"。那几日，接连的大暴雨。还好，总算天晴了。

这天早晨，郑婵英从病态的昏沉朦胧中走出来了，一霎时，她觉得特别清醒，仿佛把人生中的重负都放下了。她起床以后，去梳洗，心血来潮似的，把出嫁时的嫁衣找出来了，穷时舍不得穿，奋搏时没工夫穿，现在轻松了，她里里外外的衣裳都换了，把嫁衣重新穿上。那是红色的青年女子衣衫，花朵很脱俗，很娇柔，郑婵英素面朝天，到穿衣镜前一照，连自己都惊呆了：她那么年轻那么美！她的年纪本来不大，正年轻。

丈夫一早就上牛头镇去了。小院里静静的。

郑婵英吃了一点儿东西，漱了口，到村中河的大堤上去了。暴雨在两个钟头前就停了，东方天际出现了朝霞，非常瑰丽。远远的，川西坝子的边缘，东头和西头的山都看得见，十分清晰。田野绿油油的，像大海，一个又一个竹林小院似稀疏的岛屿，冒着袅袅炊烟。

郑婵英第一次发现生养她们故土这么美，就像她第一次审视到自己一样。

让郑婵英惊骇的是村中河，浊水几乎与河堤齐平了，浊浪翻滚着，汹猛地朝前奔走。长这么大，她是第一次看见这么大的洪水。突然，她发现脚下，就是她从小道上来的堤埂在渗水，心里一震："要溃堤了！"她喊不出来。

村中河流到这里，是村落低，河床高，一旦洪水决堤，倾泻而下，不知会造成怎样的灾难！此时，田野里没有人，河堤上也没有人。郑婵英看到了那个水的旋涡，正在扩大堤埂的漏洞，她什么都没有想，往水里去了。

牛媛媛脚跟脚的追着郑婵英跑出来，她看见一个红衣女子下了河。

"嫂嫂！郑婵英！我的嫂嫂！"

水的旋动力将郑婵英推进旋涡打开的漏洞里，郑婵英和堤埂融为一体，漏水被堵死了，保住了生命的大堤。

牛媛媛在长堤上跺脚，哭喊。

巡堤的曹霞和村、队干部跑来了，夏麦、钟情，院子里的人来了，大家束手无策。曹霞要下河去，两个会水的男子汉推开了她。他们下水也把郑婵英拉不出来。院子里的人找来抬筛、棉被，挡住河埂临水的一面，从河埂背面把郑婵英掏了出来。

郑婵英死了，静静地躺在重新修好的河埂旁边。牛媛媛痛哭着，曹霞、钟情也泣不成声，所有的人都眼含泪水。

当牛富贵从牛头镇匆匆赶到河堤，曹霞、牛媛媛和钟情已经提水把郑婵英身上的泥洗净了，她仍然那么美好、妩媚，好像把人世间的烦恼、忧郁都丢掉了。

11

七奶奶在两河村德高众望，八十岁了，她是吃长素的，从不杀生，也不过生日，她说，过一次生日，特别是那些摆酒席的，不知会冤死多少生灵！在七奶奶的心目中，鸡鹅鸭子、雀鸟昆虫和人的生命都是一样的，没有高低贵贱大小之分。听到郑婵英的死因，她拄着拐杖，到了大堤，喊了一声："妹子，你救了多少生命，奶奶给你跪下了！"

七奶奶一下跪，河堤上的人齐刷刷给郑婵英跪了下去，好悲壮的场面！

当天晚上，牛媛媛梦见嫂嫂了。她说，她梦见郑婵英成了仙女，在虚空，在一群仙女中，甜甜地笑着，笑得非常灿烂。

三天之后，市文联的文艺家们，不忘风情店，来采访郑婵英了，也带来了画家对郑婵英的人物画速写和摄影家拍的照片。他们赶上了郑婵英的葬礼。在曹霞的"桃花岛"上，在墓前向郑婵英默哀，几多的叹息，不觉湿了眼眶。后来，颇有影响的市级晚报辟了纪念郑婵英的专版，总题目叫作《湍水壮歌》，市电视台也播放了专题节目。有的人大为不解：一个普普通通的农村女人，为什么竟有如此的魅力！当问其及，文艺家们不言，著名书法家提笔给郑婵英写了墓铭志。大理石墓碑是文艺家们捐款立的，太阳一出来，就照着上面的六个字："勿忘草郑婵英"。

第九章　新的庄园主

1

不知谁挑的头，不少人开始叫曹霞"中华民谣"。对这样的绰号，气与不气，曹霞都无所谓，她也不想去过问，一理睬便成是非。偏偏有好事者说，对曹霞来说，"中华民谣"倒是满般配的。

曹霞肚量大，别的女人望尘莫及。在两河村的村干部里，曹霞是唯一的女性，妇女主任，独自撑着半边天。

曹霞不仅是女人的统帅，还免不了是男人的冤家。她曾经兼管计划生育工作——这差事，男村干部不愿干，自然是非曹霞莫属。说句实话，曹霞的"官"难当，女人男人都要找她，女的抹着眼泪诉说委屈，有的男人扬拳头，她也豁出去了，谁能不服？这才有了"曹蛮子"的戏称。有时，她还当《西厢记》里的"红娘"。

曹霞在牛头镇颇有口碑，称她是模范村干部，不顾身家性命和夫妻感情地"当官"。某些与曹霞有"仇"的则贬则骂，说"曹蛮子"是"石女子"，漂亮不中用，白娶的花瓶绝种的货。

曹霞任人贬，任人说，对这些风言风语，她嗤之以鼻，稳坐钓鱼台。她说，有什么可气的，对人宽容，那才是坦荡。曹霞不是不能生，是不想生，不想现在就生，夫妻关系磕磕碰碰，丈夫尤全动辄把离婚挂在嘴上，公婆视她为外人，匆匆忙忙生一个有啥意思！山不转哪水在转，曹霞在等待，谁知性格刚毅的她背着沉重的感情十字架呢。

尽管各烧各的锅屁股，早就分开过日子了，可有人偏爱找碴儿骂曹霞，真可谓眼不见心还烦。特别是那位龙虾似的瘦个儿尤家三叔，围鼓棋牌样样会，还懂一点儿歪门邪乎的医术，骂起当村干部的侄儿媳妇来，更绝，蹊蹊跷跷，妙语连珠，啥时都可以把人气死。他骂曹霞：当官不想发财致富，光宗耀祖？瓜的！你当尿罐罐，无级无品，越当越穷，把人都当臭了！还要忠心耿耿。谁给你树碑立传，修贞节牌坊？碍于长幼之间的伦理道德，曹霞不理他，权当耳朵聋了，听不见。

尤三叔却得寸进尺，骂上门来，堵住侄儿媳妇的去路。曹霞终于爆发了，指着尤三叔怒喝："你给我走，走呀！再不走我泼你尿水！"那位理亏心虚的尤三叔，初识侄儿媳妇真面貌，怏怏而退，从此偃旗息鼓。曹霞也背个"忤逆不孝"的罪名。

曹霞天生的"野性"，却极富同情心，恼恨欺侮女性的男人。她是牛头镇女人的一面旗，在女人的世界里飘拂。"说我是'曹蛮子'，行，我就是不怕那些横蛮没意思的混男人！"她敢斗，善斗，不少混男人成了她的手下败将。

去年春天，两河村一个混男人，在外面经商发了财，不学好，玩起了二奶。他婆娘知道了，苦劝无效，寻死上吊，提出离婚。混男人拳打脚踢，操起了明晃晃的菜刀，吼着要杀鸡吓猴。曹霞走去撞见，心一横，操起一根扁担，硬冲上去，打掉了那把菜刀，凭着她的蛮劲和野，把那混男人撵出门，拉起脸色惨白的女人。那女人这才缓过气来，扑在她怀里，哭喊着："曹大姐，我活不下去了！"

那女人不敢待在屋里，更不放曹霞走，紧紧地抱住她，哭啊，哭啊。那天晚上，曹霞没有回家，和那女人在一起。她们没有离开屋子，有曹霞在，那混男人不敢进房间。窗外刮着风，春雨细无声。曹霞教那女人：应该坚强，不能自贱，不能太软弱。她不敢放心入睡，那女人在她怀里，扁担就在床头……她在想着女人的一切，想着女人的生存和人生，想着肩上的责任。

因为有个曹霞，那女人从自尽路上走回来了，到法院起诉，和那混男人离了婚，有了新的幸福家庭，因此感恩戴德，来到曹霞家，看到的却是曹大姐含笑后面深藏的眼泪——曹霞的丈夫对妻子当村干部一直有怨言，心中不满。因为曹霞在混男人家待了一夜，那混男人恨曹霞，被老婆"离"了以后，逢人便说：那天晚上他和曹霞睡了，曹霞背了黑锅。曹霞的丈夫"审问"妻子，也动拳头。曹霞是烈女，哪能俯首屈招？丈夫便一走了之。

丈夫离家的早晨，曹霞坐在屋里，没有一句话，静静地望着那个背影，泪水渐渐盈满眼眶。

曹霞的丈夫离家，一年有余，音讯全无。

两河村人说曹霞的心肠硬，属虎的女人狠。

2

曹霞是从涠江河上游十多里的外县嫁来的，是外来妹。她的"野性"，在娘肚皮里就有。她娘怀上她六个月，便死去了丈夫，死在非法开采的土煤窑里。娇弱的母亲跪在乱石坡前，满面泪水，烧着纸钱，因为人太老实，就那么白白地，永远失去了生活的支柱。

在那些日子里，未出世的曹霞在发怒，责怪身为打工仔妻子的母亲太软弱，把娘折磨得好苦。她娘捂着肚子，哀求说："娃儿，你就饶了娘吧！"孤苦无助，母亲大着肚子改嫁，嫁给一个姓曹的老鳏夫，年龄相差二十岁。

旁人打趣曹老头："老哥子，你好福气，娶了一双，真真交了桃花运！"曹老头勃然大怒，把嘴臭的浑小子撺得屁滚尿流。

人老，心好。老曹很穷，却像惜兰花一样疼怜着妻子。他是人们称赞的人老心红的积极分子。一个深夜，他为集体找堰水淹田，妻子在家临产了，因为没有人接生，无人照料，只留下啼哭不止的女婴，当娘的永远去了。老曹抱着闭眼的妻子失声痛哭，不让乡帮把尸体往火化的车上抬，结果哭来一天一夜的大雨，大河暴涨，浊浪翻过大堤，田野里汪洋一片，烧回的骨灰按不下窝去，在水面上徘徊——留恋丈夫，舍不得小小的女儿，似有千言万语……老曹抱着小曹霞，孝布在风中飘曳，有泪无言。送葬的人哭成一团。

曹霞是在艰难扑打中长大的。农村体制改革了，老曹得离不开习惯了的大锅饭集体，回到空空洞洞的茅屋，守着女儿。曹霞睡在母亲临死时躺的床上，一动弹木床便吱嘎作响。每到深夜，老曹便在缥缈的境界中伙乎听见妻子的呻吟声、哭泣声和临产时的呼喊……他睡不着，泪往肚里吞。

曹霞不似母亲，她倔强、刚毅。老曹的意识里，扼守着昔日的老规矩，不准女儿越雷池半步，穷不失"志"。渐渐长大的曹霞偏不。她在学期的中途跑进学校，逼着校长让她读书。体育课上，她光着脚丫子站在滚烫的地上，老师送她一双鞋，她不要。从小学到初中毕业，一天两次，凭着两条腿跑通学，从未在学校和镇上吃一顿饭，跑完了整整九年。在学校里，她是长得最标致穿得最破旧的女生，也是学习成绩最好的学生。老师说，叫曹霞的女生应该担任班干部。但是，有的同学反对，他们瞧不起这个"灰姑娘"。曹霞也没有心思和精力，她太累了。她不刻意追求，气极了，却把讽刺她的女生打了一顿。班主任不得不处罚她了，处罚过后又心疼，悄悄地擦泪。升学考试到了，她明知再读无望，却第一个报名。考出了全县的最高成绩，女状元，老师看着省重点高中的录取通知，既惊喜又担忧，把她找去，说："曹霞，去读吧，我们给你募捐……"

"不！……"她"哇"一声哭了，从此再也不见老师、校长和同学。

曹霞十九岁那年，大河再次发大水，淹出了许多口碑不衰的故事。曹霞在她爹死后，嫁到两河村来了。看着阴差阳错的婚姻，人们叹息，说曹霞的魂失落在牛头镇了。

3

　　曹霞和村里特困户牛长生同在一个生产队，一衣带水，鸡犬之声相闻。郑婵英最清楚，那牛长生既无鸡又无犬，空空如也的屋里只有两个净人，连那婆娘也是曹霞嫁来之后白检的，就是个穷，贼娃子也畏惧三分，不敢光临他的寒舍，害怕偷鸡不成，倒蚀一把米，亏了。

　　牛长生虽有个"老家公"的头衔，年纪并不算大，不到三十岁，村里人大概是从外貌和气质来称呼他的。该仁兄穷得光荣，也穷得有志气。曹霞和村支书几经周折，给他夫妇二人争取了一个特困户的名额，让他们能得到照顾和扶持，他却不乐意要，那个比他年轻的老婆叫白芝芝，还骂两个村干部，说瞧不起他们。他们家是终年不锁门的，放心得很。锁了也白锁，墙脚有洞，同村同组同院的人自觉性极佳，无人擅自去闯禁地，唯有村狗不知天高地厚，无丝毫的恻隐之心，胡来。数日前，一只母狗居然大摇大摆地进去了，十分的嘴馋，把夫妇俩的重要财产——一罐菜油偷食得干干净净，可惜命运不济，被白芝芝撞见了。可怜那为母之狗倒霉，头还没从陶罐里伸出来，就那么挨了一刀，脖子被剁掉半边。母狗痛极了，血流如注，扑向白芝芝。白芝芝乃神经有些短路的女人，却是个勇夫，不顾生死，与狗搏斗，将母狗杀死在屋内。狗的主人闻讯赶来，被血淋淋的场面吓傻了。

　　那母狗的主人也不是一盏省油的灯，心怦怦乱跳，脚也咚咚乱跳。她痛惜母狗，气不打一处来，怒骂屋内的两口子残忍，质问：有没有一点儿仁慈之心？白芝芝不理她，把滴血的刀"哐当"一声扔在地上，惊了她一跳。牛长生的头几乎埋进裤裆里，骂死不吭声。久骂无味，更怕姓白的蛮婆娘要横，骂人的女人扭身走了，狗也不要了，丢下一句："你去戴孝你去埋，葬你祖宗！"

　　"你不要，我要，想厚葬吗？做梦吧！"白芝芝够蛮够野，几刀将狗剖了，煮了一大锅，狗肉的骚香飘满院。六月里饱餐母狗，开创了历史先河。

曹霞也气恨牛长生，气恨一个本该顶天立地的男子汉，因为穷，活得矮人一截，活得那么窝囊，却又穷得心安理得，少了从穷窝里蹦出来的雄心。两年前，牛长生还是光棍一条，曹霞便冒着随时都可能落在女人头上的风言风语，去帮助这个穷出窍的男人。在苍天下，在有洞的屋里，她和他坐在田埂上，待在灶脚下，推心置腹地交谈，开导他，希望他不要认命，应该在身上长出奋发图强的根……可惜，曹霞失望了。她明显地感觉出，留在牛长生心中的，只是女人给他的感情，并没有领会她的苦心，辜负了她那恨铁不成钢的火辣辣的女人情怀。曹霞的眼眶湿润，从此再也不去牛长生的家，而她心里，仍然没有忘记这个男人。因为她，因为镇妇联那个体贴民情的女主任，牛长生才白捡了一个婆娘。没想到，有了家室的牛长生更穷了，穷得人尽皆知。曹霞真不知该说什么好，她不知自己是帮了牛长生，还是害了牛长生。

4

盛夏的一个晚上，牛长生跑到田坝里去了，睡在承包田旁边的沟坎上。那里叫燕儿沟，是他家祖传茅屋的旧址，如今只剩下灌木丛生的深涧。

燕儿沟边被拆去的两间茅屋，曾经是时代变迁的历史见证。茅屋旁的车房，牛拉着水车盘日夜转动，送走了一代又一代人，当牛长生头上拖着孝布的时候，便是孤身一人。快三十年了，他常在这儿守望。今夜，又来到了燕儿沟。

也许是缘分，郑婵英成了牛长生远房的侄儿媳妇。不过，谁都没有认这个亲属，你是你，我还是我，似乎还有一些说不清楚的恩怨。

牛长生出奇的穷，又极忌讳别人说他穷，说话结结巴巴，却嘴硬，不要"嗟来之食"，决不开口要"照顾"，一个"特困户"伤了他的脸，谁要再提起，他反感谁，对好心的曹霞也一样。

曹霞骂他没血性。

牛长生的根子就缺乏男子汉的气魄。他人焦黄，瘦筋筋的，性格像软绵的糖，雷都激不起来。看着他，总会想到他那文弱母亲的遗传基因，要不就是那次难产，没送医院，违规请个土接生婆，硬把他从娘的生死洞里拔出来，卡成如今这番死不强壮的窝囊样子。

这天夜里，是酷暑里最猛的一场暴雨。

哗哗哗……下灭了灯，下傻了人，炸雷在屋脊和地上打滚。天河决口，雨水往下倾倒。院子里的浊浪从墙洞涌进屋，没穿上脚的鞋轻轻地漂荡，潇洒有余。

牛长生听见破旧的屋架在响。而他，就是不出去，也不让婆娘出去。这是他的窝！

炫目的闪电中，突然出现了一个人，一个披着雨衣的女人。啊，曹大姐！

牛长生一惊，又稳坐钓鱼台了。

"牛长生，你们出来！"曹霞喝叫。

屋里的人不动，如同泥塑木雕。

"牛长生，白婆娘，你们给我出来！"

曹霞火了。她冲进去，硬拉！拖出牛长生，再拽白芝芝。牛长生倔强，但他到底拗不过有虎劲的曹霞，被曹霞硬扯到外面，趴在地上，白芝芝被拽得脚不沾地，惊叫。

曹霞要臭骂他们，话没出口，只听见轰隆一声，牛长生屋里的土墙倒了，两夫妇刚才坐的条凳被埋在砖头里。

白芝芝后怕得闭上了眼睛。

5

那一场暴雨，下了整整一夜，天亮以后，兴趣不减，先是大雨，后是中雨，有滋有味，街上乡下被淋得如同喝醉了酒，晕乎乎的，满目瘫软泥泞。

从牛长生那里回家的曹霞，又披着雨衣出发了，泥路上的脚印很快被雨水冲洗得无影无踪。曹霞一肚子火气。大河小溪都灌满了水，低洼的地方，路沉到了水中，翻着白沫的浪子，悠哉游哉的与人抢道。车，不能骑了。曹霞穿着凉鞋，泥里水里，冒险赶到村办公室，找不着人，她又去渝江河边，终于碰见了老村主任。像一个受了委屈的女娃，她把心中的怒、气，发泄到长辈身上。

老村主任呻吟着，说："曹霞呵，我刚才和村支书说过，去看望那些特困户，谁知渝水河的水又涨大了！"

两河村的党支部书记去了渝江河大堤的险要处，那儿有镇政府的防洪干部，镇党委书记在那儿指挥。

曹霞和老村主任赌气，最后只说了一句话，还是她早就说过的一句："别忘了两河村有个牛长生，他再不好也是我们的人！"

老村主任望着雨中曹霞的俏丽背影，又想起了他听过的一首歌："我的父老乡亲……"

"曹——霞！……"他喊，声音传得很远。

曹霞回了头，却没有停步。她走了，匆匆去了牛头镇上。那时的风情店还在，郑婵英还活着。曹霞要郑婵英帮她一次忙：把乡下空着的两间老屋借给牛长生，让夫妻俩有个暂时的栖身之处。

郑婵英一口拒绝。

曹霞说："牛长生家里的墙倒了，房子要垮了，两口子还藏在别人的谷草堆里，你让他们被压死了，心头就舒畅了，对不对？好，我不求你，我叫他住进我的家！"

"你住哪儿？"

"住店！"

曹霞说的是气话，她一个单身女人，屋里哪能住进别的男子？

那天的雨终于停了。老村主任赶到牛长生的旧屋，突见房顶上有一个女人，像个泥水匠，在收拾被风吹翻的茅草。他大吃一惊。

"曹霞，你不要命了？赶紧下来！"

老村主任来不及呻吟了，扯破嗓子吼。屋顶上的，似他儿媳，似他的女，揪着他的心。曹霞说，再不把房顶搭好，把墙都淋湿了，房顶就垮了，墙也会倒完。

老村主任嚷："你在玩命！你不怕，我怕！我心疼！……"

曹霞回家了。她满脸污黑，一身泥水，也得来一次冲洗，洗成皎洁的月亮。只是，她既没有浴室，又无热水，冰冷的水凉得她直打寒战。

单身女人的家，冷锅冷灶。曹霞吃了一碗冷饭，又到湔江河边去了。

湔水河涨这么大的水，曹霞在娘家时见过，就是她刚满十九岁那年，促成了她的人生抉择。她那位墨守成规的曹姓父亲，身上罩着一张无形的网，不敢在放开手脚的农民中间迈出半步，还想把女儿也网住。曹霞却不听父亲的，她老是想：说农民穷，日子不好过，不假，最可怕的，是只叹息自己穷，不去改变，那是真正的穷。后来，也许因为穷，也许是傻了一回，那是要命的年轻女子的傻，倔强的她，居然听信远房姑母的劝，迟迟疑疑，糊里糊涂地嫁进尤家的大门，成了尤二娃——尤全的妻子。曹霞比丈夫大三岁。女大三，抱金砖，可他们抱的不是金砖，是后来的分道扬镳，伤透了心。

6

这些日子，曹霞为牛长生那两间快要垮塌的房子，几乎掏出了女人的心。

自己的住房随时都可能寿终正寝，彻底趴下去，牛长生却不着急。他的要求不高，只要有个窝就行了，托曹霞的人情，他们住的是郑婵英的空房，也就心安理得了，至于自个儿的房子倒与不倒，仿佛是别人的事儿，反正他两夫妇做一天和尚撞一天钟，除了缺粮时揭不开锅，并不觉得一天的时间漫长，颇有点儿"看破红尘"的味道。着急的是曹霞，她知道郑婵英的心理。再说，那房子如果真的彻底垮掉了，牛长生和他的婆娘今后怎么生活？手背手心都是肉，同为乡下人，哪能让他们就这么穷下去，窝囊得不能从坑里爬起来？

有人说，实际上那是村党支部书记和老村主任的事，你守住娘娘奶奶们就行了，就尽职了。她啥也没说，走了。曹霞没心思和姑奶奶们戏谑。她为牛长生跑镇政府，找村党支部书记，找老村主任。老村主任呻吟，叹气。钱到村干部这儿，变得特别金贵。曹霞一横心，豁出去了，为了同胞兄妹，去当"乞丐"，向牛头镇的首富——民建水泥厂的厂长伸手，请他资助两河村的特困户牛长生。

曹霞是一个有硬汉脾气的女人，她从未央求过谁。她红着脸，说明了原因，站在大亨面前，似乎人都矮了一截。那位厂长，企业家呗，也是由农民演化而来的，居然也叫穷，迟疑着不点头。

曹霞等得不耐烦了。她觉得羞，似乎被男人打了耳光。

那大亨说："花钱要值得，比如捐资助学，修路，资助贫困学生，我都自觉自愿地出了，数目不小。给牛长生……噢，特困户嘛，曹大姐你……"言下之意要妇女主任有个承诺。

"我不会给你树碑立传的，你把钱收拾好！"

曹霞也冲，扭身走了。不稀罕，不要！那位厂长却偏要给送来：过了几天，叫货车运来了四吨水泥。

曹霞不收，叫司机拉回去。那司机好为难，反而央求曹霞。

牛长生的房，根本用不了那么多的水泥，缺的是钱买砖买木料，雇泥木工。多亏及时赶来的村主任代曹霞收下了，让曹霞把两吨半水泥转卖给村上修水渠，然后去买石灰买红砖、买瓦、请工匠，木材是镇政府管民政工作的部长派车送来的，拆公房的旧木料。

7

金窝银窝，不如自己的狗窝，这句话牛长生也会说。他说，他原本就不想住郑婵英的房子，好像郑婵英反倒欠了他的人情。郑婵英知道后哪能不气，真想把牛长生骂个狗血淋头。

郑婵英没骂，白芝芝骂了，骂牛长生狗坐篼兜，不受人抬。

白芝芝就是要住，不住白不住！老娘不想搬走，谁让你郑婵英让我住进来的？真有点儿请神容易送神难了。那白芝芝也真够混账的，姑奶奶的混，她住了郑婵英的房，不领人情，反而东说西说的，神经短路的时候，什么都说，把郑大小姐气得跳。这样一来，郑婵英非收房不可了。

当郑婵英立在门口下逐客令的时候，白芝芝刚从外面回来，身上沾满秧田里的泥，连胯间和腋窝都是禾苗吐出的热气，正脱了换衣裤，听见郑婵英的话，挺着两个硕大的乳房便跑出来了。牛长生骂她。她骂牛长生。横了心的白姑奶奶，男人管不了，当然也不怕你郑婵英！

郑婵英快气傻了。她知道这会儿白芝芝的疯劲来了，不敢硬惹，去找曹霞。无论如何，她坚决要把牛长生两口子扫地出门，连前面好心好意相借都感到后悔。

曹霞没多说什么，她不想再说，只是心里难受。村里人都说牛长生和郑婵英曾经有缘分，为什么会是这样呢？

郑婵英把曹霞找来了，白芝芝的疯味儿没了，清醒了许多。她已经换上了一件红衣衫，那是别人相送的，使身材本来就出众的白芝芝显得很窈窕苗条，只恨胸前有一处小破口，眼睁睁地看着走光，她也不知道用线缝一缝！

曹霞的鼻子有些发酸。

白芝芝不想离开，央求地看着曹霞。

曹霞知道不可挽回了，还有什么可留恋的！

"走呀！"她说。

曹霞拎起了牛长生屋里的东西。牛长生很默契地跟着，悲壮地走出了郑婵英的家。白芝芝的眼泪出来了，然后便是疯疯魔魔，粗野地往外扔家具，好一阵兵荒马乱。

　　曹霞没有一句话，喉咙是哽咽的。她痛惜牛长生两口子，恨他们没有志气。她对郑婵英也有恨意，恨郑大小姐突然变得很绝情。

　　郑婵央默默地看着曹霞，心里一股股的痛。她很后悔，却又说不出挽留的话，悄悄地走进自己的房间，泪水流了出来。

　　牛长生住进了还未完工的老房子里，温暖的"狗窝"。返回原籍的第一天就断了炊——赌气搬家的白芝芝，火药味很浓，乒乒乓乓，把唯一的铁锅打烂了，碗也没留下一个完整的，全部陪葬。曹霞骂了他两口子，叫牛长生提着背篓，到她家去，揭灶上的锅，拿橱柜里的碗，装了一小袋米。牛长生结结巴巴，不知该喊"曹霞"还是"大姐"，表达着他的千恩万谢。

　　曹霞背对着他，叫他快回去。"谢"是多余的了，她说不出心里是啥滋味，有点儿想哭。门开着，偏西的夕阳射进屋，照着她有个性的背影。那天夜里，曹霞没有铁锅煮饭，蜂窝煤早熄了，铝锅里的水冰冷，她胡乱吃一点用温开水泡的陈饭，天亮前胸口好痛。她趴在床上，硬忍着。深夜有雨，不速之客的疼痛匆匆来，匆匆去，曹霞的脸又是那么红润，她显得那么美，那么有活力。新的太阳出来了，曹霞的自行车碾着湿漉漉的泥路。她到牛头镇去买铁锅。

　　郑婵英在横街子的街口拦住了曹霞。这郑大小姐睡了一个晚上，死了的感情又活过来了，她戏谑地打趣曹霞，笑着："买新锅啦？要嫁给谁？锅都带着去！"

　　曹霞没好话，回敬她："你要嫁，我赔奁你！"

　　她还在生郑婵英的气。

　　郑婵英自然知道。她暗暗骂曹霞："要怄气你尽管怄，肚子气大了，下崽！"

8

　　多亏曹霞，牛长生乔迁新居了。

别的庄稼人，新居落成，以及乔迁之喜，都有一番庆贺。牛长生夫妇犯不着，也没那份心思，金窝，银窝，狗窝，反正是曹霞给他们垒的，住着踏实，温馨，也就心满意足了，打心眼里感激这位"姐"。

世间上的事总是周周折折，牛长生住进了新房，新的扶贫政策下达了，恰好他是应该住扶贫房的对象。牛长生找镇党委书记去了，他说："新房我有了，我不再去想，不贪，政府应该给曹霞记功。人应该感恩，我懂得起！"这次，他不结巴了，居然和大书记理论。

牛长生的年纪比曹霞大，他应该称曹霞"妹子"。因此，他老回忆起和曹霞亲近的日子，他还真的有那份感情，把曹霞的关心体谅理解成了情意绵绵。曹霞的工作做得太细了，在男人中往往存在着潜在的危险。这一点。她有时能察觉，装在心里，为了两河村的父老乡亲，她情愿冒风险。

牛长生和白芝芝回到老窝以后，天天都是大太阳，难得的艳阳天。这是上苍对无钱庆贺的夫妻，给予的补偿，偌大一个院子，他俩从内院搬出来了，似一对不产仔的燕子，待在龙门口。院内的人们经过时间的洗礼，终于开始醒悟了，打工的打工，另建新房的举家迁出，旧房变为林盘，"还耕"也是柚子之类的果树，只剩下郑婵英和少数几家守老营。白芝芝的乱来和"不文雅"，牛长生的木讷和窝囊，都在进出的郑婵英眼里，郑婵英在牛头镇上的故事，两夫妇也多多少少知道，真是冤冤不解。白芝芝和郑婵英，摆不脱的上下辈分关系，而郑婵英的心里有雅俗贵贱之分，但她们之间千丝万缕，说冤也确实冤。

9

这些日子，曹霞很烦心，那是因为她的丈夫尤全。有的说，她这个村干部太那个了，尤二娃不要她了，把她"休"了，时尚一点儿的则说成"抛弃"。还有的说，尤全那小子因祸得福，如果不娶上这么一个当官的婆娘，不赌气跑出去，恐怕永远是个窝囊的农民，既无手艺又无家底，只会守着老婆和两亩田，平平淡淡过日子，发不了迹。反正是口头传文，越传越神，还说尤二娃已经在外"娶"了二房，就剩下个曹霞，孤孤单单的，还有的猜测，说尤全在外贩毒。总之，各种版本都有。

有一点是真的，曹霞确实收到了丈夫的信。两三年不见，尤全突然寄回了一封"内详"的信，没有寄信人的详细地址，话却说得很清楚，提出要和她离婚。当然，他说出了理由：长期分居，夫妻感情破裂了，迫不得已等等。曹霞早就有这样的不祥预感，她只是不去想，害怕去想，一日夫妻百日恩吧，随着时间的推移，她已经习惯了单身女人的生活，那份痛楚和依恋的感情渐渐淡泊，但她仍然想着尤全，希望他回来。她不敢有别的非分想法，更没有想到背叛，变得越来越刚强的曹霞，却有着农村女人传统的婚姻观念。现在，不敢想的事终于来了，她像遭了重击，默默地坐着。然后，含着眼泪把信再看一遍，似要找出荒漠中奇迹般的绿草。

曹霞万万没有想到，她阴差阳错，误嫁的尤全还有情人。昧良心的尤全回家了，一回家就是风雨交加，几经周折，终于解除了剪辑错了的婚姻。

曹霞觉得自己太累了。

曹霞忘不了离婚前的那个晚上，她痛斥了忘恩负义的尤全，含着眼泪说："你也有姐儿妹子，女人也是人！像你这样的男人，应该忏悔！"

离婚的时候，尤全没料到曹霞会果断地答应，他自知理亏，夫妻共有三间房子，他一间都不要，全给曹霞。

曹霞说："不，你拿一间去，有个窝，常回家看看你的父母，你背叛了妻子，不要再作忤逆不孝的儿子！"

离婚回家的当天晚上，刚毅的曹霞哭了，伤伤心心地哭。郑婵英进了曹霞的屋，她搂着曹霞，像搂着她的亲姐姐。郑婵英也有眼泪，回想到和曹霞的相处，总觉得亏负了曹霞，她想说安慰曹霞的话，却又说不出。

曹霞说了，她会好好地活下去的，还有在心里撞击了千百次的话，她没有告诉郑婵英：人不能只为自己活，除了自己，还有更大的世界，还有更多的人。曹霞是村干部，是朴实的农家女，她说不出那样深刻的道理，那是她的心，在那样的晚上，让泪水浸泡着，浸泡出了它的纯净和珍贵。在牛头镇和两河村，曹霞是最美好的年轻女人，更美的是她的心。

尤全辜负了曹霞的希望，第二天就走了，再也没有回家，那间屋一直锁着，他忘记了昔日的妻子，忘记了父母，忘记了养育他的土地。

在曹霞的感情里，尤全的父母仍是她的老人公老人婆。她善断了许多癞头疮似的家务事，在心地深处，仍保留着被有些人淡漠了的伦理道德，丈夫昧着良心寻了新欢，把她扔了，她怨尤全，恨尤全，却要自觉地照顾尤全的父母，似乎这是忍辱负重的女人责任，并且闭口不提夫妻解体的事。两位不知情的老人，仍然认为曹霞照顾他们是天经地义，是国家宪法，是联合国宪章，生活不如意，伙食差一点，心情不舒畅，仍会找曹霞理论。

曹霞不想多理会，尽自己的一份心吧。

殊不知，这却惹恼了郑婵英。恰逢郑大小姐心里有气，似半路杀出的女侠，冲进尤全父母的家，那般的义愤填膺，把两个老人吓了一大跳。但那尤大爷毕竟不是等闲之辈，啥风浪没见过？蹊跷话连篇，出口成章，当村干部的儿媳他尚且训斥，何惧你个外姓的郑丫头！他本想针锋相对，口诛郑婵英，哪料到，当郑婵英把尤全和曹霞离婚、尤全早有情人的事实，一五一十地摆出来时，怒气冲冲的尤大爷一下子哑了火。郑婵英还嫌不过瘾，她骂尤老夫妇："狗咬吕洞宾，不识好人心。只有曹霞才那么善，才那么心好，离了婚还照顾你们，供养你们！如果是我，告尤全的重婚罪！还管你们？休想！"

郑婵英走了。老两口懵了，像塌了房顶，脚腿发软。他们来问曹霞，曹霞说："她会骗你？"老两口知道了事情的真相，向曹霞认错，央求曹霞。这一来，曹霞反倒哭了。

事情闹得众人皆知，给曹霞招来许多的议论，有褒有贬。她对尤老夫妇仍不改口，让人家成天提心吊胆，一次又一次地来央求离了婚的儿媳，曹霞反而去安慰二老。

10

离婚给曹霞带来了很深的伤痛，而她是个坚强的女人，她得继续走自己的路，抒写她美丽的人生。

土地是美好的，渭江河和村中河也是美好的。人生的河就这样流着。今年出格，盛夏里有一场特大暴雨，流经两河村的两条河都涨了大洪水。郑婵英为了长堤，死去了，曹霞在家里痛哭了一场。

两河村经历一场大洪水之后，便是农村基层干部的换届，老村主任因年龄超标，下来了，曹霞也同时落选。

曹霞并没有把落选的事放在心上。曹霞就是曹霞，别人认为委屈也罢，不公平也罢，她都无所谓，那是她的坦荡和大度，她会一直往前走。曹霞要建一个集花木种植、无公害蔬菜和家禽家畜饲养为一体的综合基地，后来被村里人戏称为"地主庄园"，笑着叫她"曹地主"。

这人越老越多虑，离任的老村主任扳着指头算，为曹霞呻吟：把无人愿种的"公田"调换到村中河的长堤一带，"桃花岛"和清泉作为"庄园"的景观，将两河村的贫困户吸收进来，牛长生也在她帮扶的计划之内，能撑得下去吗？更难的是要几十万元的启动资金！他直摇头，说曹霞心善，心好，心比天高！

曹霞说："我会办成的！"她叫老爷子放心。

曹霞落选以后，闲下来了，丈夫因她当村干部而出走，有了外遇后和她离婚,她没有孩子,孤身一人,还要照顾对她并不好也不再是老人公老人婆的尤全父母。她委屈,也有失落,但她很快振作起来了。她有女性的大志和追求,而她想的不只是自己。曹霞庆幸自己找到了一个体贴她,理解她,和她一样对土地有深厚感情,与她心心相印的奋斗伴侣。那男子是本村人,在深圳打工多年,快三十岁了,居然不找女朋友不结婚!出类拔萃的男子汉为什么会这样?村里人都在猜疑,觉得奇怪。他回乡以后,给他介绍对象的人也不少,村里的标致大姑娘不嫌弃他年纪大,愿意嫁给他,他都一口拒绝,却偏偏来到曹霞身边,情投意合地和曹霞办共同的事业。于是,有人说,那是个谜,男人和女人之间的秘密。最后一句话:他们有缘分!

曹霞为定下的目标奔走,劳累,气恼,惊喜,也哭过,但她并不退缩,每走一步,奋斗伴侣都跟着她,为她分忧、壮胆,与他共同承担,让她那颗女人的心热辣辣的。

三年多过去了,曹霞成功了,她不但还清了贷款,种养基地也发展壮大了,跟着她创业的人都欢天喜地。她和奋斗伴侣的婚礼选在一个春暖花开的日子,在"庄园别墅"里举行。那是他们的新家。

曹霞的婚礼是简朴的,保持了庄稼人的良好品质。

曹霞是农家人的女儿。

这一天,已经退居二线的原镇党委书记赶来参加了曹霞的婚礼,他祝贺曹霞,又深深地内疚和自责,在农村基层干部换届中,曹霞落选,与他有很大的关系,他误会了曹霞。他离开欢庆的场面,独自走在长长的河堤上。河水在奔流,他回味着曹霞说过的话:"我当不当干部不要紧,我心里想到的是村民,他们是我的亲人,是我们的父老乡亲!"

11

那天晚上,钟情在曹霞的婚礼席上,破例喝了酒,夏麦也喝了酒。

回家以后，钟情的脸红通通的，有几分醉意。天空又是半面铜镜似的月亮。钟情说："你猜，谁来了？"

猜？屋里只有夏麦、她和快满三岁的儿子。钟情拿出了吴小萍寄来的同心结，什么话都没有写，只有一颗心。姐来了！

钟情狡黠地看看夏麦，又拨通了长途电话。她戏谑地笑着，说："喂，小萍姐吗？夏子想你，白天黑夜都想，这会儿更想！"

没等夏麦急得嚷出声来，钟情把话筒给他了。电话那头果然是吴小萍。一霎时，夏麦说不出话来，只喊了声"姐"，又进入了和吴小萍相爱的日子。

吴小萍说："夏子，你真的想我吗？"

夏麦说"想"。

"姐也想。可是，已经过去了，我们都结婚了。夏子，我们应该珍惜自己的美好家庭。"吴小萍说，她不回两河村了，她已经和柳林在那座新兴的城市安家落户了，他们的夫妻感情很好，有了儿子，生活很幸福。她害怕夏麦不知道柳林，又说，就是埋在河滩上的柳大娘的儿子，他们有缘分，千山万水的相遇了。柳林的妹妹也在那儿结了婚。最后，吴小萍小声说："夏子，姐吻你！"

钟情就在夏麦身边。真不知她从哪儿得到的电话号码，也许她和吴小萍早就通过话了，不止一次。

这时候，儿子翻出了吴小萍留下的那张艺术照，喊着："妈妈，这是谁呀？"

"你姨，你爸的姐！"

钟情说罢，揩掉相片上的尘埃，给夏麦放在床头柜上。

"我们不能忘了吴小萍。"钟情说。

第十章　幸运的花篮

1

郑婵英死了以后，牛长生居然失声痛哭。那是在夜里，有月亮，但朦朦胧胧。曹霞到桃花岛去，被吓了一大跳。曹霞看见他满眼泪水。岛边的村中河在流，这个穷汉子的眼泪也在流。曹霞把他撵回去了。他要再不走，想到郑婵英的曹霞，也控制不住泪水了。

不用炒作，特困户牛长生也是一代名人。

曹霞和老村主任曾经想为两河村的贫困户解决一部分经济困难，到湄水度假村建筑工地联系，去几个村民做临时工。那包工头没把话听完便一口拒绝了，绿眉绿眼地看着出众的妇女主任。

"我们走！"

老村主任还想说什么，被冒火的曹霞喊走了。

曹霞把气发泄到老村主任的头上，好像娇惯的女儿对待木讷的父亲。

郑婵英一出面，那包工头就爽快地答应了：来六个普工。可是，只去了五个，牛长生生高矮不愿意，背着一杆秤上市场，当"公证员"和"315"去了。郑婵英没好气，骂他。他挨侄儿媳妇的骂，好像是一种享受，真把郑大小姐气坏了。牛长生就是这个料。

牛长生在家禽市场给买家和卖家称斤论两，每称一次收五角钱的称钱。这也是一种生财之道，只怨他太死心眼，一称下去，决不更改，想多卖钱的对他不满，想买便宜的也往往不悦。如此一来，在竞争中，牛长生的生意十分清淡。祸福相逢，他在牛头镇倒有了"铁称秤"和"瘦包公"的称呼。这"瘦"有两指，一指他人瘦，一指他钱瘦，穷。

牛长生要称这个世界，称人的心。

牛头镇是传统的农业镇，每到逢场，家禽市场买卖兴隆，人如潮涌，各种事情都可能在那儿发生，各种人物都会登场，煞是精彩。这天上午的牛长生，说话冲，脾气躁，有女人骂他干吗不钻回娘肚皮去，重新生出来，不就啥事都顺心了！他不回嘴，不理睬，默默地称他的称。不出一个钟头，一个找他称过鸡的老太婆便当众号哭——她收到假币了，一张百元的伪钞，不仅白卖了几只鸡，还倒贴钱！

牛长生扭头便走，在市场上匆匆寻找。他称秤，收了五角钱，他有责任。那人脸上的疤痕在，他认得，他满腔义愤。

冤家路窄，在桥头相遇了。谁说牛长生不是男子汉！他大吼一声，冲了上去："抓用假钱的！"他没抓住，那汉子飞起一脚，猛踢在他胯下。啊呀，钻心的痛！他摇摇晃晃，眼冒金星，居然能急中生智，操起手中的大秤杆，犹如冲锋枪，吼着，顶了上去。咚！那汉子无退路，被顶下桥，柴捆一般仰面倒在河里。湔江河的水很深，卷着浪花……岸上还有帮凶，拽下秤砣，朝牛长生的脑壳砸来。牛长生拼了，不要命地用头去顶，反倒躲过那一劫难。

帮凶翻倒在地。牛长生死死抱住不松手。有人去叫治安室的人，有人拨打110，有人围上去……岸上的逃了，河里的被捉了，牛长生悄悄走了。他一拐一拐的，拖着半截秤杆。貌不惊人，窝囊贫困的牛长生，为牛头镇，不，为改革开放的川西坝子破了一起假钞案。

2

牛长生想娶一个娇滴滴的妻，向郑婵英要，娶到手的，便是头脑有毛病的白芝芝。

牛长生出奇的穷，穷得有志气，极忌讳别人说他穷，说话结结巴巴，却嘴硬，谁提说他，反感谁，对好心的曹霞也一样。郑婵英偏要奚落他，说他是响当当的男子汉，是百万富翁，中国的第一首富。如果换成其他人，牛长生早就怒发冲冠了。郑婵英叫他永远当不了男子汉，连阿Q精神也没有。民以食为天，牛长生对此的体会很深，一日三餐，肚子饿了十分具体。他饿过，有了娇妻之后仍然不能幸免，但不能常常挨饿，牛大爷们儿为油盐柴米冥思苦想，可惜终不得法，似乎抽签，他选定的便是穷困。他也认命了，开始穷得心安理得。

曹霞恨铁不成钢，骂他没血性。

牛长生心里有点儿难受，满有"忧国忧民"的责任感。他想对人诉说，回到家里，刚一结巴，就被白芝芝劈头劈脑一顿数落，宛如挨了一粪瓢尿水，气得不行。

他骂白芝芝："疯×，瓜婆娘！"

白芝芝操起了家伙——一把明晃晃的菜刀。

只有逃，别无选择。

逃在苍黄的天底下了，呆立着，牛长生这才有了比绿野还无垠的感想。不骗人，牛长生曾经有过"离婚"的念头。那是个时髦的词儿，一想他就骂自己："大逆不道了！如果不是曹大姐，三个石头顶口锅的穷光棍儿，年龄又严重超编，哪儿去娶婆娘？鸡婆娘！"

土地下放以后，不少人家鸡鸭成群，他连鸡仔的魂都不见一个，别说遍地鸡毛了！再说，人家白芝芝要模样有模样，说身材有身材，他怕的就是娇妻的疯疯魔魔和"疯"与不疯之间，当男人当得特别窝囊，也叫"酷"。不管怎么说，都扯不上"离婚"二字。"离婚"，对他来说，太奢侈了！夫妻没有走到尽头，哪能说"再见"？她听别人说过，既然要"离"，就得有财产分割，即使是烧饼也得切一半给人家，哪能空口说白话，光着身子走人！他有啥，人家白芝芝跟着你当"丐帮帮主"，已经够委屈了！牛长生懂得那首《纤夫的爱》，如果要哼还能哼两句。这会儿，他坐在院子边的田埂上，把白芝芝手中家伙忘了，想着白芝芝给他带来的酸甜苦辣，也算人生没有白过。

白芝芝扔了菜刀，喊着"死人"。没有回音。她叽里咕噜地骂着不中用的男人，又走出院子，下田去了，走进绿波荡漾的秧海里。

那是她的副业，为别人的秧田扯杂草和稗子，得一些报酬。这时候的白芝芝，泼辣得让村里的女人咋舌。秧窝封林，人弯着腰在里面闷热难受，齐胸的秧叶尖似剑，她的乳房、肚腹乃至胯下，都被刺出了许多小口子，经有农药残毒的露水一浸，奇痒恶痛，而她还是勇往直前……别人下田，穿长裤，扎紧裤脚，上衣是长袖，她却像个体操运动员，就着那么一点儿。衣裤是省了，也凉快，可惜伤痕累累。

一回家她就嚷："恼火死了！"叫牛长生倒水来，没有热水，冷水也行，一头钻进竹林盘，管她天上人间，脱个干净彻底，边洗边抓痒，边叫疼。天没黑，只是黄昏，影影绰绰的，天下无忌。

牛长生拉长了脸，觉得有伤风化，就那么笨，光丝丝的把白芝芝往屋里拉。出了林盘更显眼，不巧路过的大女娃子低着头，大气不敢出的赶紧逃……进了屋的白芝芝照样，闹个江河泛滥。牛长生因此叫苦不迭，白芝芝也骂他。

白芝芝天天下秧田，天天洗澡，屋外犯忌屋内洗，关了门，万事大吉。牛长生为此担惊受怕，生怕白芝芝把新房泡汤了。他再次去找妇女主任，述说详情，向曹霞求救。曹霞红着脸，骂了他，将牛长生撵下田："你就不能做？"并且教训了白芝芝，这才解决了天底下的第一难事。

因为有了在田间打工的"固定收入"，并且妇唱夫随，生活得到了改善，不长期吃素了。白芝芝很高兴，脸上有了少妇灿烂的笑，夫妇再无战事了。

有的人暗中埋怨曹霞，说曹霞把白芝芝弄到边缘区的两河村来，既委屈了女的，也害了男的，幸好两口子没有崽。要不然，更糟。别人不当面说，曹霞也知，好心没好报。牛长生心里最清楚，曹霞是真心真意为他好，要不是曹霞，白芝芝也不会改邪归正，那么不要命的勤快。白芝芝虽然脑壳有毛病，神经不时短路，却能听曹霞的话，怕曹霞，服曹霞。她叫曹霞"嫩妈"，有"嫩妈"的管束，她服服帖帖。

3

牛长生老回忆起和曹大姐亲近的日子。

白芝芝和牛长生，各有千秋。他们结婚，生活，待在曹霞给他们垒的窝里，倒也逍遥自在，虽然说不出快乐、开心，却没有天大的忧愁。穷有穷的乐趣，没有财产被骗被盗的担心，更无遗产问题的困扰。白芝芝不产仔，少了许多麻烦。这不知他们谁没有，疑难杂症一个，没人能说清楚。有一点是很清楚的，白芝芝不是石女子。

在白芝芝的心里，当她神经不短路的时候，思绪非常清晰，条理说不上，但很独特，创见性有余，怪怪的，满有资格侨居后现代派殿堂。她认为，她嫁给牛长生是贴错了窗花，她对牛长生有恩。要不，一个"老头子"谁愿嫁？白嫁了！那就算报曹霞的恩吧。报曹霞的什么恩，为啥报？她是说不清的，连"嫁"是怎么回事，她也混混沌沌。对这个复杂的问题，牛长生也糊糊涂涂，有时半夜三更，白芝芝来了疯劲儿，全副武装将他撵了出来。他在院里冷得打抖，还发懵，闹不清这天底下的婆娘有什么蹊跷。

白芝芝生活在特困户的单身汉家里，也确实委屈，够苦的。牛长生老是煮稀饭，清汤寡水。白芝芝嚷："顿顿吃，天天吃，光跑厕所，屙尿把裤子都淋湿了！"多日不见油腥腥，她喊："老家公，我痨死了，生肉都想啃几坨！"

牛长生愧色无语，把头埋在裤裆头。

在田间做工有了钱，她便到牛头镇上去买肉，专割肥大片，又不敢煮久了，半生不熟，她还好，牛长生吃了拉肚子，惨兮兮的。

她骂牛长生"没福气"，自个儿也气。

白芝芝在炎夏里打工，实在不容易，太难得了。窝囊的牛长生有这样卖命的娇滴滴婆娘，也是一种骄傲。由于她神智不算清醒，有点儿让人叹息的傻气，空荡荡的倔强。她偏要顶着日头干，在闷热的秧田里，脸上，脖子上，高耸的胸脯，乃至胯下都是汗，黄河长江的支流，直往下注，身上如蒸腾的烤锅，酿着醇酒，香飘田间。那股能吃苦的泼辣劲叫村里的女人们害怕，整个村民小组，凡是在外做工挣钱的，家里只剩姑奶奶、婆娘，不敢"抗日"的，都扔给疯魔的白芝芝，反正贱价，合算。

白芝芝还走过渑江河，在别村的田里拼搏。在蔬菜专业户的黄瓜田边扯稗子时，热极了，她来了疯劲，猛摘黄瓜吃。不吃留着干啥？让它空长百岁？不吃白不吃。这可犯了大忌，据说在太阳底下摘黄瓜，一根藤的瓜都会永远变苦。她动了多少根？不知道，总之不是偷摘，正大光明的摘。

她想："姑奶奶摘几根算啥啦？看得那么金贵！"

主家怒喝了，追过来，她这才扔了手中的半截黄瓜，骂骂咧咧地撒腿逃。她哪儿不去，偏要往黄瓜田里跑，寻找有屏障的青纱帐，追的人气红了眼，也进了田。跑来跑去，追来追去，白芝芝像在逃巷战，整个黄瓜田都兵荒马乱蹿遍了，黄瓜架摇动不已。等追赶的主人醒悟过来，这满田的黄瓜也就变了性质，成了苦瓜、黄连。白芝芝的衣裤挂破了，化为巾巾片片，在风中飘曳。主家不想再追了，瞧她那样儿，不敢再去，害怕男的女的说不清楚。她却跳了河。

黄瓜田的主人吓直了眼，好在她从水中冒出来了，还游水去了对岸。我的妈，太厉害了！

4

村委会改选，是乡村里的一件大事，有人提议让郑婵英进"内阁"，说她敢出头，为村为民，也为牛头镇的父老乡亲，够格，镇政府接待了两河村直接去提候选人的村民，就一句话：选郑婵英！镇党委书记还叫女副镇长来找郑大小姐，郑婵英稚辞得干干净净。她说，她不行，绝不是当官的料，当不了，也真的不愿当。

郑婵英心里明白，比谁都明白，叫她当，无非就是取代曹霞，她不干，切了脑壳她都不去揽那份苦差事。她说过，她没有曹霞傻。也许，郑婵英的心眼儿确有点儿"坏"，但对大是大非，却很清醒。她贬低曹霞，但决不贬曹霞当村干部。

她说："曹霞冤，如果是老子，早就不干了！"郑婵英的感慨多着。女副镇长来找她谈话时，她心里着实动了一下，但很快就平静了。决不夺曹霞的官！小小一个妇女主任，又不是镇长、县长，有啥稀罕的！她嘴上不说，心里就这么坦率。郑婵英就是郑婵英，说多少都没意思，她不领情，也不想听，要做思想工作吗？可惜时间了！女副镇长只能扫兴而归。

尽管这样，曹霞还是落选了。因为公布的候选人就没有她。经过改选和调整，曹霞当了村民小组长，那是村民们自发的齐刷刷举起手，把她要来的。

事情本来应该落下帷幕了，谁料到牛长生会跑到镇政府去呢。

寥寥罕见的牛头镇，不曾有过捡破烂的特困户敢去撞官，牛长生去了，理直气壮地质问镇党委书记。刚刚打开书记办公室的门，他就进去了，先声夺人，一大捆破烂扔在办公桌前，等工作人员反应过来撵他走，他已经坐下了，不走了。

"什么事？你说吧！"镇党委书记开了口。

当然要说，特别的激动，更加结巴。大书记不可能将他赶出门去，耐着性子听，沙里淘金，不得不安慰他，叫他慢慢说慢慢说。要请示、要汇报的镇政府干部在门外等了又等。总算听明白了，为曹霞"落选"鸣不平，说曹霞是好官，比哪个干部都好，"比你大……大书记还好！"

镇党委书记皱皱眉头，说了："镇党委、镇政府会好好考虑的，请回吧！"

回？没那么容易！牛长生没有得到肯定的回答，就是不走，镇党委书记的办公室，似乎变成了他移民的落脚点，定居了。

镇党委书记无奈，好言相劝，最后叫女副镇长开小车，把牛长生连同那堆破烂，一同送回两河村，一路上还得好好安抚。

牛长生特别风光一回，确是长了脸了。

知道了缘由的曹霞，把他骂得够惨。新任的村民小组长为此气出了眼泪。

说来也怪，牛长生和白芝芝做了夫妻，生活的时间不止三五个月，却没有在女人面前的感情，见到曹霞，便截然不同了，像《纤夫的爱》，总是荡荡悠悠，非常听话，激动着他的心，他的情，等曹霞骂够了，他才说："我……我为……为你好！"

"你害死人！"

5

牛长生想致富找不着门路，当"315"断了秤杆，改行去牛头城镇上捡破烂，成了名人。

穷归穷，日子还过得去，没有大的奢望，也就满足幸福了。这是牛长生的人生哲学。可谁能料到，白芝芝会突然离他而去呢？永远地走了！

牛长生嚎声大哭。

两河村的土地上，增添了一座女坟。

那天夜里，长长的河堤上，响着一首老歌："我家住在黄土高坡，大风从头上走过……"

曹霞知道，那是牛长生在唱，在留恋有些疯魔的妻子。想不到牛长生还能唱歌！她在月光下，悄悄地离开了，眼里不禁有了泪水。

曹霞动了女人的真情。

牛长生是第二次痛哭了。第一次为郑婵英，这一次为自己的白芝芝，人穷照样有感情。

6

郑婵英的风情店被大火烧了以后，随着牛头镇的改革开放，古老狭窄的横街子也进行规划重建，镇政府面临的就是中国发展中的一大难题：拆迁。李鞡子的百年老店保不住了。他想开了，说："拆就拆呗，生不带来，死不带去，拆了干净！"他说得很绝，"免得在那个劳什子店里呆生霉了，出来透透气，轻松轻松。"

汪茵茵也说，清静清静。

这时候，突然知道郑婵英死了，死得那么惨，那么悲壮，那么有价值，汪茵茵吼了一句："她是我的妹！"

和郑婵英历来是对头，一贯贬郑婵英的汪茵茵忍不住哭了，她骂李鞡子，原先为什么不对郑婵英好一些，这心里难受！她在骂自己。

李鞡子莫名其妙，不知老婆发了哪河洪水，而他知道，那是真情，真实的感情是掩饰不了的。

李鞡子眼里也有泪水。

汪茵茵说："房要被拆了，店要关门了，留那么多纸钱、银锭、冥币干什么？存银行人家不收，与物价上涨不上涨毫无关系，更扯不上货币是否贬值的问题，再多也富不起来，堆在屋里看着就心烦，不如烧给郑大小姐！"

一句话提醒了李鞡子，他打开后门，不吭声的把服务死者的东西往河岸上搬。若要比赛搬运，汪茵茵强若干倍。此时的汪茵茵不计较了，不心疼了，心胸坦荡，舍得。不一会儿，河岸上就堆起了一座异类的金银山，遮挡那个"拆"字的花圈也在其中了。李鞡子和汪茵茵各拿一个打火机，从各个角度点燃，喊着郑婵英："你请收下，敬你了！你走好！"汪茵茵还说："别记恨我骂过你，我们都是女人。"

火，迅速的烧起来，在河风中欢笑，一会儿就烧成了一堆出类拔萃的篝火，一两里远都能看见，煞是壮观。人们匆匆跑来，但见李鞑子和汪茵茵发怔地坐在河埂上，河水静静地流。

让香蜡铺洗劫一空的汪茵茵和李鞑子，在面临房屋被拆迁的关键时候没了辙，如今又走了郑婵英，心中更没有底了。是呀，自从那次镇长带着人，满脸不悦离开以后，就再也没有音讯，根本没有人来谈拆迁的事，好像把他们遗忘了。而小巷的拆迁却如火如荼，挖掘机在小巷两头忙碌，一步步向中间逼近，整条街道尽见废墟。跟着汪茵茵坚守阵地的几家已经想通了，撤退了，主动去镇政府签了字。一个可怕的念头向两口子袭来：强拆？

李鞑子开始埋怨汪茵茵，说汪茵茵朝三暮四，一会儿通了，一会儿又堵了，现在咋办？

汪茵茵说："他们来拆呗，我不是说了吗。又没拉他们的手，扯他们的脚！郑婵英都走了，待在这儿孤单！"

李鞑子想去镇政府签字，刚刚把一只脚跨出门，汪茵茵喊："慢着！"

李鞑子又待在胖老婆面前了，像被开水淋了的鸡。

7

汪茵茵毕竟是汪茵茵，烧掉钱纸的当天晚上，她睡不着，一入睡又睡到大早晨，太阳晒到屁股，然后匆匆洗脸，匆匆吃饭，对李鞑子宣布：她非保卫私有财产不可！

李鞑子很漠然。

汪茵茵骂李鞑子："尿泡，怕死了你！天塌下来我顶着！"

李鞑子终于囔出来了："你有心魔！"

汪茵茵不理睬李鞑子,她得为自己的房子找保安,找一个能服她调遣、与她同心同德的男人来,跟她一块儿坚守。

李鞑子懒得理她,心想:"这蠢婆娘不知会疯出个什么结果来!"

汪茵茵下乡去了,果然找来了一个。李鞑子一看就惊直了眼,街坊邻居也觉得玄乎——汪茵茵带回的是窝囊的牛长生!

小有名气的牛长生跟着汪茵茵来了。(不来也得来,在汪茵茵面前躲得了吗?他是吓破了胆的。)而他发懵,问:"做啥啊?"

"守窝,守我们的老窝!"这话说得含糊,还有点儿犯忌。不过,既然要说,就有汪茵茵的道理。

"守就守呗,反正屋里没有米下锅了。"牛长生想,汪茵茵不会断炊,守他个三月五月也行。

"快,动手!"汪茵茵喊。

"好!"牛长生答应得挺爽快。反正他是汪茵茵的服从者,无论汪茵茵要他做什么,一律的"好"。闹到后来,他也莫名其妙了:喂,这是干什么呀?把汪茵茵的内衫,衩裤,还有李鞑子的衣物,用细绳穿在一起,横挂在香蜡铺的门额以上,随风飘飞,太新鲜了!

牛长生名为"明星特困户",见识不少,他是心甘情愿被汪茵茵奴役,诚心诚意的护卫汪茵茵。不知为什么,大概难有接近女人的机会吧,或者汪茵茵野蛮加温柔的对待他,使他对汪茵茵还颇有好感。于是,他结结巴巴地说出了个人的看法:"这样行吗?恐怕守不住。"

"乌鸦嘴!"汪茵茵骂,而她想了想,又觉得有道理,心里嘀咕:这牛长生一点都不弱智,比李鞑子强!因此,汪茵茵把没有烧给郑婵英的最后一捆白纸抱在柜台上,叫李鞑子用大笔饱蘸墨汁,写!

"写什么?"李鞑子问。

汪茵茵说出了一句话:"政府不能强拆房!"

李鞑子唬住了,不敢写。

"写呀!"汪茵茵嚷,"你怕死了?"

闷过来的李鞑子也嚷:"政府没有强拆房,是你在强拆房!"

胳膊扭不过大腿,李鞑子照吩咐写了。白色的纸,偌大的黑字,汪茵茵和牛长生搭起高板凳一挂上去,立刻就引起了轰动。很快,镇政府的人来了,叫他们:马上撤下来!

汪茵茵才不怕呢。被冷落了多天的汪茵茵反而来了兴致,叫李鞑子继续写,再挂,白纸有的是,细绳她买得多,李鞑子不是想当书法家吗?就多练练字。

牛长生说了:"那么多,挂在哪儿呀?"

是呀,把房子都快包装了,还挂,挂哪儿呀?

没有人再来找汪茵茵了,又陷入了冷落。

李鞑子说汪茵茵在扮家家。汪茵茵觉得那话文酸,当她明白意思以后,怒喝,叫李鞑子钻回娘肚皮里去。

8

到了晚上,牛长生说,他该回去了。

"回哪儿去?"汪茵茵说,"就在这里和我守,都睡在这儿!"

汪茵茵说怎样就得怎样,把沙发拖出来,容不得牛长生反抗:就和她一块睡沙发。当然,是背靠沙发打瞌睡,一人占一头,井水不犯河水。她怕夜里被强拆,严防死守。

对于汪茵茵的出格安排,李鞑子有醋劲儿,要不然,就不是男人了。他一肚子的气,却无可奈何,干脆想横了,去床上睡觉,一了百了。其实,他睡不着。

汪茵茵和牛长生如临大兵压境。他们相安无事,也无人来拆房,平平静静。第二天,大概是见惯不惊,腻了,毫无反应。第三天,热闹了,镇政府管拆迁、管治安的工作人员都来了,并且叫来了派出所的警察。

汪茵茵也要拼了。于是,由于汪茵茵冲动,几句话不合,便发生了冲突。牛长生看见汪茵茵不利，他居然心痛，啥也不顾，上去了。恰在此时，县委书记由镇党委书记、镇长陪同来视察拆迁工程，也经过这里……这样一来，问题严重了。

县委书记责令镇党委和镇政府，按照拆迁政策，合情合理的处理拆迁问题，绝对不能留不良的后遗症。

拆迁圆满解决，拆迁户皆大欢喜。汪茵茵做梦都没有想到，她真成了拆迁中的巾帼英雄。李鞑子和汪茵茵与同街的私房拆迁户一样，得到了满意的优厚：既免差价换住同面积的安置房，又给他两口子买了社保，还补偿了一笔新房不能经商的钱，并且破例：由汪茵茵自选新房入住号。

汪茵茵满足了，李鞑子在满足中觉得邪乎，太不可思议了！牛长生呢，得到了汪茵茵的女性温柔和感激，让他喝了酒。他喝醉了，汪茵茵也醉了，人面桃花。汪茵茵还送了他一程路。他也满足了，还有点儿留恋不舍。

牛长生再次过着他的"明星特困户"生活。

时间过得很快，转眼就两三个月了，到了桃花水涨的季节。

拆掉香蜡铺借住在外的李鞑子和汪茵茵拿到了新房的钥匙，养老的社保也给买了，年龄到了有退休工资，补偿的钱到了位，还能不庆贺庆贺吗？汪茵茵坚持：庆贺就得把牛长生叫来！他是功臣。

牛长生这一来就拾到了幸运的花篮。这话是什么意思，只有他知道。

9

若说既穷又"低贱"的男人就智力可怜，那是悖论。牛长生颇有能耐，会唱感人的情歌，对女人也很有感情。他也会想女人。断炊的那天晚上，他想远房儿媳郑婵英了。静夜里，他坐在扶贫屋门前，痴痴地，长久地，望着月光下朦胧的田野。

单身汉的日子是野猫撕扯过的，彻头彻脑的懒散。夜里想过女人的牛长生，睡了个开天辟地的大懒觉，日头已经冒出树梢。汪茵茵说得对，他无米下锅了。脸总得洗干净，烧一大碗白开水，哄哄肠胃，没有愚死的汉，再想良策吧。

汪茵茵突然来了，叫他和她一块儿去。牛长生吓了一跳。他见汪茵茵就是心跳，男人对女人的那种怦然心跳。牛长生害怕。他特有自知之明，不是混蛋一个。是呀，又穷又出名的光棍，还敢想女人，还能有燕尔新婚的念头吗？绝对不能有娇妻的奢望！一旦走火入魔了，去跳河？上吊？他可没有自杀的勇气，也不想那般浪漫地玩完。还是实际一些吧，这就是人生。

汪茵茵不知牛长生的"花花肠子"，她觉得自个儿最有权力驾驭这个早就被她慑服了的男人，也喜欢这样，还对牛长生动过感情。牛长生自然心甘情愿地被汪茵茵掳去了，服帖得像汪茵茵随便套上的乳罩。

饥肠辘辘的牛长生，万万没有想到丰厚地补偿了民以食为天，汪茵茵那么真心，还流露出女人的温情。汪茵茵的丈夫李鞑子对他也不赖。凯旋在子夜，他成了大英雄了。不过，他总是疑惑，这是为什么呀？可惜的是，他那么狼吞虎咽。

汪茵茵小声骂："傻！别哽死了。"悄悄问他，"饿了几顿？"

他老老实实地回答，差点儿两顿。头晚上他吃了个半饱。

汪茵茵没说什么，蹬了他一脚。

李鞑子不知天地有多大，混混沌沌的，插不了嘴，只顾喝酒。

醉了，都醉了，人生的一大风景。饭后，牛长生要回家。汪茵茵把他叫回暂住的屋子，将半小口袋米塞给他："走吧，窝囊得让人心痛！"

牛长生走了。李鞑子也要走了，把新房的钥匙掏出来，交给汪茵茵，说是去大河边溜达溜达。

"别去淹死了！"汪茵茵没好话。

李鞑子懒得回答。酒一醉，他觉得无牵无挂了，妹妹呀，你大胆往前走。李鞡子这一去，再也没有回来。

汪茵茵急了，四处寻找，哪有踪影！她骂着李鞡子，镇上乡里都打听了，后来听人指点，托人写了数张寻人启事，并许诺"重谢"。到第三天，报信的来了，却是几个屁大的孩子。汪茵茵不相信调皮崽子的话，又不能不相信。几个孩子说，他们看见叫李鞡子的爷爷在河岸上走呀走，不知为啥，走到河里去了，"咕咚"一声，就到遥远的地方去了。那会儿，他们正在河边玩，跑回去叫来了大人。叫也白叫，李爷爷没影儿了。

汪茵茵胡乱买了一包糖，塞给几个孩子。几个孩子帮他去找家长，家长也证实了孩子的说法。李鞡子就这么莫名其妙地死了！汪茵茵忍不住在河边痛哭，他们毕竟夫妻一场。

回到暂住房以后，汪茵茵开始害怕，不敢久待。第二天就是迁入新居的日子，她拿着钥匙不知该怎么办，一个倔强的女人，居然像塌了半座山。娘家的父亲在农村公共食堂时，患肿病死了，母亲也在她出嫁后病故。现在，她成了无亲无故的单身女人！她呆坐了很久。然后，心中升起了希望，也是一种感情。

汪茵茵跨出她人生新的一步，出现在牛长生的扶贫房里。

"你，你要我吗？"牛长生急急巴巴的说。

"我就要你！"

牛长生想问什么事。

汪茵茵说："不要问为什么，你不能丢下我不管！"

牛长生说："天快黑了。"

汪茵茵说："正因为天快黑了，才叫你陪我回去！"

牛长生如堕五里雾中，他是汪茵茵的绝对服从者，是刀山是火海都跟着去了。到了暂住房，发现少了李鞡子。汪茵茵尽管害怕，不敢说死人，还是把实情讲了。

牛长生问："怎么办呢？"

汪茵茵说："就在这儿住，陪着我！"

牛长生的心又跳了，男人对女人的心跳。那一晚，平安无事。第二天，迁入新居。牛长生很努力，酷似主人。他是个男人。从此，牛长生不能离开汪茵茵的新房了，白天黑夜都是孤男寡女。牛长生回乡下住一晚上，汪茵茵也要同去。她不折不扣是个女人，变得胆小了，也有了更多的温情。这时间一久，镇上乡下的闲话都出来了，很难听。汪茵茵非常羞怒，特火，又叱咤风云了。她叫牛长生：去买"喜"字！牛长生去了。再买鞭炮！牛长生又去了。去请曹霞！请社区的头！再到饭馆去预定一桌酒席！牛长生跑去跑来，一一办好，酸着腿，再等她吩咐。

大红"囍"字贴在新房的门上，小区的大门也贴上两张。她抱出全红有"囍"字的鞭炮，叫牛长生点燃，震动了整个小区。

她当众宣布："我和牛长生结婚，谁有意见？"

那是一桌别有意思的酒席，也算是向世俗宣布终成眷属。曹霞有些不放心，用手肘悄悄靠一靠本是同村女子的汪茵茵。

汪茵茵说："别东猜西疑，没有走私！"叫牛长生拿出了刚办好的结婚证。

10

当天晚上，是他们名正言顺的新婚之夜。牛长生有些胆怯。汪茵茵骂他"不中用"，说："我现在是你的妻子呀！"牛长生终于从一泡热尿的阴影中走出来了，有了男子汉的勇气。

汪茵茵和牛长生的"另类"结婚，轰动了整个小镇。一个"悍妇"，一个窝囊的"明星特困户"，阴差阳错地凑合在一起，居然是天地间最完美、错落有致的恰当搭配，两口子亦城亦乡，有房有田，不为粮愁，不为钱急，生活得恩恩爱爱。那汪茵茵变了个样儿，经过生活的折腾，不那么胖了，恰如其分的苗条，有姿色，有个性，野蛮中别样温柔，牛长生经女人一滋养还有了帅气。这样一对装在幸运花篮里的夫妻，叫许多人羡慕。在老牛啃嫩草的时候，街坊们断定李鞑子无嗣，会断子绝孙，说汪茵茵是"石女子"，用大石磨都压不出娃娃来。想不到，换了新掌门以后，还不到一年，汪茵茵就生了个大胖小子！

在这个"城乡一体化"的新家庭里，真正的当家人仍然是汪茵茵，牛长生天不焦地不愁，落得个清闲。两口子并非日子过好了就是懒惰的劣种，他们也种田，也经商，在开始繁荣起来的河边"休闲地"做一点小生意，收入很不错。牛长生还有享受"低保"的名额。

汪茵茵说："放弃了，不要，说起来丢人，我们不能心厚。"

牛长生说："好，不要了。"

汪茵茵再说："你不心疼？"

牛长生说："我有你了，还心疼？很满足。"

汪茵茵红着脸，骂牛长生"兔崽崽"。

有了闲情，汪茵茵追问牛长生："还想郑婵英吗？"

牛长生老老实实地回答："想。"

汪茵茵不饶他，要他说个明白，为什么？

牛长生说："她是个好女人。"

"我不是好女人？"

"是！"

汪茵茵说："我也想她，这就是女人的命运。"

第十一章 无冕之王的幸福

1

岁月匆匆，总是风雨兼程。村里上了年纪的人埋怨人生过得太快，说，那些土地下放之后才出生的娃，眨个眼就长大了，就该娶妻嫁人了。牛本本就是活生生的例子，人们还没有反应过来，他已经成了两河村有棱有角的人物。

牛本本是牛富贵的亲侄儿，牛富贵弟弟的儿子，独苗苗。那牛姓人家原本是发家致富的庄稼人，中国农民的典型之一。祖上传下来三弟兄，齐刷刷的勤劳持家，人丁兴旺，作为老幺"小牛"，上不够地主富农的格，下落不进贫下中农的堆里，当不了干部也不追求，信奉一个殷实富裕，当家人被批过、斗过，在穷光荣的年代真的穷了，却光荣不起来。到了牛本本这一代，农村改革开放，算是过硬的正宗了，可惜家败了，败得一塌糊涂，爹妈亡，就剩下牛本本守祖业。祖业也没什么，就一个大得惊人的林盘，几间不倒的草房。偏偏牛本本长得高高大大，一表人才，帅呆了。可是，从男婚女嫁的黄金时代折腾至今，这小子仍然是孤身一人，不浑也有了浑小子的名声。他曾经惹恼了一个死了男人的年轻小寡妇。那女人俊俏，挺泼辣，骂他八辈子都会打单身，光棍经典，"想娶婆娘么？除非母猪、抱（孵）鸡婆嫁给你！"

他说："我娶你！"

那女人哭着，进了他的屋，就要嫁给他！

牛本本吓跑了，不敢回屋，几天几夜不见人影儿。那女人尝到了牛本本的厉害，没趣地走了，害怕失盗，与她有干系，还得找把大锁，锁好浑小子的门。过了几天，牛本本回来了，一看：咦，怎么进不了门？他也怪哉，不过问，转身又走了。那小寡妇反倒被闹得莫名其妙，不知是真是假，有人说她差点儿害相思病。

其实，牛本本对自己那个没女人、没财产的象征性的家，并不在意，也不怕偷。除了他，有什么值钱的？谁还有兴趣去光顾？锁与不锁，谁锁的？对他那样的另类性格，都无所谓，倒是为难了那个小寡妇。

2

牛本本到牛头镇上打工去了。

他这工也打得很奇怪，在确有"百年老店"资格的老茶铺里，给老得不能再老的茶堂倌当助手，实际上成了顶梁柱，工钱不多，包吃包住，还有大姑娘陪着，日子过得满滋润。渐渐的，不仅是街上，乡下的人也打趣，笑话他是"上门女婿"。

他不否认，也不承认，好像天下的事就该这么模棱两可。

茶铺老板兼堂倌的老头子觉得自己成了冤大头。不，成了冤大头的还有他那个20岁出头未嫁的女娃子柴小小。老头子要赶牛本本走，柴小小不答应。茶堂倌只有瞪眼的份儿。更可怕的事，老眼昏花的茶堂倌观察人居然入木三分，他看出了，自个儿的女娃子似乎还和乡巴佬小伙子在恋爱。这还了得！

了不得也得了，或者压根儿就是不了了之。

柴小小每天早晨照样在老式瓦房的"天井"边梳头，乌黑的秀发似波浪，飘呀飘。一定飘进了浑小子的心里，茶堂倌想。想也白想。他发现，柴小小和浑小子就那么相好，好得叫老来得女的茶堂倌妒忌，醋劲儿很浓。他对牛本本粗暴了，喝叫：加碳！担水！拖地！……

"你过来！"柴小小也喊。

权衡之下，牛本本自然先到柴小小跟前。

柴小小说："把内裤给我洗了。对了，还有乳罩！"

牛本本犯难了。这真不好办！他迟疑一下，咕哝："那我的呢……"

"你脱下来，我洗！"

柴小小到底是街上的大女娃子，厉害。牛本本当然不敢"脱下来"。他真的把柴小小的"私坊物"捡去洗了，蹲在街后的小河边，笨拙地搓揉，生怕没有洗干净。柴小小满足地一笑，笑得很灿烂，恋情流露。她替牛本本加碳，扫地。

茶堂倌气得要疯。老婆死得早，柴小小是他的掌上明珠，祖辈传下来的老茶铺到他这一代算是彻底衰败了，女儿可要保住，不能让浑小子拐跑了！为了防止鸡飞蛋打，他下定决心，不把牛本本撵走活不下去！工钱，照算，一次付清，时间不宽限，立马走人！

可是，柴小小说她怀孕了。

什么？晴天霹雳了！茶堂倌怒不可遏，当着柴小小突审牛本本，不说清楚休想离开。

牛本本看看柴小小，他是既不否认也不承认。茶堂倌说要报警。

他说："你敢？"

柴小小羞气得跑进房间，捂住脸哭。

茶堂倌把工钱扔在地上，抓起担水扁担就追打。牛本本捡起钱，挨了一下，撒腿开跑，回头一句："老浑蛋，你别害了柴小小，没那回事，她是处女！"

气极了的茶堂倌哪里听得进去，他把一个大小伙子赶得逃之夭夭。柴小小也走了，离家出走，三个月不知去向。茶堂倌绝望了，流着老泪跺脚，心一横：卖房！

牛本本逃回家以后，在床上躺了一天。他在想柴小小。想也没有用，他见不到柴小小。似恋非恋，非恋似恋，牛本本从感情的折腾中经历一回，又扎扎实挨了茶堂倌一扁担，好像突然醒悟了人生。他也想横了，用在老茶铺打工的工钱（他一分都没有花费），去廉价买了一辆出过交通大事故碾死过人的旧拖拉机，想赶着马儿快点跑，挣到钱，让家像个家，娶回婆娘才是真正的男人。可是，谁都不请他拉货。这太怪了！

有一天，愤懑的他把拖拉机开到院坝里，冲洗得干干净净，抓起树条狠狠地抽。不幸让人看见了，被传为笑话。从此，牛本本更有名了。

牛本本的趣事多着，他和柴小小的情事不仅街上人人皆知，也传到了乡里，那个真有心想嫁的小寡妇正是听了他的"风流韵事"，才抹着眼泪骂"千刀万剐"，把他门上的锁取走了，嫁了人。

牛本本却不知小寡妇的心眼儿，他心里有柴小小，柴小小不见了，留下拖拉机，拖拉机成了没用的东西，他老实气了一回，开着在路上疯跑，吓坏了不少人。

3

牛头镇上有个旁氏油坊，女老板是年轻的旁池子。

那旁氏油坊就在老茶铺的隔壁，也是有资历的老榨油坊，乃早年的旁家老打油匠，历尽千辛万苦，省吃俭用，家里人有病也不医，积攒了所有的钱开的，一个简陋的榨油坊，因为恨钱不求医；婆娘还搭上了一条命。过了几年，艰辛创业的老打油匠也死了。是累死的。油坊传给儿子，儿子死了，再往下传。似乎有着宿命，由于那个油坊，旁家人的寿命都活得不长，让人谈及色变。

早年榨油一直是人工操作。硬质大树制成的油榨，青冈、檀木的挤压油尖，几十斤重的大锤、二锤，只在腰间系一块麻布的赤裸壮汉，偶尔进榨坊红着脸的女人，蒸油枯、踩油枯，咳唷咳唷地甩大锤，如溪流的汗水顺着男人的胯下淌进油窝里……既原始又野蛮的作坊，是人生与另一种文明的缩影。到使用机器榨油时，旁氏油坊的人员结构开始变化，先是收归为集体所有，后又承包给个人，搞股份制，最后仍由旁家人买回去，物归原主。到旁池子成熟的时候，旁氏的男丁已经断绝，就剩这么一个青春旺盛水蜜桃一般，十个男人十个爱，既高挑又丰满的诱人姑娘。

旁池子的妈是旁家的唯一长辈。她像一个弱小的女保镖，守护着比她高出一个头的女儿不被男人侵犯，防备那些馋想的小伙子把旁池子叼了，直到她拿出虎威，逼着旁池子嫁给招赘上门的女婿，才撒手离开人寰。

旁池子是旁氏油坊的最末传人。

被招赘上门的青年汉子是榨油机上的技师，也是旁池子的帮手。他主宰不了油坊的大事，也掌握不了经济实权，旁池子是主子，他是"奴仆"，到了晚上，就颠倒了个儿，无论白天晚上都心甘情愿。

勤快能干的小伙子深爱着旁池子，对出众的妻子太馋了，情不由己。经过磨合期，旁池子也爱自己的男人，甘愿作"奴隶"。不出三年，那小伙子就死了。

旁观者评论，说旁池子太俏太旺了，那小伙子就死在她的"旺情"里。有点脏兮兮的，脏兮兮的惋惜。

过了一年，旁池子又娶了一个大龄的小伙子。谁知，那个壮马似的小伙子，没有逃掉同样的命运，又因贪爱而死了。人们开始骂旁池子了，追溯到女人的美和性的原罪，说旁池子是害人精，不知她会淹死好多男人！又说她是克夫命。

旁池子安葬了第二个男人，伤心地哭了一场。她抹干眼泪，发誓不嫁，忍辱负重，一心一意经营她的油坊。

经历了两轮丈夫，旁池子都没生出仔来。左邻右舍发言了，说：看来三起三落的老油坊，气数已经尽了，会断子绝孙。也认定旁池子不可救药。

4

也算是天无绝人之路吧，有谁会料到，不到半年，牛本本居然会出现在她的油坊里。

因为婚姻上的挫折，不堪回首，所以，旁池子在招聘油坊的技术人员时特别挑剔，把那些年轻的她认为可能会对她有非分之想的青年汉子拒之门外，一要技术好，二要符合她的心意。进不去的小伙子骂她在挑选情人。说什么都行，她就是我行我素。唯独担任接送货物的拖拉机手，她迟迟不作肯定，谁都猜不透她的标准。榨油是季节性的，集中在高温的炎夏，临到开榨了，她才突然出现在牛本本的茅屋前。

牛本本吓了一跳，真有点儿受宠若惊。

旁池子说："给我送油接拉菜籽。"

牛本本说："你不怕我？"

"怕你？你能把我吃了？"旁池子嗔骂，"说！你究竟去不去？"

牛本本傻傻的，嘿嘿地笑。

旁池子扭身就走。

"我去！"牛本本赶紧说。他是求之不得，害怕失去机会。

旁池子千挑百挑，找来的却是无冤之王的牛本本，太绝了！油坊里的帮工，去榨油的村民，都觉得邪乎，没法理解这个孤身的女人。时间稍久一点，就传出旁池子熬不住了，得解决女人的性饥渴。旁池子不会不知道这些有关她的闲话，她置之不理，一咬牙，干脆叫牛本本住在油坊里，包吃包住给工钱，看谁能把她怎么样！

牛本本把旁氏油坊当成了自己的家。白天，开着他那辆闲置多日的拖拉机，疯魔的跑，一日三餐和旁池子同桌吃饭，居然没有一点儿拘束。晚上，旁池子说："你睡那间屋。自觉点儿！"算是警告。

他说："是！"不知怎么的，他睡不着了，想旁池子，还冒出来一个怪怪的念头：旁池子就是他老婆，娇滴滴的，优秀，能干，个性……一想起就不知天高地厚，没完没了。

静夜里，旁池子也在想牛本本。她觉得危险，骂自己。骂也会想，不知不觉的，她管不住自己了，想立刻把浑小子撵走，又下不了决心，还有些不舍。她开始害怕。牛本本每天早晨都得早起，给榨油机的炒锅搭火，走过她房间外的窗前，那脚步声好像踏着她的灵魂。

榨油坊似个大炒锅，烘烤着旺盛的青春和生命，他们擦肩而过或咫尺相处的时候，气息相互吸引，在散发中融汇，危险一步步地向旁池子和牛本本逼近。有一天傍晚，榨油坊收工了，旁池子揭开锅，忍不住叫了起来："你烧满满一锅，浑牛水啊？"

牛本本说"洗澡"。他给旁池子烧的洗澡水，旁池子知道。为什么今天反常？旁池子在等他的下文。此时此刻，油坊里只有孤男寡女，澡是都要洗的。真正反常的是牛本本，身上油腻腻的，青春泄露的旁池子让他昏头了，他居然冒出一句戳破天的话："洗鸳鸯澡！"

好啊，你浑小子！旁池子美而浓的秀眉竖着，喝骂："你敢？"

牛本本知道"大事不好"，想溜，逃回家去。

"别走！"旁池子不准他走，就要试试他的胆量。

5

那天晚上，他们都失控了，走得太深太远。过了两天，旁池子追问牛本本："你娶不娶？"

这是与生命一样重要的现实，必须得做出抉择！牛本本老老实实地承认：他想旁池子，却又怕死。

旁池子一下子明白了。她看好的牛本本也视她为异类。这不仅仅刺痛了她内心的伤痕，还是对她的侮辱！旁池子羞怒得失去了理智，她抓起了一根木棒，朝浑小子打去。

牛本本跑出门，跳上拖拉机落荒而逃。从此，再也不到旁氏油坊，连当月的工钱也不要了。

旁池子还在等他，希望浑小子能回心转意。后来，她绝望了。

想着牛本本就那么一夜，舍弃一笔工钱。这意味着什么？把她看作怎样的女人了？这是旁池子最不能忍受的，简直玷污她！旁池子痛哭一场，哭得非常伤心。她觉得自己并非那么强，而是太弱小了。她多么希望有个能理解她，不把她看作异类的男人来保护她，让她得到一个女人应该得到的归属。这是一个普通女人最起码的要求。

旁池子觉得自己太累了。

牛本本也后悔。他后悔自己不该跑了。怕什么呀？还是男子汉吗？正因为这个狗屁"男子汉"，他不好意思厚着脸皮回去。他恋着旁池子。失去了，他才觉得旁池子是天底下最青春活力最个性最叫他恋的女人，他骂自己是最大的笨蛋！他几次下了决心，想硬着头皮转去，让旁池子打吧，打累了就嫁给他了。死就死吧，死在旁池子的怀里也是人生的一大幸福。不不不，决不能死，要让旁池子爱一辈子！回不回去呀？再想想……牛本本到底不能当机立断，还是缺少魄力，不如女人，他终究没有足够的胆量回到旁池子的身边。

他喝酒了，一喝就喝个酩酊大醉，然后开着没有归宿的旧小四轮狂奔。小四轮疯了，他也疯了，叮叮咚咚猛跳，分不清哪是大路哪是农田，差点儿把骑自行车的钟情撞死，又把曹霞的长安车逼到沟边悬着一个车轮，最后倒在田里。躲过压死劫难的钟情吓掉了魂，俊脸刷白。他反而安然无恙，从车上掉下来，栽到田里还混混沌沌的，说了一句："旁池子……"

曹霞没好气，顺手抓过别人扔在田边浇菜的水桶儿，在沟里舀了满满一桶水，对准牛本本的头淋下去，喝骂："你还在做梦！……"

牛本本醒了，也傻了眼。

两个女人心好，没有找他算账，曹霞先把小车从险境中退回来，又和钟情帮他弄田里的小四轮。虽是空车，三个人却动弹不了。曹霞把牛本本痛骂一通，去吆喝田里和院子里的男人们，费了九牛二虎之力，总算给推上了大路。

牛本本还有酒气，说："谢了，姐儿们（以年龄而论，他应该叫'姑'或'婶'）！"开着小四轮，摇摇晃晃地走了。

曹霞喊："仔细点儿，别摔死了！"

他回喊："死不了，还要娶婆娘！"

曹霞骂他，他已经走得很远了，上了大堤。回家以后，睡了一夜，他的酒彻底解了，这才感到后怕。他开始反省，越反省越想旁池子。旁池子糊里糊涂，把自己给了他，给他的女人温情和蜜罐，也是火辣辣的，改变了一个无冕之王。一夜之后，他知道什么是女人了。可惜，他终归缺乏那份勇气，不敢再次跪拜在旁池子的石榴裙下。他在害旁池子，让旁池子想他，恨他，那么后悔，难受，无助，觉得活人太累，特别对一个女人，太残忍，甚至会让其破罐子破摔……命运于她太不公平！

因为有那么一夜，旁池子也被牛本本改变了。

6

山妹和郑婵英曾经种田的河湾深处，有花有树，有草有流水，独路通到河岸，景色非常优美，应该是城里人向往的"世外桃源"，而对单身女人来说，却有着潜在的危险。当夜就有一个年轻女人，是嫁到两河村的唐玲，因为她的性格，因为醉酒，变得大胆了，不但敢在夜里出门，还穿得很露，并且敞开卧室的一切。她在冒险。

月夜朦胧，犹如仙境。唐玲踉踉跄跄的上了河堤，就像被打下凡尘凌空坠落的仙子。经河风一吹，她更醉了，有些不省人事，倒在河堤的村道上。无独有偶，恰在这时，一辆小四轮蹦跳着开来了，那车上的司机也喝了酒，且有醉意，嘴里还走调地哼着当时的流行歌曲。当他发现路上有个人的时候，慌忙刹车，差点儿将车翻在河里。还好，小四轮在唐玲的身前停了。这会儿，他吓出了一身汗，酒也醒了，这才看清楚，是个挺露的女人。对了，是他常想看看的唐玲！

　　咋？死了？噢，活着的，没死！扔在这儿不行，要真死了呢？开小四轮的就是牛本本。他也真够混的，不知把唐玲往家里送，却脱下自己的衣服，铺在后面的车厢里，轻而易举地把唐玲抱上去放在上面，稀里糊涂地开着车，好像他真幸运，拾到了无价之宝。

　　乡村的夏夜是很寂静的，谁都不知在这样的夜里，这样的小河边，发生了这等稀奇古怪的事情。

　　牛本本真是胆大包天。他稀里糊涂地把唐玲载到自家的门前，也不想想人家是谁的女人，一抱将醉得像个死人的唐玲抱进屋去，放在自己的床上。不瞒天，不瞒地，也不瞒三间茅屋，那会儿他还理开唐玲的衣衫，看一眼丰腴的乳房。然后，屁颠屁颠的在屋里翻罈倒罐，寻找能解酒的东西，倒在铁锅里熬，并且在厨房里吹着口哨，够他乐的。不过，有一点可以肯定，他那份责任心是天下男子少有的。他敢为唐玲赴汤蹈火。

　　他笨脚笨手的把所谓能解酒的汤熬好，唐玲也醒了。

　　唐玲在木床上嚷："牛本本，你凭啥把我弄到你的床上来？起啥坏心眼？"

　　牛本本说："你刚才死了。"

　　唐玲骂他"去死"，再嚷："送我回去！"

　　牛本本说："怎么送？"

　　唐玲说她自己走。可她能走吗？浑身软得像一团泥。牛本本说，先喝汤，再回家。要不然，就辜负我的情我的意了。唐玲瞪眼。不过，还是把解酒的汤喝了，她的口渴得很。牛本本这才讲明白："还是我抱你回家吧。不干？那就背。"

　　唐玲骂"浑小子"。

　　牛本本说："我已经抱过你了！"

　　唐玲软得动不了。她说，要是能够，她和牛本本拼命。她太羞臊了，陷入了潮热的淤泥。家肯定要回的，睡在牛本本床上，孤男寡女的，太危险了，到了以后跳进黄河也洗不清。已经是深夜，她挣扎着自己出门。一直守在她身边的牛本本，跟在她后面。在河堤上，脚步不稳的她，半推半就地倚在牛本本身上，让这浑小子扶着夜归。

这是精力正旺盛的男子呀！唐玲的心就这么跳着。牛本本在征服她。

这是一个难忘的夜。唐玲和牛本本都没有睡好，似乎都梦见了对方。

第二天，丈夫仍然没有回家，唐玲气出了眼泪。她又上了河堤，恰巧又遇见了牛本本。

牛本本似乎有意在等她。

唐玲问："你昨晚上抱我，还做了什么？"

牛本本说："我做了什么你会不知道？"

仿佛证实了猜疑的心病，唐玲呵斥："你老老实实地说，是男人就敢承认！"

牛本本发誓："绝对没有！"他说："不假，那一瞬间冒出过那个念头，因为你太诱人了！可我，绝不缺德！我看过你的乳房，还想抱一抱……"

"就这？"

"就这。"

唐玲也不说什么，平静地走过去，猛地将牛本本推倒在河里。（她自己也差点儿栽进去。）牛本本猝不及防，幸好他的水性好，淹不死他。这一点，相处久了的唐玲也知道。

从水里冒出头来的牛本本懵了，又没有懵。因为，扭头就跑的唐玲又转过身来看他有没有危险，并且说："我喜欢你，喜欢骂死你！"他看出来了，唐玲的嗔怒里有那种女人的笑。那是打动男人的对男人肯定的笑，只有幸运的男人才能得到，会刻骨铭心一辈子。

唐玲不经意间抛出来她刹那间的心扉，也是女人的密码，不知是祸是福。

牛本本的心里播下了种子，他重新开着小四轮拖拉机上路的时候，那个疯狂劲儿叫人瞠目结舌，骂他"玩命"，"疯了"。

那辆小四轮是牛本本命运多舛的写照。

7

唐玲是两河村另一大姓胡家最年轻的儿媳妇，与郑姓沾亲挂故。她一来就和那些姑姑嫂子格格不入，她说自己是被骗来的。

在胡氏家族里，也有最厉害的年轻女人，大姑子，反问唐玲："你干吗要嫁？"

她说"踩了狗屎"。

那个婆家的大姑子笑，笑得唐玲鼻子不是鼻子，脸不是脸的，最后被逼急了，骂了女人的脏话。

胡家人不敢再和唐玲多说，都知道她"疯"，害怕她的危言耸听。

唐玲说的是心里话，她就是这么想的。自己活得不称心，窝了一肚子的气，因此牢骚满腹。

唐玲是胡小雷的娇妻，也算是"金屋养娇"的"富翁"老婆了。可是唐玲说，她在守活寡，还不如让人包二奶！这话太雷人了！胡家那个大姑，觉得太不顺耳，有碍女人的道德，特地从婆家赶来，到唐玲独居的小院去，引经据典的斥责。

唐玲不喊"姑"了，说："胡鸽子，各人打扫门前雪，自觉一点儿！你想不想守寡？想立贞节牌坊不？"再补充："姑，没事。为自己活，谁怕了谁？"她把胡家大姑气病了。

这一天是唐玲的生日，胡小雷却不回家，好像把一个青春情旺的娇妻忘了。唐玲因此才那么气，自己"有病"，气病了另一个忽略了气温的女人。

胡家走过旺季，但不发丁，那么大一姓人，美女一大堆，嫁出去的，娶进来的，一个赛一个，叫人羡慕，唯独儿娃子稀有，只有两个，胡小雷是其中之一，也数他最能干，出类拔萃得让整个胡姓人引以为豪，也让胡家的男男女女对他难以理喻。大概是从小就死了母亲的缘故吧，他内向，不合群，脾气似乎也怪，与胡家的晚辈一样，读到初中就回家了。他先是跟着村里的泥水匠打平工（做杂工），居然无师自通，试着上建筑工地的脚手架，砌砖、抹灰，不亚于大师傅，且能造建筑计划，所以很快就成了小包工头，还考取了农村建筑队的施工证，从此一鸣惊人。他并不满足于小敲小打，自己去承包工地，淘到了第一桶金。有了第一桶金的胡小雷，以钱为目标，越来越富，到而立之年已是腰缠万贯。

像瞧不起胡家的大姑小姑一样，唐玲也看不起胡小雷。她说胡小雷就那么个素质，嫁这样的男人，丢脸，她不甘心。有一次，她说胡小雷是伪劣产品，是"山寨"，公私合营制造的，少了胎教。不仅骂了胡小雷，也伤害了胡小雷早死的母亲。这是胡小雷最不能忍受的，他痛打了唐玲。这是婚姻危机的开始。

唐玲和胡小雷结婚，是一个要命的错误。

唐玲是胡家人中间文化程度最高的，正规的重点高中毕业。她向曹霞诉苦的时候，曹霞随口问她："那你为什么嫁？"她说闯了鬼。说什么都没有用了，处女没了，再后悔也没有用。自己为什么嫁给胡小雷？她也说不清，糊里糊涂，莫名其妙吧。

那会儿，胡小雷大款，有钱，也帅，自个儿比他小七八岁。结婚吗？没事，反正在家待着，上不去也下不了，有个归宿也好，就当试试吧，来一个刺激，不对再退出来，脑袋一热，心一跳，感情冲动就闪婚进去了，让胡小雷改变了性质。婚礼当然很气派。待尝到了禁果是什么滋味，她才思考，也才深知似乎是个魔幻的性爱城堡，进去容易出来难。于是开始后悔。她反问过自己：什么是爱情？婚姻家庭又是什么？想也白想，问也白问了。她骂："唐玲，你蠢得要死，这可以试一试，刺激刺激的吗？"

唐玲喜欢浪漫，倾向于开放，单纯、冲动，冲动起来往往不顾后果。胡小雷讲究实际，让唐玲觉得有点儿深不可测。他们永远扭不成一条绳。自从唐玲开始理智以后，小两口就冲突，吵闹，打架，气恼的胡小雷甚至半夜三更把唐玲拽出门。有些裸露的唐玲站在门外的月光下，不哭，却是恨，薄弱的恩爱感情化为乌有。她也以年轻女人特有的方式制裁胡小雷，让胡小雷望梅止不了渴。胡小雷走了以后，她独自哭了。渐渐地，胡小雷也不回家。日子一久，唐玲发觉了，胡小雷在外面有女人，这是晴天霹雳。

对于开始回心转意的唐玲，这是她很关键的生日。她含着温情给胡小雷打电话。关机。再打，仍然关机。又发短信，没有回复。胡小雷不可能记不起她的生日，这天还是他们的结婚纪念日呢。唐玲愤怒了，又一种绝望的情绪。她突然想到，自个儿贱价把自己拍卖了！她冲动地找到啤酒，启开，咕噜咕噜地喝，像灌牛水似的，极难沾酒精的唐玲不要命了！

胡小雷和唐玲居住的独家小院，仿佛是胡氏家族一个远离大院的"行宫别墅"。那是胡小雷有了钱以后，特意离开胡家住宅选址新修的。他和胡姓一大家人的关系不好，有远隔"穷窝"的意思。他不愿回家了，便扔给了唐玲，如村里女人所戏谑的，"金屋藏娇"，就不怕"娇"被盗、被色狼强奸了？那当然是精力过剩的女人，打情骂俏时的戏谑话。唐玲还骂过她们。生日的唐玲，真感到孤单。醉出了傻态的唐玲，甚至还冒出了混乱的念头：想盗花的贼就来呗，她巴不得轰轰烈烈斗一场，让胡小雷后悔。

正因为这样，唐玲才会醉酒以后，在夜里走上大堤，遇上开疯车的牛本本。

8

乡里人爱说缘分，或者冤有头债有主，拐弯抹角说起来，唐玲和胡小雷之间有解不开的结，还与茶堂倌有关。那茶堂倌赶走了牛本本，把女儿也逼走了，冷静下来他才后悔：干吗不随了牛本本和

柴小小的愿呢？那"土匪"（牛本本）倒也不错，撵走了可惜！事情
到了这步田地，悔也无用，一狠心，茶堂倌真的把"百年老店"卖
了。农村改革开放以来走出的第二辈胡小雷想买，刚一迟疑，便被
另一个更精明的，同样从乡村里走出来的"大亨"捷足先登，多出
上万元的价买了，夺了胡小雷到手的财产。胡小雷非常恼恨，却也
没有办法，无可奈何的认了。人世间的事总是那么阴差阳错，或者
说冤冤不解。那个慷慨掷金的"大亨"，买下老茶铺以后，又嫌"百
年老店"不媚，老气横秋，似满脸皱纹的老妇人，他要拆掉重修，
修成靓女。在修建上，他却特扣，对上门联系的修建班子挑了又挑，
精算得叫包工头瞪眼，一个个愤然而去，唯有胡小雷满口应承，再
低的价也认，当场签了合同。悲哀的是，那"大亨"并不懂建筑，
也不懂胡小雷，签的合同是材料和工价双包。完工交房，他挑不出
毛病，满吃满认的付清欠款，胡小雷还扎实淘了一桶金。那中间究
竟有什么邪门，天知地知，只有胡小雷知道。

　　后来有人说，胡小雷咬着牙承包老茶铺的拆修工程，是想着老
茶铺旁边那个诱得让人想死在她怀里的女人。说是就是，也许并非
捕风捉影，真真假假，假假真真，想还是没想，怎么的想，仍然只
有胡小雷自己才知道。

　　似乎是命运的刻意安排，牛头镇上发生了很多看似荒唐又因果
必然的事情。首先，那个买下茶堂倌老房子又重修的"富翁"，在产
业经营上资金突然短缺，或者有新的谋求，急于把旧貌新颜的老茶
铺卖出去，胡小雷消息灵通，抢先买了去。买了以后他才后悔：人
为什么不能够未卜先知？如果早晓得是这样的结果，当初承包修房
时就不会在建筑材料上做手脚了！妈的，苦果还得自己尝。不过，
他仍然庆幸，转弯转水，房子还是到了自己手里。他就不相信房子
会垮，过几年拆了再重修吧。紧接着，胡小雷以他在女人中间的特
殊魅力，以他对女人的体贴和女人无法抗拒的爱恋，控制了失去牛
本本的旁池子。他觉得是命运对他的重大回报。

旁池子没有躲避的能力，被俘虏了，心甘情愿的几乎死在畸形的感情里，如溃来的大堤，洪水将灵魂越冲越远。

旁池子心悸，颤抖，也吞过眼泪，知道在毁着自己，而她没有办法。不，她在心里说，是早死的两个男人在毁她，更让她心痛让她既想又恨的，是牛本本真正毁了她。现在，又被胡小雷更深更可怕地毁着。她只希望有个好的结局，让胡小雷娶她。而那样，多不道德呵！还要毁掉另一个家，对唐玲，她不忍心。但她已经没有退路了。如果不行，到了山穷水尽的时候她就自杀。她又觉得太冤，还要背着永远的骂名。更不幸的，被贞操和性爱逼得快要发疯。

最早知道这件事的是胡家那个大姑，接着是唐玲。

很快，牛本本也知道了。他怒吼一声，开着小四轮拖拉机往镇上冲，冲进老茶铺和旁氏油坊抢走旁池子，或者不成功便成仁，撞个同归于尽。可是，看见旁池子他就软了，又开着小四轮离开了小镇，在幺店子上独自喝闷酒，到了晚上才失魂落魄地回家。这一次，醉驾的牛本本没有那么幸运，他把小四轮开到村中河里去了。应该说，是小四轮冲进河里去了，他抱住河边的一棵树，侥幸没有下河，惊醒了，方知天地间出了什么事情。

9

牛本本自知要从深泓的水里把跳水自杀的铁家伙拉起来，绝对不可能。人生要舍得，他没有一声懊悔，头也不回，回茅屋去睡了，居然没有失眠，还鼾声大作。第二天，他径自步行到牛头镇上去了。

难得能这样清闲地喝茶，灌得渗开水的小媳妇发怵，他多跑好几趟厕所。熟悉的开车哥们儿来了，问他是不是被旁池子撵了，想不开，准备自杀？他骂"去去去"，说"天下何处无芳草"，有女人要他。又是打趣，问他究竟想干什么？他说"卖车"，卖他那辆跳水的小四轮。

别人说："我买烂铁。"

他慷慨："卖!"但申明：车不在屋里。

买主说，只要不在交警大队不交罚款，车在哪里都要。

他问："在河里要不要？"

买主说："你小子别反悔，就那低价，我要。"

"成交!"

写好卖车的条子，先交钱，马上去提货。付了钱的毛头小子用摩托搭着牛本本，一路窃喜。

到了大堤转弯处，牛本本指着水里："车在那儿!"

哇!……那小子万万没料到会栽在牛本本手里，且栽得口服心服，认了。最后请人下水拆散小四轮卖烂铁，只够人工的工钱。而他，对旁人可以不依不饶，对无冕之王却撒不出野来，并且说，公平!

这事被唐玲知道了，就那么的笑。她说："牛本本，你太厉害了!"

牛本本说："我预先告诉了他的。"

"你鬼!"又在无意间说了一句女人挺傻的话，"你二天别把我厉害了!"

牛本本不知是什么意思，看着唐玲，不知怎的，心扑扑地跳起来。

唐玲自知说漏了嘴，脸一红，扭身走了。她穿着红衣衫，在河堤上像一朵巧夺天工的最俏丽的花。

10

无冕之王牛本本，把小四轮拖拉机折腾掉了以后，成了真正的光棍，穷，一无所有，剩下的财产就是他自己了。从传统的角度上说，作为一个男子汉，他应该悲哀，而他并不悲哀，倒很潇洒，活得太自在了。唐玲是他一块明洁的天，让他有了人生的灿烂。牛本本这小子是个没长心眼的家伙，因为唐玲，他很快从旁池子的阴影里走出来了。

唐玲心知肚明，骂他忘了旁池子，忘恩负义。

他有一丝悲伤，说，错了，是旁池子撵了他。然后说："有了你呀！"

那是牛本本从门前路过。唐玲骂"该挨"，泼了他一头的洗脸水。

有一点很可贵，在道德尺度上，牛本本不混，不对唐玲起"打猫心肠"，他知道唐玲是有夫之妇，关键问题不糊涂，不瞎闯雷池，只是对唐玲，似乎有了感情的依赖，这当然是很要命的。

唐玲也一样，由于胡小雷对她的漠视和背叛，对她的不公和家庭暴力，当知道旁池子已经代替她的时候，她愤怒了，羞恨了，甚至拿出了农药——这是乡下女人结束自己最捷径的办法。这时候，她想到了混沌的傻小子牛本本，世界还能不乱？从内心里，她对牛本本更深层次的感情依恋，说是"婆娘"就婆娘吧，只要有了条件，合理合法，浑小子敢娶，她就嫁，就算天使爱上了混蛋吧，但愿地久天长。

牛本本叫她"姐"。

不叫唐玲，不叫妹？姐就姐吧，她确实比牛本本的年纪大两个月。这样的傻小子缺少心计，不像胡小雷城府深，对她老老实实，哪怕有了坏心眼儿，比如偷看了她的乳房，也敢向她承认，她喜欢，让她放心。

过后，有那么一个晚上，在唐玲独居的小院里，发生了两河村罕见的家庭暴力，胡小雷把她打得够惨，衣服也被撕破了。

唐玲哭着，终于喊出了心里的话：离婚！

11

生活是严峻的，容不得你随意忽悠。年纪轻轻的就成了穷光蛋，在新的农村里，照曹霞的话来说：丢人！曹霞把牛本本痛骂了一顿。

他也没法"无冕之王"了，生存的现实摆在他面前。牛本本毕竟是淳朴农民的后代，是川西坝子这块厚土养育出来的庄稼人子弟，曹霞把他骂醒了。而牛本本就是牛本本，他待在那茅屋里，好像闭关似的，掩门静思。

屋外是充满希望的原野。有太阳，有雨，月亮是圆的，非常皎洁，如果是满天的星斗，也很灿烂。农历的三月同样会下大雨，炸雷从房顶上滚过，重重地落在地上。雨大屋漏，淋得牛本本跳了起来。

他大叫："牛本本，你是不是个男人？"

天总算晴了，牛本本也把人生想个肤浅的明白了：振作起来，像马木匠、韩香香、柳林、吴小萍一样，外出打工，或者创业，有一番作为。他就不相信自个儿不是一个响当当的男子汉！牛本本还给自己规划了一个辉煌的前景。可是，钱呢？他抓头皮了。

唐玲突然出现在他面前。

牛本本傻了眼。

唐玲说："我离婚了！"

牛本本说："好呵！"

"你说，我该怎么办？"

"嫁人！"

唐玲骂了牛本本。牛本本说，该骂。

牛本本是浑小子，曾经把唐玲玲抱到自己的床上，看了唐玲的乳房，唐玲就要嫁给他。

这回，牛本本不混了，非常现实。他告诉唐玲：他真心真意爱着唐玲，可是，他穷出窍了，中午还没有米下锅呢。

唐玲真想擂他一顿。

12

唐玲和牛本本的结婚手续是在 2008 年的 5 月的一天办理的。那一天，他们看见了旁池子和胡小雷，也在那儿办结婚手续。太巧了！

旁池子避开他们，低下了头。

旁池子回到家，美丽的眼睛盈满泪水。她是正大光明的有夫之妇了，不再躲躲藏藏。她走出泥淖，活过来了！而她的心，是那种创伤难愈的痛，在重修的老茶铺里，她静静地坐着，像一个悲伤的女神。

胡小雷也一样，他似被特赦了，又像被判了新的重刑。

2008年的5月12日，是一个特殊的日子，恰好是唐玲25岁的生日，她把结婚的日子也选在这一天。她再一次挑战世俗，不请客不办酒席，和牛本本去县城照了一个时髦的婚纱照，搭车回来，准备痛痛快快喝一瓶红葡萄琼浆，没有人干扰的交杯酒。在喝酒前，因为经过跋涉，汗津津的，牛本本提议洗一个鸳鸯澡。

唐玲戳着他的额头，笑骂："你个坏小子！"她去了，又疯又笑，像个大姑娘。

偏偏这时候，从未想到过的大地震来了，摇晃得好厉害。什么都顾不得了，牛本本没等唐玲穿好衣裤，抓上浴巾，塞给她，就那么拉起往外跑。到了小院坝，才发觉院门大开着。唐玲叫喊："快去关门，羞死人了！"

晚上传来消息，镇上新修的老茶铺和旁氏油坊倒塌了，挖掘机挖出来两具尸体：胡小雷和旁池子！

胡家大姑当场晕了过去。

真不知命运是怎么安排的，牛头镇并非地震区，只是大地震的波及地，乡村里倒塌的只是一些柴屋、猪圈房之类，学校的教学楼，顶上一层成了危房。镇上的街房，唯有重修的老茶铺倒塌了，并且殃及池鱼，推倒了旁氏油坊，偌大一个镇只死了两个人，就胡小雷和旁池子，这太悲哀了！也许，胡小雷当时买下老茶铺后悔，便是厄运会迟早来临的心灵感应。由于倒塌得蹊跷，人死得另类，很快就有了魔幻的传闻。地震当天的夜晚，家家户户都在外露宿。有人说，在深夜里，看见老茶铺的废墟中，缓缓地升腾起两个魂灵，相抱着，飘散在夜空中，缥缥缈缈，但看得清楚，就是胡小雷和旁池子。

牛本本说："胡诌，你信吗？"

唐玲说："我信。旁池子死得很冤。"

人死不能复生。安葬的时候，牛本本和唐玲去了，他们都流了泪。唐玲和胡小雷毕竟夫妻一场，感情还是有的，她为旁池子悲伤。旁池子揪着牛本本的心，他欠旁池子的无法偿还。

13

又是一年的春天，晴朗的苍穹下涌着花潮。解脱了的唐玲在浓郁中，和牛本本躺在油菜花密封的田垄上，前一刻还接过吻。然后坐起来，卿卿我我，说着闺房里才能有的话。

唐玲告诉牛本本："我已经'有了'。两个月没来月经，还吐……"

"我看看……"他要掀唐玲的衣衫。

"傻死了你！"

接着，他们又说今后的打算，得有一份家业。唐玲说，开一个农家乐，利用现在的小院，再找牛富贵换小河边的田，种荷，养鱼，得天独厚……

"有你唐二小姐开农家乐，一定兴旺赚钱。"牛本本说。

唐玲竖眉，嗔骂："瓜娃子！说不来话回娘肚皮里去！你把自己的婆娘当成啥啦？"她擂丈夫。

牛本本认错，说愿意被罚跪，抱着唐玲在床上跪三天三夜。

唐玲再擂，擂了又笑。她的笑声像滚动在馥郁花潮里的银铃。

心想事成，好心有好报。果然，城乡统筹，两河村进行新的规划，拆掉郑婵英家原早居住的低洼院落，新小区定点了，就在唐玲拥有的小院旁边，他们算是风景这边独好，新婚一年多的小"别墅"成了"黄金景点"。

多亏胡小雷在亏待唐玲的时候，多少还有一点恻隐之心，离婚给了 10 万元钱，唐玲就拿它办农家乐。时间过得很快，两三年之后，桃花便在春天里盛开了，荷塘的荷花更是亭亭玉立，月夜里如仙子降临。

第十二章　新的一扇窗

1

两河村的人说，夏麦是农村改革开放中最幸运的人，吴小萍把柔情和真爱给了他，给他一个勤劳善良的妻子，至今那份爱情还由钟情延续着，过了一年，另一个年轻女子又给他启开一扇新的人生窗户，把他送进了另一个空间。

春天是孕育爱情的季节，城里人是这样，乡里人也是这样。农村破天荒的发展变化，让城里人开始觉得乡里人有些陌生。那时候的春天是怎么过来的，记忆里很朦胧，也很清晰。

"五九六九，沿河看柳。"柳树绿头了，春天像闺房里相思的女子，伴着细雨，绵绵缠缠，犹抱琵琶半掩面，出现在两河村的土地上。土地是崭新的，油菜花陆陆续续地开了，有些羞涩，娇媚的美。村道弯弯，还是泥路，人们带着对土地的深情，步郑婵英的后尘，试着向外发展，创业、打工，在祖辈走过的路上留下深深的脚印。

夏麦和钟情仍然待在红房子里。亲亲的姐带着爱恋的伤痛，像飞逝的仙子，远走他乡了，把河蚌壳留给他们，留下相思。钟情想，吴小萍就是一个痴姐，她给夏麦的情太浓了，在融化着这个痴情的男子，怪不得农村改革开放了，仍然没有壮志，执着地守着红房子，守着妻子，不肯走出两河村。

夏麦是书呆子，钟情是吴小萍的"替身"。钟情聪慧，不傻，她知道这一点。只不过，她很坦荡。她说，吴小萍把夏麦恋傻了，惯坏了。

村中河在红房子后面静静地流，有着不易听见的涛声，红房子在清澈的水里轻轻地摇曳，在诉说一段爱恋的故事和乡村发展的历史。

路是人生，河是人生。

2

其实，夏麦的心里并不平静。两河村的发展变化震动着他，吴小萍牵动着他的心。他读了那么多书，亲亲的姐还让他有了成人大专的学历，他能"作家"得了吗？他似乎突然明白了一个道理：他毕竟是农民，是一个并非地道的、有书呆子气的"山寨"农民！农村体制改革以后，他和钟情也是小小的"地主"了。他们没有曹霞的壮志和开拓精神，就那么传统地种大小二季庄稼，因此，空闲时间很多。他在吴小萍原来的房间里安了一张书桌，在窗下写作。窗子是吴小萍启开的，日夜传进轻柔的涛声。钟情把吴小萍的艺术照固定在书桌前的墙上，让吴小萍陪着他写，他一抬头就看见亲亲的姐，爱恋的日子就涌现了。

在这个房间里，吴小萍把女人的全部给了他。

夏麦写不下去了，他得认真反思自己，反思人生，反思爱情、婚姻、家庭和命运，反思这个时代。钟情把他"逼"出了"书斋"。

夏麦开始盼望了，带着淡淡的失望，希冀着。

情意绵绵的春雨一天又一天的下，偶尔也出太阳，有一种无形而强劲的力量在这块新生的土地上显现。不久，夏麦那两间破草房倒塌在风雨中了。那儿，早已不能居住，只是中国农村的昔日记录，珍贵的是，吴小萍和他的那个夜晚，还有个纺织娘似的喻姝。

夏麦和钟情决定把它栽成树。树苗是曹霞给的，优良的桃树，又会有一个桃花岛。

夏麦说，要给树苗钱。

曹霞叫他"拿来"。有吗？曹霞骂他"傻"。为吴小萍，党员大姐把他看作"弟弟"。

夏麦还真的"傻"，他栽不来树。钟情来自山林茂密的地方，也栽不来这样的树。那时，郑婵英还没死，她来了，就那么笑，把一对小夫妻笑成了"傻子"。然后，她一棵一棵的，给两河村人留下日后最灿烂的一处桃花源。那时，夏麦觉得郑婵英好美好妩媚。

那是郑婵英最后留给夏麦和钟情的美好。

3

油菜盛开，是两河村最美的时候，连女人们的乳沟也是幽香的。那是难得的晴天。苍穹里有了蔚蓝，白云轻柔地飘逸。田野金黄，起伏着微微的波浪。村中河涛声依旧，红房子轻轻地在水中摇。田野里似乎也有涛声。如今的阳春三月是农闲，守望的庄稼人回村落了，川西坝子中的偏僻之乡，以农为主的两河村，剩下的是馥郁和寂静。

花海中，一个年轻女子来了，她在红房子外的长堤上找到了夏麦，她叫夏麦去学校教书。

夏麦对她很陌生，不认识她。

她说，她叫肖兰，她认识夏麦。她是乡村小学的教师。

夏麦在她面前，对比度太强了，不敢看她，又不能不看她。

肖兰充满青春魅力，很美。她内在的美，会震动人的灵魂，她的笑是人们常说的嫣然一笑。

肖兰问夏麦："你去吗？"

夏麦点点头。

来得那么突然，那是夏麦的梦寐以求。他有些不敢相信，而它真真实实的，未曾相识的肖兰就在他的面前。

"你来吧，我们等你！"

肖兰再给他一个笑。美好的嫣然一笑。

在两河村，种田的汉子常打趣"天上掉下个林妹妹"，唱山歌的时候离不了吼"姐"呀"妹"呀"嫁"呀"娶"的。顷刻间，像魔境里似的，邻近的小院，突然出来了好些人，都惊讶地看着肖兰和夏麦。

肖兰走了，留给夏麦一个俏丽的背影。

4

夏麦到学校去了，迈出了新的一步。

夏麦记得，有一个叫唐瑶的年轻女子，曾经在村边和他擦肩而过。那是幸运的知青，下乡以后就成了两河村小学的代课教师。她早已回城了，那扇窗一直关闭着。如今，肖兰给他打开了。那是人生的希望之窗。忘不了肖兰给他的嫣然一笑。

唐瑶代课是两栖：肖兰所在的观音寺小学和夏麦家附近的两河村小学，各上半天课，脚踏两只船，在乡村泥路上留下匆匆的脚印，一天一个轮回。夏麦步她的后尘，也一样。不知夏麦有没有她的幸运？

5

夏麦曾经发表过一篇小说《草垛》，小说里的秀秀，原型是继父的大女儿，一个善良美好的女子，已经出嫁了。种了一辈子田的继父，怨恨夏麦没出息，带着很深的失望和遗憾，在故土上留下了一座坟茔。

离继父老家不远的乡村小学，有着夏麦的青春记忆。

那个小小的小学校里有两个年轻女子，曾经拯救过他的灵魂。她们是大龄女焦芬和红英。红英差点儿成为夏麦的恋人。

大龄女是郑婵英远房的表妹，没有教书的时候，她常常在竹林院子边唱歌。那是年轻女子的春情。那时还能时常看到蓝天，没有污染，天晴的日子，遥远的高山很清晰。川西坝子有许多美好的回忆。大龄女的家竹林大，女人、篱笆、狗。篱笆上同样爬着牵牛花，盼望郎的花，姹紫嫣红。她的音色好，女高音，尽情地唱，唱得青年男子的心痒痒的，夜里想女人。大龄女唱歌的时候，多在黄昏，远远就能听见，似在呼喊恋人，是那年月独特风情。渐渐的，乡里人说大龄女想男人想疯了，早应该嫁人。

大龄女不疯。是不是想男人，只有她自个儿知道。时间是媒人，也最清醒。

不知从何时开始，大龄女不在竹林边唱歌了，大队办起了业余文娱宣传队，她担任队长。农闲里，两河村的大多数晚上，大队办公室的大敞屋里，或者门外的坝子内，一盏马灯，一轮明月，要不然就是月黑之夜或满天星斗，有大龄女统帅，村子里的俊男靓女，集中在那儿排练，唱歌、跳舞，政治色彩挺浓的，也是青春的释放。

大龄女把夏麦叫去了。那时，吴小萍还没有把爱给予夏麦。

焦芬不是要谈情说爱。她也不过问他的前世今生。毕竟，夏麦是那个村子里学历最高的，并且是名人——在报刊上发表过作品，扭曲的追星吧。

6

在那个出格的文娱宣传队里，红英是夏麦最默契的搭档。别人不愿演的角色，她演，心甘情愿演夏麦的女儿、妻子，演得入情入境，别人信以为真。家里人喊"危险"，生怕夏麦娶了她。

一个夜晚，只有星星，没有月亮，田野吹着轻轻的风。

夏麦从排练的敞屋出去，在小路边，突然被一个女子抱在了怀里。那是热辣辣的成熟少女，丰满的乳房，浓浓的青春。那一刻，夏麦傻了。未婚男子破天荒的艳遇，他惊骇，无措。后来，不知是夏麦挣脱了，还是那女子松开了手。天还是天，地还是地，没有灾难。

那一幕，肯定被随后而出的红英看见了。

如果没有那么一个晚上，也许夏麦和红英真成了恋人。这叫有缘无分。

直到现在，夏麦都不知道把他抱进怀里的年轻女子是谁。听人说，她和夏麦同姓，与大龄女同住一个大院子，也是大龄女，想嫁人真的想疯了。不过，又说"没疯"，只是太痴情。说什么都不重要了，她嫁了人。夏麦同情她，祝福她。

自那之后，大队文娱宣传队便解散了。大龄女焦芬有了归宿，嫁了人，竹林边再也没有她的歌声了。

大龄女嫁了以后没有走，她留在娘家，丈夫在成都的国营厂工作，乡村版的牛郎织女。

大龄女的老辈子是两河村的党支部书记，她嫁人之后成为民办教师，红英代课，夏麦只能离开那个青春驿站。回到茅屋里以后，他心里响着一个声音："别奢望了，你是农民！"

7

人世间有许多天壤之别。

对，他是农民，遭到的冤屈，得到的美好，是许多青年农民不曾拥有的。这是他得天独厚的财富。

红英留给夏麦的是美好，年轻女子独特的情感，如一根红线，系着他的心，在岁月的风中摇曳、颤动，思念，留恋，又似乎不是。它会偷走一个男子的心。

有那么一个春夜，夏麦和红英走在田野上。夜深了，原野沉睡了，非常寂静。能听见的，是孤男寡女的心跳，那个时代的，偷偷的，最强的音。

那时夏麦跟随红英在教书——扫盲。红英是扫盲教员，他无名无分，什么都不是。最真实的，是红英的陪衬，好像套在少女胸上的胸罩。夏麦和红英做着同样的工作，教文盲或半文盲的年轻或中年的爷们、姑娘嫂子识字、唱歌，他们叫他俩"老师"。没有教室，没有黑板，在拌桶或墙壁上写字，一间敞屋，一两盏油灯，一人一本识字教材，爷们的叶子烟呛得大家吭吭咳，姑奶奶们骂。

姑奶奶们年轻，心野，兴致来了，叫红英唱"情歌"，忘记了那年月的忌讳，也忘记了"老师"，是她们的一种释放。胆大的居然敢问："你们啥时结婚？"

红英的脸绯红。扫盲课上不下去了，不散也散了。夏麦和红英走进田野里，她们还在看，猜想夜深人静，遍野的油菜花那么浓香，那么烂漫，只有天地知晓，会不会悄悄的地老天荒？

他们迈不过那个坎儿。"恋"字只是萌芽，在心里悄悄碰撞，撞出了青年男女的难受和苦涩。因为夏麦，因为夏麦的处境，他们没有那份勇气，跳出时代的限制。

美好是容易消逝的，一旦失去了，再也找不回来，留下的，只能是咬着心的回忆。

8

红英不是"官宦人家"的千金小姐，她家没有人当官。她是农民的女儿，佼佼者，才貌出众。扫盲班的出色成绩成就了她，才有机会走上讲台，成为乡村小学的代课教师。

千里送君，终有一别。有那样的夜晚，也有相见的白天，夏麦把红英送走了，回到蜗居的茅草黑屋。想红英吗？想。想也白想。又不能不想。

那间小屋里黑洞洞的，只有一扇不足半平方米的小窗，高高的，傲居在屋檐下，屋门外一左一右两个毛坑，奇怪地对衬。夏麦的洞中人生。愿望局限在土蜂筑巢唱歌的泥墙内。

不知是不是宿命，一个个美好的年轻女子和夏麦擦肩而过，终归无缘，同校的，同镇的，同村的，结伴来寻找他，无果流泪的，为他死了的，因想他被父母嫁个老丈夫的……莫名其妙，他成了无辜的"罪魁祸首"。

9

肖兰叫夏麦去教书，夏麦想了很多很多。

那天晚上，月是那样的明，金黄、浑圆，皎洁地挂在天上。原野静悄悄的，好像一个纯净的母体，容纳了多少悲欢离合。夏麦的身边睡着年轻女人，是经过婚姻挫折，既是年少母亲又是姐的吴小萍的"替身"——妻子钟情。

在夏麦守望与漂泊的人生中，钟情来得最迟。别的女子相继离去了，像飘曳的红头巾，钟情突然出现他的面前，是让他揪心的吴小萍寻来的，真真实实。钟情不顾别人"落井下石"，没有走，说："我就嫁给他。"

她留下来了，不怕夏麦和吴小萍再恋，唯一的条件是：办了结婚手续再圆房，那时候的明媒正娶。

那时的钟情还不到结婚的年龄。办结婚手续的镇干部有恻隐之心，说："大男娶个小妹儿，也真不容易，悄悄多写一岁吧，也算花好月圆。"

忘不了那个晚上。夏麦和吴小萍最后离别，抱了年少母亲似的姐，在吴小萍的红房子里，他们走进了另一种境界，作了夫妻。

小妹儿似的钟情，在同床的花被子里，闻到了吴小萍的青春气息……她悄悄盈上了泪水。

他们有了一个属于自己的小小的家，是吴小萍给的。

钟情没有从夏麦身边走过的女子美，更没有吴小萍的美和妩媚，她很朴实、善良，也很温存、勤劳，最实在的贤妻良母。

小河的水流着，一天又一天。

肖兰来了。她要和夏麦牵手，也是夏麦的高升。钟情说："你去吧，这个家我顶着。"

10

山不转水转。"西出阳关无故人，天下谁人不识君？"

走进那所学校，夏麦突然出现在面前，红英微微一惊，说："你来了！"

那一刻，她低下了头。

那时的红英仍然单身，不恋爱，也不嫁人。她在等待。她在守望。

大龄女是学校的负责人，主任教师。她深知红英。夏麦一去，她就把他和红英安排在一块儿，配班。一个劫数。

那是一所简陋的极小的学校，三间教室，一间小小的教师办公室，土墙茅屋。操场很小，没有体育设施。陈旧的课桌凳，坐着的学生一动，就摇呀摇，摇到外婆桥，单单有一株桂花树呆在教室外面，"老爷子"级别，猴年马月都不开花。夏麦一去，便是两个女教师，一个男教师。那个男教师是真正的老爷子，两河村人，公办。夏麦和红英之间的故事他知道，不过问，也不提说，但说不上超脱。

很快，不少学生就知道了，叫红英的女老师是夏麦原来的"女儿"和"妻子"，似乎还讲过恋爱。

该怪家长们多嘴多舌。

夏麦半天去观音寺小学，和肖兰待在一起，半天和红英配班上课，匆匆来，匆匆去。夏麦教的学生都是两河村的孩子，让他不要忘记，两河村是他的故土。

时间和人生，都是过客。打个盹儿，一学期结束了。夏麦又回到了钟情身边。他终归是故土的农民。

离开红英以后，那所村小便拆掉了，新学期开始，老爷子公办教师和大龄女调到其他学校去了，大龄女不再是"一校之长"。红英考上了学校，独自走了，再也没有回乡。这对她，也是一种解脱。

11

夏麦第一次代课，昙花一现，第二次去观音寺小学代课，待在肖兰身边了，是"长相厮守"。

肖兰说："终于把你等来了，你不会走了。"

没有第一次，也就没有第二次。望着嫣然一笑的肖兰，夏麦似乎有了人生的归宿感。

肖兰教书的观音寺小学，原是两河村的一所古佛寺，自然供的是观音。观音菩萨大慈大悲，站在宽敞的校园里，安静的时候，似乎看见了当年的旺盛香火，膜拜的人络绎不绝，耳里响着虔诚的念佛声。是什么时候改为学校的？肖兰摇摇头，说不知道。

教师办公室，两间教室，还有两间挂着铁锁的教师寝室，都是寺庙当年的房子，古老的遗迹。

初来乍到，坐在似有诵念声的教师办公室里，看着俊俏的肖兰拉响上课的铁钟，钟声响在两县交界的僻壤之地，很悠远，又很神秘，似乎穿透了历史的时空。当校园很静的时候，肖兰在夏麦的眼里，好似仙子……

肖兰的脸红了，似乎意识到了什么。

那是一口小铁钟，很小，声音洪亮，用手拉动系着钟锤的细绳，肖兰的动作格外优美。而夏麦却拉不响。肖兰教他，教会了他。他这才知道，在肖兰面前，他很笨拙。

下了课，有的学生偷偷去拆了房的旧地基，用树枝掏刨，寻找农村孩子的乐趣，还有古佛寺的故事。收获是有的，用小玻璃瓶装一种小甲虫，还有蟋蟀，上课弹琴唱歌……终于有一天，刨出了一条不小的蛇，学生惊叫、逃跑，老师吓傻了。

几个女教师谈蛇色变。因此，禁止学生走入禁区。

肖兰对夏麦很亲近，什么话她都会告诉他，悄悄地说。学校的主任教师白菊"警告"肖兰了，骂她"死女子"。肖兰笑笑，回答：没说女教师的"隐私"。

白菊是个威严的年轻小女人。

12

在夏麦的印象里，当年的观音寺小学，有很浓的佛香之气，又似一个很大的边寨人家，学生活动的地方只占很小一部分，大部分是荒芜的空地，高大的树木，还有教师们种的菜。以荆竹林为界的围墙，围墙外是两河村和别县的田野、小河。小河常年流淌，唱着人生的歌，一去不回头。

大概在校园里生活的，绝大多数是年轻女老师，空旷中有一种青春气息，关不住的灵气。

肖兰告诉夏麦，学校里原来有一个男教师，外乡人，公办，病了，病得不轻，提前病休了，他的位置就留给了夏麦。那是缘分，夏麦和肖兰之间的缘分。肖兰还告诉夏麦，上一届的观音寺小学负责人，和白菊一样的主任教师是个美女，公办，突然患了一种怪病，全身酥软，当天就死在了学校里。

夏麦倒抽了一口冷气。他想："我知道女老师们为什么都不住校了，每天晚上，观音寺小学是个谜。"

她们都是本地人，每天骑着车跑路，安全，还有……

肖兰说："谁敢在这儿待一个晚上呀，前不巴村后不着店的，要是别人把你……"她不说了，有些羞臊。夏麦明白，那个没说出口的词是"强奸"或者"奸污"。她们都很年轻，一个比一个美。

肖兰太袒露了，把她的心里话都告诉了夏麦。

13

肖兰给夏麦说这些话的时候，校园里已经寂静了，生起了淡淡的暮霭，他们似在仙境里，有一种超脱尘世的感觉。而在不远处，却有一个粗犷的老头看着他们，瞪着眼，就差大喝一声。好像孤男寡女刚刚偷越国境过来。

那是白菊雇请的守校人，家住附近，曾经是贫下中农管理学校的负责人之一，不图挣钱，就留恋那分执着的感情。他白天不到学校，傍晚出现，一来就是"一夫当关，万夫莫开"。他管小偷，管强盗，也管姐儿妹儿们似的女教师，对美女们不放心。夏麦和肖兰落在他的雷达里了。

肖兰教的是小学一年级，包班，她每天都是最后一个离开学校。守校人觉得他有权力有责任守护这个出类拔萃的女子，像一个忠诚的老仆人。

肖兰说："别管他，我们走吧。"

肖兰似边寨人家的郡主。

观音寺小学里原有三个年轻女教师，都是美女，阴差阳错，活脱脱的美人窝。夏麦一去，便有男子汉掉进鸡窝里的感觉。当然不能那样说，更不能对肖兰说。

如果不是几个美女再次想到他，把他从土里刨出来，拉到她们身边，他还在面朝黑土背朝天，种田。

在边寨人家，在几个美女中间，夏麦算不上男子汉。

美女们教书管学生各有千秋。白菊是一校之长，有她的威严，学生们服服帖帖；肖兰似小孩们的年轻妈妈，又似美女大姐姐；代课的那个美女，抽手心毫不留情……夏麦甘拜下风，真有些胆怯。

他又想："怕什么呢？肖兰给我壮了胆，我有了依托。"

14

肖兰对谁都是那么坦荡。夏麦甚至想，她是月光下圣洁的土地，开满了鲜花。

那时的夏麦很落伍。

肖兰是民办教师，根子里是农民。夏麦也是农民。而他，和肖兰的落差太大了。

一个大美女，骑着高头大马的 28 圈自行车，在丰饶的原野上飞奔，飒爽英姿。夏麦骑不了车（自行车），也没有车，只能用两只脚丈量土地。那土地是祖祖辈辈生息繁衍，用汗水浸泡出来的，地道的庄稼人对它更有感情。

那年头的学校，没有双休日，只有星期天。不过，大多数的星期三下午，教师们都得去中心校开会、政治学习或业务探讨，正如学生所唱的："星期三，读半天。"教师也没想到把一大堆作业批发给学生，自然皆大欢喜。

当时的小镇只有一所中学。小学的中心校在香庙子，又叫翠屏山，离小镇大约3里路，夏麦的家距离小镇也接近3里路，中午放学回家，匆匆吃饭，匆匆赶路，时间不是你的恋人，不会多给你一分一秒，要想集中学习不迟到，非常难。

肖兰比夏麦的路程远。她不怕。她可以骑着男子汉的自行车，一路狂奔。

夏麦说："我真羡慕你。"

她说："我搭你去，你在家等我！"

肖兰真的来了。每次都来，从不失约。没有相约也来，风雨不改，搭着夏麦风风火火闯九州，比恋人还忠诚。

风景这边独好。

15

那时候，两河村的乡村泥路，狭窄，坑凹，弯弯的月儿弯弯的路，若遇上连绵的雨，泥泞不堪。肖兰和夏麦在泥路上，车拐人扭，双双一对，叫目睹的人真有点儿揪心，担忧。一次，两次……在教师们心中，他们另类了。肖兰觉得没什么，我行我素。

终于出了问题。

那一天，肖兰把车子骑倒了，他俩结伴摔在田里，非常狼狈。什么都不顾了，慌忙爬起来，草草地，拍打身上的泥土、草屑，又匆匆赶路。

再次上车，肖兰叮嘱夏麦："坐稳！"

那天下午，他们迟到了。不迟到也一样，摔跤的痕迹说明了一切。肖兰的头发还是散乱的呢。

校长看着他们。教师们看着他们，今古奇观。夏麦悄悄找到了座位。肖兰绕到一边去，非常尴尬。她很羞臊，脸绯红。

16

肖兰对夏麦很热心，是那种善良的本质，有时还流露出女性的温情。

肖兰的旧手表坏了，坏得不能修。于是，经人介绍，她买了一只"山寨表"。那种表外观非常好看，指针也走动。她设身处想，自个儿做主，让夏麦也买了一只。她说，当教师了，没有"时间"咋行？又不是"大老粗"！

有生以来，夏麦第一次戴手表，且是肖兰帮他买的，真有点儿心旷神怡。明明白白一颗心。殊不知，那只手表创造了奇迹。

过了一个星期，又集中学习了。肖兰去县城里参加培训，夏麦只好自力更生，一路兵荒马乱，走进会场，校长说："迟到了！"

他瞟一下手上的表，冲着校长说："没迟！你的表（时间）准不准？"

校长一怔，被唬住了，欲画迟到符号的笔停下了。

过后，肖兰问他："你手表的时间准吗？"

准？他只好如实告诉她："我的表在集中学习前就停了，停在开始学习前的10分钟，只怪自己不知道。"要不然，一个代课教师，哪有那么大的胆量，底气十足。

也许有教师会想，夏麦的底气来源于肖兰，肖兰把他惯坏了。

17

夏麦真的应该扪心自问了：肖兰是他的谁？

肖兰是初中毕业的。她说，她要做一个学历合格的教师。那是她的美好愿望，也是年轻女子的执着。

那时的县文教局，根据上级主管部门的安排，对学历不达标的教师（主要是民办教师）实行培训、自考，分片设辅导点。参加培训的教师，自行调节担任的课程。每周参加一次辅导，时间半天。小学教师自考三科：语文、数学和教育心理学。

肖兰已经结业了两科。

她劝夏麦也去自考，与她为伴。

夏麦迟疑，觉得没多大意思。

肖兰说："去吧。拿到中师文凭，好长久地教书。"

夏麦想，真的没什么必要，又不忍伤她的心。

肖兰去了，找"白领"白菊，找姐儿校长……真的把事情办成了，为夏麦报了名，夏麦享受正式民办教师的待遇了。

肖兰兴奋地给夏麦说，说出她的执着和胜利。

望着肖兰那宛如秋水的美丽眼睛，不知为什么，夏麦一热，怦然心跳。

从此，每到参加培训，肖兰就骑自行车搭上夏麦，一路狂奔，双双去，双双回，犹如情侣。别人看见会说什么，肖兰听不见，她也懒得去听。在别人的眼光里活人，那是很累的。

肖兰搭着夏麦，夏麦竟然有一种莫名其妙的满足感。那是应该忏悔的男子的心地不纯净。骑不来车的人，搭车也笨，或者夏麦天生就笨，既想挨着肖兰，坐在车架上又离她远远的，仿佛鸡犬之声相闻，老死不相往来。

肖兰说："你怎么啦？往前挪，靠近我！"

挨着她了，心开始怦跳。

肖兰加快了速度。路坑凹不平，夏麦像墙头上的草，在风中摇曳。

肖兰又喊："坐稳！"

刚落声，就是一个大的坑凹。夏麦差点儿摔下来。情急之中，他抱住了肖兰的腰。肖兰没有作声，车速减了下来。夏麦如梦初醒，松开了手……

他的脸发烫。

肖兰没有责怪夏麦的意思，她一往如故。

18

那年头有了《蝴蝶泉边》那首歌。

肖兰用高头大马的男子汉自行车，搭着夏麦，没有蝴蝶飞呀飞的浪漫，总觉得匆匆忙忙，似在奔赴前线。成双成对，结成伴儿，那是事实，不知情者往往会指指点点。

夏麦的妻子钟情说："驮猪！"

阴差阳错，次数多了，夏麦和肖兰不小心在参加培训教师的心目中定了型。知情者和不知情者，都忍不住猜测，视他们是永久的伴儿。四海皆知了，冤的是肖兰。

肖兰和夏麦睡过了，有的外镇教师这样想。

那一次培训，春暖花开。结束以后，夏麦在大门口等肖兰。肖兰迟出教室，一个外镇的女教师问她："你的那个呢？"

"那个"的意思，含义也深，那时候一般指丈夫、恋人，还有……女人们心里知道是什么。

肖兰说："不是！"

她逃也似的挤出来，到了夏麦跟前，脸还绯红："我们走！"

19

肖兰终于找到机会，告诉夏麦，她其实是两河村的女子，结婚才一年的新媳妇，是赶末班车的民办教师，和焦芬相比，她年龄最小。她的丈夫和夏麦是小学时的同学，其他没什么。说完以后，她低下了头。

夏麦知道，肖兰在告诫他，叫他不要误解她。

肖兰是碧玉一块。

肖兰还对夏麦说：他能够两次到学校代课，多亏那个当镇教委副主任的姐儿校长。

夏麦知肖兰的心了。

那是放了晚学以后，天际有红霞，非常灿烂。他们没有在校园里，在村中河的长堤上。肖兰不知道，钟情就站在不远处。

河水静静地流。末了，肖兰说："我还是搭你一段路吧！"

夏麦指指红房子。肖兰脸一红，骑车走了。

以后的培训，仍然是肖兰搭着夏麦，来来去去。结业考试以后，肖兰完成了她的"美女车夫"使命，长长地舒了一口气。

夏麦觉得对不住肖兰，真的对不住。她受的委屈太深了，再坦荡的女子也难以承受的压力。

20

山高皇帝远。县文教局的人不到"边寨人家"来，小镇的学校负责人也很难光临，白菊是美女"酋长"，一"家"之主。在美女中间，天长日久，夏麦自我感觉有点儿被异化了。

一天，肖兰告诉夏麦："姐儿校长调到县文教局去了，接任的是一位老校长，他知道我们。"夏麦不明白肖兰的意思，但他知道，那位老校长是他和肖兰去培训的那所学校的，那一次，那个女老师问肖兰的"那个"，他就站在旁边。

夏麦想，管他呢，犯不着杞人忧天，忧也无用。

老校长到观音寺小学来了，他惊讶地发现肖兰就在校园里，也看见了夏麦。他和美女"酋长"在说着什么，以后又来了两次。山高皇帝不远了。

从那时起，美女们说着很多倾诉的话儿，好像在离别留恋。肖兰要告诉夏麦什么，又不说，似乎有了心事。

人生匆匆，时间过得很快，转眼间，一学年就结束了。

放走学生以后，美女"酋长"把几个教师叫到家里去了，她做东，亲自上灶，请同事们吃了一顿难得的晚饭。最后的晚餐。美女们都喝了酒，虽不多，但已破戒。

肖兰的脸红通通的，特别的美。借着酒兴，她悄悄对夏麦说，再见了！

夏麦已经知道，观音寺小学要拆掉了，美女酋长就是为此请客，"一家人"聚会一次，但愿大家能记住她这个女性。

夏麦的代课生涯又结束了，又回到了养育他的土地上，又和妻子朝朝暮暮待在红房子里，不时想到遥远的吴小萍。

夏麦深深地留恋和他一块儿走过的肖兰。

21

不知是劫数还是巧遇，或许生活就是那么一个充满变数的轨道。夏麦一旦去代课，那所学校就被拆掉，调整也好，规划也好，总有点儿让人心里不是滋味。那些美好的女性，也一个一个地含着笑向他走来，又遗憾地离去，他还不知不觉地给她们留下或多或少的伤害。

钟情说："你不想肖兰吗？"

夏麦没回答。

钟情说："别骗自个儿了，都是两河村的，人家没少帮助你！"

"人要珍惜那份感情，要知道感恩。男呀女的，心地纯正了，就不会玷污了，就纯洁了，就不会相互伤害了。你对肖兰不能这样吗？"

钟情没有多少文化，她说得很在理，也看透了生活的恩恩怨怨。那是女性的聪慧。

夏麦能说什么呢？说不想是假的，毕竟那是一份很深的感情。实际一点，应该淡忘。既然不能去代课了，还要去想肖兰，那就应该自责了。

在学校里走了一趟，重新回到了田地里，又在土地上耕耘了，度过农家人的日子。

第十三章　我们在守望

1

人生好像在翻山，过了山头又是另一番景象。夏麦自知离不开脚下这块土地，妻子是远方人，而他真没有什么能力让自己富裕起来。亲亲的姐把红房子给予他们，留下一份恋情。就在那个河蚌壳里长相厮守吗？有时，明月之下，他和钟情会在小院里，说着心里的话儿。村中河在红房子后面流淌，涛声轻轻地响，把他们的心带到很远很远的地方去。

他们想过，青春易逝，人会渐渐老去的，心里时而袭来惆怅。夏麦想吴小萍了。钟情也想。

夏麦自觉无望了，守着拥有的土地吧，他毕竟不是一无所有，还有善良聪慧的妻子，还有红房子，还有远方的恋情，他可以安下心来，过着男耕女织的生活，面对亲亲的姐虔心写作。可是，他难以静下心来，总觉得听到了田野上的脚步声，觉醒了的庄稼人在往前走，似乎会落下他们夫妻俩。

有一天晚上，钟情又拨响了长途电话，把话筒递给夏麦。吴小萍那带着恋情的声音，让夏麦安静下来了。钟情善解人意，有心这么做。

两河村的盛夏是绿色的海。下了一场又一场大雨，村中河的水涨了又消退，浑浊之后又清澈，清澈得像一面镜子，能照见红房子里曾经和现在的故事。

有谁能预先料到呢，在夏麦盼望和等待的日子里，郑婵英会突然死去了呢？钟情哭了。夏麦噙着泪水。他坐在小院里发怔。

钟情害怕了，追问他。过了好一会儿，他才说，郑婵英是他小学的同学，三年同桌，在他饥饿的时候，郑婵英从家里带来食物，悄悄给他，恶作剧的同学说他们是"两口子"。郑婵英为此拼命打过架，嚷："是就是！"他叫郑婵英"姐"，悄悄叫。现在，"姐"死了，死得那么悲壮。他曾经恨过郑婵英，这会儿觉得她那么美好。死了的郑婵英把他心底深处的那份感情翻出来了。

"郑婵英死了！"他说，喃喃自语。

钟情更怕了。她匆匆去了牛头镇，买回香蜡纸钱，趁田野没人的时候，独自在桃花岛，悄悄祭拜郑婵英："姐，我们感激你，不会忘记你！你一定要把夏子留给我，我爱他，不能离开他！姐，你听见了吗？夏子还是吴小萍的！"

夜色朦胧了，村头的晚霞没有消退，还非常瑰丽。斜斜的，有了一轮明月。

突然感觉到身后有人，那一刻，钟情的脚都吓软了。转过身来，她这才看见，是人，是曹霞！曹霞抱着钟情，骂她"瓜女子"。

回到夏麦跟前，钟情的脸上还有泪痕。

曹霞来找夏麦了，还是吴小萍那句话：要善待钟情！

2

世事无常，漫长的暑假过去了，夏麦突然接到了通知：他被安排到牛头镇的中心小学，转为"长代"。钟情并没有多大的惊喜，她担心夏麦，害怕哪一天又被"搡"回了家。她暗暗地为夏麦祝愿。

夏麦这才知道，肖兰被调到小镇最偏远的村小去了。不少教师都在猜测。肖兰很无辜。

也许老校长会说，正因为那儿艰苦，需要肖兰这样出类拔萃的女教师。从此以后，这个两河村的年轻女子得走那条陌生的路。那条路太艰难了，而她并不怨恨。她是农家人的后代，虽然当了教师，但她仍然是农民，在田野里，在讲坛上，同样是耕耘，收获。

那个极偏远的村小，似乎是遗忘在湄江河下游岸边的荒凉人家，茅草屋，无电无烟火，喝钢管井的水，原汁原味，冰凉；操场小，没有旗杆没有树，校门外的泥路弯弯曲曲，离小镇六里，如果没有读书声，谁也不相信那是学校。

简陋的孩子摇篮，日夜伴着大河的涛声。肖兰一走进教室，心里就一阵痛。

几十双幼稚的眼睛望着她。从此以后，她就是这些孩子的年轻大姐姐。她说不出话，用粉笔在开始脱落的黑板上写下了八个字：好好学习，天天向上。

下了课，她把这些刚从幼儿园来到小学的孩子带到了操场上。

雨后的天是蓝的。大河唱着歌。孩子们都看着很美的大姐姐。他们好奇，他们在想，要和他们朝夕相处的大姐姐为什么那么美呢？会像幼儿园的阿姨，生气了也会骂"小兔崽"吗？他们还不知教鞭抽手心的滋味……

肖兰从来没有抽过孩子。

她给的是母爱，年轻女教师的责任心，良知。

有一天，孩子们看见肖兰身上有泥水。那是大雨之后。肖兰摔伤了，她坚持上课，眼里却有泪水。

坐在前排的一个女生忍不住，"哇"一声哭了。

那所小学还有一个民办教师，男的，家住学校附近，无忧无愁，习惯了。肖兰却要骑着车，一日往返两个轮回，十多里的路程，风雨不改，人生的长征。

3

夏麦没有忘记肖兰，不止一次在想，在那个真正的边陲之地，那么艰苦，她生活得怎么样？

没有肖兰当他的"美女车夫"了，他决定买车。花掉两个月的代课工资，买了一辆旧自行车，和肖兰的一样高头大马，却旧得如赝品文物。

学骑自行车不是一件容易的事。脚杆上碰了许多青疙瘩，落了三次河，撞了别人的车，闯了人，还把车骑到了年轻女子的双腿之间，胯下，惊骇之余，对方喊他一声"老师"，他羞愧难堪……谢天谢地，总算能骑车去上课了！

那辆旧自行车放在校园里，真不好意思，似乎是从古墓派的洞穴里发掘出来的。幸好他不是杨过，肖兰也不是小龙女。

肖兰人俊俏，车也俊俏。

同是由庙宇嬗变而来，香庙子中心小学不是"边寨人家"，没有美女，也没有美女窝的气氛，都是中年教师，男的女的，似乎都在"竞争"，匆匆忙忙，夏麦有了陌生感。他也得努力。这就是生活。

无形的力量，把他和肖兰拉开了距离。夏麦十分留恋"美女窝"。

妻子说："你干吗不调到她那儿去？"

4

窝囊的夏麦又离开田野了。渐渐的，钟情感觉到：农村的变化真快，有点儿陌生。夏麦有了这样的称呼：教师、作家，也挺陌生的。对了，夏麦是创业还是打工呢？打工吧。她种田，是农民。夏麦也是农民，割不断和田野的关系，上课、种田，真够他劳累的。她体怜丈夫，有些心疼。要是吴小萍嫁给了夏麦，会心疼吗？一定会，吴小萍是痴姐。

不错，夏麦是农民，却不是地道的农民。在香庙子的日子里并不平静。就有那么一天，秋阳照进了教师办公室，有几分炎热。夏麦一个人在办公室里，老师们都在上课。

三个美女进来了——母亲带着两个年轻女儿，城市味很浓。年纪小的女子问夏麦："学校的勤杂工做些什么？"见夏麦有些迟疑，那位风韵不减的母亲连忙说，她丈夫年纪大，退休了，小女儿是来接班的，当勤杂工，只想问问，其他没什么，谢谢！

夏麦随口道出："摇上、下课的铃，收发报纸、信件，给办公室打开水。"他并不知道说漏了一件事——打扫教师办公室。

几天之后，老勤杂工调走了，那个叫唐莹的姑奶奶正式上任了。老校长给她分派工作的时候，她只承认夏麦说的那几项，打扫教师办公室？免谈！

老校长问她为什么？她说，是那位老师说的。

谁是校长？老校长看看夏麦。

那个姑奶奶也看他。

老校长说，非扫不可！

扫就扫！她认为扫地是一件很丢人的事。于是，她选定天不见亮的时候，拉亮办公室里所有的灯，戴上口罩，蒙上头巾，速度极快，一阵狂扫。那教师办公室没有三合土，是泥地，顷刻间，浓烟滚滚。匆匆打扫完，她逃出以后，也瞪眼。

教师们进办公室了，忍不住"哇"一声，遭遇了沙尘暴！一连三天，教师们很无奈。

第四天，老校长比她起得更早，一桶水、一个洒水壶、一个塑料盆、一张抹布，放在她面前，什么都不说，就那么看着她。

她明白了，暗暗叫苦。她说老校长坑她，说老土的夏麦蒙她。

5

老校长正直、认真，有很多"牛"的故事。

香庙子的老师，私下里说着他到边陲小镇的逸闻，涉及肖兰，说他一点儿都不知道怜香惜玉。老校长有老校长的理由：肖兰那么优秀，她不去谁去？

老校长和肖兰之间的恩恩怨怨成了议论的话题。

老校长也有杰作，他主宰的六·一儿童节全镇小学文艺汇演，大开了师生们的眼界。

那一天，各个班的精英都登台了。一个年轻女老师带着几个学生的歌舞，掌声如雷。那女老师好美，又很陌生。有女老师悄悄说，那是新来的，叫牛娇娇。

牛娇娇？是她？夏麦见过她，在中心小学，她退下街沿的时候，还差点踩了夏麦一脚。

紧接着，也是最后一个节目，是肖兰上场。她没有带学生，自个儿独舞，杨丽萍的舞蹈，她身材高，苗条，人又美，全场都屏息观看。她下场以后，竟然是一片沸腾。然而，评委老师们给她的分并不高，或是最低。因为，本该是师生共演，不是一个"杨丽萍"！

肖兰并不说什么，也不计较。那么远的路程，她带不了最小的学生来。她问心无愧，尽职了。

6

忘不了那个大雪天。

学校为了掌握学生的真实学习成绩，公正、准确地评价教师的教学成果，打破年级界限，交叉评阅期末考试卷子。夏麦被分到了一年级，与肖兰一个组。又和肖兰在一起了，却都没有话说，仿佛有一堵无形的墙，隔开了他们。肖兰埋头阅卷。她的心思骗不过大伙儿。

从头天开始，天下着雪。纷纷扬扬，下了一天一夜，大家都踏着雪来，在香庙子里留下了湿湿的脚印。天很冷，接近摄氏零度。不知那时夏麦想到给肖兰倒一瓷盅开水暖暖手没有？应该没有。也许那天，那个叫唐莹的姑奶奶压根儿就没有准备开水——"放假了，我侍候谁？"

阅卷结束，统计学生分数的时候，夏麦发觉该年级的教研组长改了分，把她教的学生成绩（全班总分）拔苗助长改成了第一名。

那也是一个年轻女教师，公办，人不错，对夏麦也很好。那一刻，夏麦十分纠结。他想当面揭穿她，心里一股热，冲动着，又沉默了。过了许多日子，内心还平静不下来。

夏麦知道，肖兰的教学成绩被拉下来了，至少降了一个等级，铸成了一个事实：边远村小的学生，成绩不会名列前茅，因为教师的水平低，素质差。不知肖兰知道不？即使知道，她也不会说。

雪是精灵，川西平坝下大雪，那是稀罕。肖兰在大雪之后走了，种下夏麦的愧疚。

7

那些日子，淅淅沥沥，雨下得绵绵缠缠，像女人的感情，夏麦会想到肖兰。肖兰在那条弯曲的泥路上，怎样的走？付出了多少？深深的车痕，一天一个样。肖兰每天都是新的。

去上课的路，分开又重叠，重叠后又分道扬镳。肖兰的车痕，夏麦的车痕，不时交合，他也会偶尔看到她的背影。

肖兰的俏丽背影，不再属于夏麦。她属于这个世界，雨的世界，晴的世界。

晴天是美好的，花海。川西坝子的油菜花如女性的青春。燕子会来筑巢，谈情说爱，生儿育女。它们离去的时候，人们总要遐想那些为家操劳奔波的小精灵，编织着它们的美好，不忘它们的艰辛。

那个村小的孩子爱着肖兰，家长们称赞，有口皆碑。

她是一只飞翔的候鸟。

夏麦也是一只候鸟，在哪个学校都待不久，似乎是宿命。

小镇街口之外的新小学修建了，不，已经修好一部分，要开始上课了。那是未来的中心校，第一流的。据说，能进那所学校教书的都是精英。

夏麦又被调到那所学校去了。

教师们对他刮目相看，也有人嫉妒。

他没去想什么，也用不着多想。

不久，落实政策了，师范学校毕业的夏麦转正为公办教师，工资从行政 24 级，一个月之内跳跃式的调升到行政 22 级。教师们笑称他"连升三级"，这中间似乎还有什么典故，用不着去了解了。这是夏麦做梦都没有想到的事，是改革开放带给他的恩赐。他想打电话告诉吴小萍。

钟情说："别刺姐的痛处了！"

后来，吴小萍还是知道了，说："你为什么不告诉姐？姐祝福你们！"她的大度叫夏麦和钟情很愧疚。钟情心里明白，吴小萍因为那份痴情的爱恋，仍然会心痛的，她在电话里喊了一声"姐"，仿佛又回到夏麦和吴小萍相抱的那个晚上。

8

老校长也要离开小镇小学了。他退休了。退休前的最后一件事，他特地去看望肖兰，像老父亲一样，看望心爱的亲生女儿。

他说，那地方太偏僻，太艰苦了，如果能够拆掉那所村小，早拆掉了。太委屈肖兰了，他想着心痛。

老校长决意把肖兰调回新修的学校。新学校需要精英，也避免退休以后的长期内疚。

可是，学生们知道肖兰要走，都拉住不松手，有的还哭。家长们和村干部也在挽留，希望老校长不要那么狠心。

肖兰说："我就留在这里吧。"

这就是一个女人的感情，母爱。

老校长带着遗憾离开了学校。

肖兰仍然日复一日，走着她长长的路。

钟情很善良，她常常叫夏麦不要忘记别人的恩情，记住肖兰的好。有幸看见肖兰，她会很高兴，一定要告诉夏麦。可能她们还说过话。女人和女人是另一个世界。

夏麦心里明白，肖女和他之间越来越遥远，开始陌生了。肖兰留下的车痕是清晰的，留在夏麦的心中，他会像妻子说的不忘记肖兰。

9

有一天晚上，夏麦梦见了另一个女教师：牛娇娇。夏麦很奇怪：为什么做这样的梦？

那是秋天的夜晚，下着雨。梦是缥缈的。最初，牛娇娇在草垛里。草垛金黄。月亮浑圆，也是金黄的。雨和明月，梦里梦外，都是一回事儿。

夏麦和牛娇娇似乎坐在渝江河边。水深蓝，天也是深蓝的。他们挨得很近，坐在鹅卵石上，身旁的野花开着，小巧玲珑，金黄，蓝紫。田野似有非有，缥缥缈缈，河水一去不返。

牛娇娇说："我们是守望者。"

夏麦说"是"。

"我们会轰然老去吗？还是永远青春？"牛娇娇说，摘了身旁的一朵野花。

怎样回答她的呢？夏麦掉头看过牛娇娇吗？

是梦吗？又好像不是。是不是梦境已经不重要了，梦是心灵的感应。那个梦很长，牛娇娇究竟说些什么，记不清了。

夏麦没有把那个梦告诉妻子。

10

牛娇娇是牛头镇新分配来的女教师，更年轻。她出现在夏麦面前，是肖兰和夏麦逐渐疏远，开始陌生的时候。

夏麦似乎像是一种信号。他调到镇上新修的学校以后，那所后起之秀便正式定为中心小学了。香庙子小学退居二线，校长也调换了。

那天的早读时间，新学校召开全体教师会，星期一的例会。在大办公室里，教师们鸦雀无声，等待校长发话。那时，夏麦和牛娇娇并不熟悉，牛娇娇的办公桌在后边门内侧，她斜过身子坐，正对着夏麦。夏麦坐在前边门对着的窗子下，与她遥遥相对，像人生的对衬景点。

她在看夏麦，因为夏麦是新来的。

夏麦也在看她。在几个年轻女教师之中，牛娇娇很脱俗。

意想不到，校长开口不讲别的，直指牛娇娇，严厉批评她的"与众不同"：衣着、打扮、气质……来得太突然了。牛娇娇措手不及。

夏麦是第一次和牛娇娇参加教师例会，想都没有想，居然"拍案而起"，冲着校长说："她有什么错？"

校长也意想不到，语塞一下，看着夏麦，再看看牛娇娇，不再说了，换了话题。

在那之前，夏麦没有接触过牛娇娇，也没有说过话，或许是内心深处对美的卫护感情，也因为他的性格，"护花使者"说不上。

奇怪的是，校长从此不再指责牛娇娇的脱颖而出，容忍了她的不随乡入俗，接纳了她的美。

世间的事都有因有果。正因为如此，才有后来夏麦和牛娇娇坐在大河边上，才有后来的故事，延续着他们之间的缘分。

别人会说些什么，管不了，也懒得去管，清者自清，浊者自浊。牛娇娇和夏麦潜在的意识是一样的。

11

牛娇娇的确是出类拔萃。有一次，她笑着对夏麦说："你不是想娶牛媛媛吗？我是她的妹！"夏麦心里震动了！原来是这样！牛娇娇、肖兰和自己都是农家人的后代，同一个村子的人，只因自己孤陋寡闻，不知道。在乡村里也罢，在校园里也罢，他们演绎的故事都有着这块沃土的气息，是两河村的延续。农村的改革开放，把他们阴差阳错地联系在一起，也是人生的缘分。

夏麦拿牛娇娇和肖兰比较。肖兰是宽厚大地孕育出来的，很朴质，有着农家女子的纯净，也有点儿让人心疼的"痴傻"。牛娇娇不同，她纯净，却有着与一般女子不同的气质，被校长严厉批评的打扮，一点儿都不过头，而是脱俗，她的举止和谈吐，在年轻女教师之中，明显高出一个档次。此时想来，牛娇娇还有牛媛媛相似的基因。夏麦不仅拿肖兰和她比，还拿同校的其他年轻女教师与她相比，她就是她，也许是那个时代的独一无二。

牛娇娇很快就和夏麦熟悉了。不知是她在孤立无援时因为夏麦的仗义执言，还是由于她的性格，或者夏麦的另类，他们居然那么投缘。

她和夏麦说话是很平等的，女性和男性之间的那种平等，没有任何戒心，非常坦诚，别的教师与她相处，有种隐隐的、道不明白的界限之感，她对夏麦没有，让夏麦很钦佩。

夏麦感觉得出，她掏出了一颗年轻女子的心，又有着很纯真的尊严。

牛娇娇不接触其他的男教师，很少和他们说话。男教师们觉得她有傲气，不易接近。大家都看出来了，不一般的牛娇娇对夏麦是个例外。

有一次，牛娇娇和夏麦在教师办公室里，他们面对面坐着，大概谈人生，或者还说了些什么。夏麦看着她，情不自禁地说："你真美！"

牛娇娇笑笑，说："我不是抹有一点粉吗？"

这样的话头是有些犯忌，如果让其他的老师听见，说不准会生出一些不洁的是非来。

12

牛娇娇也不是十全十美。记不清是什么时候，县教育局给全县的教师配发了健身摩擦器，一人一份，打批发。那家伙就是约1米长、10厘米宽的双面带子，两端有手握的环，中间如密布的疮头疙瘩，用它来回拉着勒擦前胸后背，能不能健身那是另外一回事。几个女教师在议论此物时，牛娇娇冷不防冒出一句："就像底下用的那东西。"

谁都听出来了，"底下"指的是女人的隐私处，"那东西"是月经带！

夏麦坐在办公桌上看着她。

说了之后，她也很羞臊，不再言语。过后，牛娇娇说"傻了一回"。

正因为"傻了一回"，牛娇娇才那么真实。

13

事情竟然那么凑巧，或者又是一个劫数。夏麦调到小镇的新学校以后，那个说他"蒙她"的姑奶奶唐莹，也跟着他的脚印调来了。新学校正式定为中心校，夏麦落实政策成为公办教师以后，她也"转正"了，不再是勤杂工，正式登上讲坛，谁说她没有本事呢！或者说，她那个风韵犹存的美女妈妈很有本事。

从气质上说，她不如她的美女妈妈，更不敢和牛娇娇比，她望尘莫及。

不昧良心的说，唐莹也是美女，因为有个牛娇娇，她被贬下了凡尘。

牛娇娇绝对无心思与同龄女子比美，她没有那种俗气。

牛大小姐哪怕再不"打扮"，也是年轻女性中的佼佼者。她的气质压倒群芳。唐莹不痴不傻，她心里明白，而她偏要执着，去钻那个牛角尖，这就有点儿要命。

　　大概因为夏麦为牛娇娇仗义执言，或者因为是边镇学校，校长不再过问年轻女老师的穿着装饰。一时间，唐莹真的打扮了，甚至把脂粉抹得过重，嘴唇也绯红。在夏麦的眼里，她把本来的美抹杀了，反而显得很俗气。

　　牛娇娇的审美能力比夏麦强，她自然看出来了。他们心里明白，都没有说出来。牛娇娇更不会说。都是女性，她要顾及唐莹的感受。牛娇娇知道，不能说。

　　唐莹觉察出来了。她原本对牛娇娇和夏麦的友好就抱着成见，因此，心里很不高兴。

　　如果素面朝天，她和牛娇娇的落差又很大。估计得出，她也瞧不起牛娇娇。其他的不说，单是牛娇娇那回"傻"，她就会想："你佼佼了，干吗要说女人的底下？"

<h2 style="text-align:center">14</h2>

　　唐莹不傻，鸡肠小肚一个。

　　牛娇娇常常找夏麦询问教学上的问题，更多的是语文和文学知识上的难点，有时也探讨论文写作和文学创作，时间就会花费得长一些。她不盲从，有自己的见解。夏麦也有"傻"的时候，会暗暗惊叹她伴着青春的灵气。每逢此刻，她压根儿不顾忌外界的什么。

　　那时，夏麦在新学校已经有了住房，就在教师办公室后面的小园，虽然房子不宽敞，总算属于他和钟情了。那是底楼，很僻静。有时候，牛娇娇就到夏麦居住的屋里来，不受干扰地交谈。钟情很宽容，也很相信牛娇娇，不打扰他们，从来不说什么。

<h2 style="text-align:center">15</h2>

　　牛娇娇拜夏麦为师，成为师徒以后，夏麦已经是省、市作家协会会员，并且担任了儿童文学专委会的职务，在国内报刊发表了大量作品，是知名的儿童文学作家。

牛娇娇没有文学作品问世，却在市、县报纸上连续发表几篇带着文学风格的教学文章，透露出女性的青春和灵气。这在县内的年轻女教师中是绝无仅有的，简直是轰动。

县内的文学界也知道夏麦有个美女徒弟，召开创作骨干采风研讨会，一定要夏麦带牛娇娇去参加。夏麦去请假，校长点头了。当知还有个牛娇娇，他就那么看着夏麦，好像他们要偷越国境，最后还是开了绿灯。

记得那天，去了县内的柚子园基地，在一个叫"台湾岛"和"大磨坊"风景区研讨。牛娇娇一步不离，上下和夏麦在一起，到哪儿都伴侣似的，作家都看着他们。

远远的，看见县内的优秀女作家邓大姐了。夏麦给牛娇娇作了介绍。到得跟前，牛娇娇称赞邓大姐。邓大姐笑笑说："我有多少成果啊？你们夏老师才功成名就。"

当时的牛娇娇还红了脸。

那是牛娇娇第一次也是最后一次见到邓大姐。邓大姐的英年早逝让人很痛心。

午饭后，夏麦独自走到园里。在偏僻处，一个年轻女子拦住他，说："今天别回去了，就在这儿宿！"

为什么？和她？夏麦明白是什么意思了。

他拒绝，赶紧离开，回到了牛娇娇身边。

16

唐莹自寻了很多烦恼，也够苦的。那时，唐姑奶奶风雨兼程，匆匆结婚了。嫁了人的她，烦恼更多。

不久，她的丈夫也调到牛头镇的中心小学，因为教学懒散，在教师中的口碑不佳，有点儿悲哀。不幸的是，夫妇俩工于心计，心眼儿小，大度不起来。也不知是什么时候，他们转告钟情，说夏麦和牛娇娇关系暧昧，并进"忠言"，要钟情监视、管好自己的丈夫。

言下之意，牛娇娇成了夏麦的情人！够损的。

钟情告诉了夏麦。夏麦如实给她说了牛娇娇。钟情没说什么，很平静。

天高云淡，一天又一天。过了些日子，钟情对夏麦说，牛娇娇很美好。

多亏钟情的包容和洞察，夏麦感谢没有多少文化的钟情，那么明白事理和善良。夏麦和妻子达成了共识，守口如瓶，玷污的话决不告诉牛娇娇，不能让她受到伤害，心里永远快乐美好。

17

钟情是小女人，丰乳肥臀，曲线很美，似如今的时尚说法：性感，像丰饶的土地孕育出来的，有着时代印记的质朴，释放着青春活力，有魅力的灵秀气。

夏麦艰难地走出人生困境以后，有的人劝他离了妻子，希望他做出新的选择。他不加思索，拒绝了。夏麦知道，有未嫁的女子在候着，人也很美。而他，为什么要那么做？他的妻子外在和内在都很美，钟情的勤劳、节俭、温情，对丈夫的宽厚、忠诚，将丈夫视为自己的生命和依托，是世间女子少有的。她从小没有父母，在山野里经历着贫困，年少时孤独多病，自杀时被人救了，冒着风险跑到川西平坝，阴差阳错寻找到夏麦，明知夏麦穷困潦倒却毅然相嫁。她从内心里感谢吴小萍。相濡以沫，度过了最艰辛的日子，一旦好了，就要抛弃共患难的糟糠之妻，那是不可救药。

夏麦更明白，钟情是吴小萍的"替身"，他对亲亲的姐有过类似山盟海誓的承诺，他爱妻子就是爱年少母亲、姐。

夏麦于心不忍的是，他成为公办教师以后，钟情太累，独自顶着乡下的家，茅屋土墙，劳累种田，还要照料年迈的母亲。夏麦原本就不是一个合格的农民，帮不了她的什么忙。

恰好，评上小学高级教师的职称以后，校长通知他："你的家属可以农转非了。"

不用再当农民了，是一种幸运。那年代的人都这么认为。

那个校长把夏麦叫到他家里去，一再地说，他帮了很多忙。要不然，是不可能"转"的。

夏麦明白他的意思。要得到就得付出，应该感恩戴德。

夏麦回家，拿了100元钱，沉甸甸的一张，给了那个校长。那校长什么都不说，欣然接受。就当时的工资、货币价值来说，算不上大数目，但也并非微不足道。钟情到学校了，农转非了，方知那是国家的政策，100元钱白送了。像牛娇娇一样，夏麦也"傻"了一回。

18

夏麦想到了那个校长的"贪"。而夏麦并不责怪那个校长。夏麦想，那校长不容易，也是牛头镇的农家子弟，要供养父母，父亲疯病，他为工作尽心尽力，照管父母的勤劳妻子胆结石严重，疼痛中被送到医院，死在了手术台上，他没有守候在妻子身边。妻子永远地走了，给他留下一个女儿，他热泪盈眶。新娶的年少妻子，倒是一个处女，但不可能回到乡下去守护疯爹老妈。沉重的担子落在肩上，还有后悔和内疚。续弦的妻子又给他生了一个女儿。

处女嫁给校长，想有一份工作。他办不到，代课吧，工资微薄，像夏麦当年一样，打一枪换一炮，遗憾的是，永远成不了正式。

内疚的丈夫，续弦的妻子，两个女儿，不能兑现的工作许诺……还有什么，别人是猜不着的，总之是人世间的恩恩怨怨，家庭间、夫妻俩不和谐。人都有这样那样的烦恼吧。

曾经有那么一天，是钟情"农转非"以后的事。夏麦准备到校外办一点儿事。他住在底楼，校长的家在二楼，对应，十几步楼梯相隔。他刚刚推出自行车，校长的新夫人就飞也似的下楼来了，一屁股坐上去，叫夏麦搭她。夏麦的坐骑早已不是"古墓派"，和肖兰的一样靓丽，是"凤凰"，26圈，校长夫人要坐，自然不会贬低她。她也不失为美女。夏麦不能拒绝，也不能撵她下车，在众目之下搭着她出了校门。出去之后，她不下车，也不让夏麦停，沿着几条街往前走。风风光光绕了一圈，她满足了，还有了笑。结果，夏麦什么事都没办成。

　　她的笑也是很美好的，而她的出格举动让夏麦心悸。

　　牛娇娇和钟情都看见她上了夏麦的车。这倒没有什么。后来，有老师说，校长的新夫人脑壳不对，有精神疾病。然而，她一直在教书上课，直到她丈夫因病去世，她作为"长民代"退休，并没有发生过那样的病。

　　夏麦至今都不明白，校长的新夫人当年为什么要那样心血来潮？

　　钟情一直不知道牛娇娇是牛媛媛的妹，年龄小了几岁的妹。夏麦对妻子守口如瓶。其实，夏麦也有疑惑，而他不去过问，他心中只有明珠一般的牛二小姐。村里人知，那是牛家的秘密。牛娇娇亲口告诉夏麦了。牛娇娇在家是"老三"，那年代"超生"的，在外婆家读的小学、初中，夏麦自然不知了。

　　也许因为牛头镇太边远，学校和村野都是"农村"，有着浓浓的乡情，夏麦和牛娇娇也一样。

第十四章　如歌的故事

1

地处两河村的牛头镇小学，典型的乡村校园，农民后代的教师和学校，在改革开放的年代里，发生的故事仍然是农村的，如歌的故事。

那个校长还算通情达理，钟情农转非以后，他分了一套住房给夏麦，说是一套，无非就是前后两间小房子，一套一的通道式，前门对后门，前门的阳台为过道，后面拦断，可作厨房，但没门，敞的，也算是单家独户过日子。可惜，无论楼上楼下，都没有卫生间和浴室。进厕所么？公用，底楼与学生同甘共苦。至于洗澡，自行解决，各自去发挥聪明才智。

那时学校也修了一个公共浴室，就一间房，没有浴具设施，门一关便是一个任你想象的世界。后来，那间宝贵的屋子废了，门也烂了，灯也没了，到了晚上，里面呆妖呆狐谁都不知道。

住底楼的人家只有夏麦和钟情，后来有了另一家。洗澡成了天底下的最大难事。那一家还好，晚上有个厕所角的隐蔽处。夏麦和钟情只好壮着胆子端了水，在教师办公室后门出来的后园拐角处，提心吊胆地冲洗，月亮看得见，花草看得见，坦坦荡荡，无牵无挂……那叫入乡随俗吧。

有一天晚上，钟情赤身裸体地跑进了屋里。她说，她洗澡，有人看见了，她吓坏了。

他们的住房上面住的是一个女教师。夏日里，那女老师每天晚上都要洗澡，在厨房里洗，洗澡水曾经流进了夫妇俩的锅里。给她说吗？说。说了又怎样？一个女教师，你叫她到哪儿去洗？互相理解吧，多一点儿难忘的回忆。

2

在中心校有一套住房，在那时已经满足了，不敢有太大的奢望。

人微言轻，房也狭窄简陋，屋内的陈设普普通通，加上烧的柴草，没有抽油烟设备，底楼光线不足，开灯也需节省，真有点原始人的生活。

夏麦在卧室的临窗内安了一个书案，一把竹圈椅，每个早晨和上半夜，伴着入睡和早起的妻子，坚持笔耕。屋里最引人注目的，就是牛娇娇相送的笔架，犹如一个美女侨居在那儿。

应该说，在中心校住校的教师里，夏麦的家最寒酸，也最有吸引力。

夏麦教的学生要到他家里来，特别是负责班级工作的学生。牛娇娇要来，省市文联和省作协的作家、艺术家要来，省市记者要来，电视台的作家专访栏目来拍摄……省级日报的一个年轻女记者写了一篇专访文章，觉得夏麦的居住条件太差了，她要为夏麦呼吁。

主编说，恐怕有些不妥，如果刊载以后，并没有改变作家的处境，反而给他造成不利的结果，咋办？

那是实话。当时的环境条件如此，也有个逐步完善的过程，并未亏待夏麦夫妇。

从乡村到学校，再到公办教师、作家，时代的发展成就了夏麦，夏麦没有太大的奢望，他安于得到的一切。起初，钟情不愿离开红房子，第一次跺脚，流了眼泪，她说："你辜负了姐！"

夏麦难受了。

为了工作，妻子只好随了丈夫，就像吴小萍对恋人的曾经一样。星期天和寒暑假，他们仍然要回到乡里，回到熟悉的土地上，在红房子里，和"吴小萍"度过难忘的日子，经历甜蜜的时刻。看着那幅姐姐的艺术照，他们就会情深意浓。

3

夏麦曾经害了一次重病，被误诊为不治之症，从莫名其妙的折磨中挣扎出来以后，那个可怜的校长也要举家离开学校了。

那是被查处，撤职。因为贪污了修建款，数量不多，但受到了严厉的处分，校长的职务没了，被贬到另一个偏远的乡去当小学副校长。

那个校长的新夫人，是很伤感的。夏麦由此想到，那一次，她破天荒的坐上他的自行车，让他搭着她，风风光光在小镇上绕了一圈，除了家庭不和谐之外，还因为她在教师之中的孤立。

那一天，校长一家走得很早。租了一辆货车，装着并不豪华的家具，悄悄地，避开教师们的眼光，离开了故土的学校。

那个新夫人，有着太多的留恋。

有一个教师，教体育的，早就打听到了消息，预先准备了一个送葬死人的花圈，货车启动的前夕，暗中放在了家具里。他和校长之间有着似乎解不开的恩怨。

校长夫妇和两个同父异母的女儿，坐在租的小车内，后面跟着有花圈的大车，朝着新的学校、新的家扬长而去。没有一声告别，也没有一声祝福。

校长一家走了，花圈的事也传开了，教师们议论纷纷。教师们为那个校长叹息，同情他的妻子和女儿，在心里谴责那个心胸狭窄的教师。

人啊，应该宽容一点，不能落井下石。

4

新任校长上任以后，居然又分了一间房子给夏麦，夏麦也就有了一间名副其实的书房。

在那之前，夏麦写作的书案安放在卧室的窗下。夜深人静，钟情独自入眠，他就在灯下写作，妻子在梦境里，他在小说的意境里。

有了书房，牛娇娇到夏麦写作的地方，自由多了。

星期天（那时没有双休日）、寒暑假，每个晚上，夏麦都在笔耕。记得创作那部四卷本的长篇青春小说，夏麦写得来脸和双脚都肿了，小镇的医生害怕，叫他赶紧去大医院，害怕他生命难保。大医院检查过后，说：还好。牌瘾不要太大，少熬夜。夏麦说，烟、酒、牌与他无缘。那你在干啥？……当然成为笑话。

那部小说写好以后，稿纸一大堆，是牛娇娇给夏麦誊写的。看着抄写稿那娟秀而匆忙的字迹，夏麦有些心疼，太难为她了。

夏麦也没有料到，经过牛娇娇誊写的长篇小说，公开出版以后，在众多网站传播，影响很大，还获得了四川省文学奖和中国校园图书奖，他出名了。人们并不知牛娇娇的付出。她仍然是一个美女教师，默默地教书育人，夏麦的徒弟。

人们常说，成功的男人背后有一个女人。应该说，夏麦也是一个成功者，他的背后有两个女人，一是他的妻子，一是牛娇娇。不，还有肖兰。

5

新任校长叫夏麦担任教研员，不是官职，而有实权。不到两月，夏麦便去辞职，辞去实权职务。新任校长看着他，好像发现了天下奇葩。

校长问："谁当?"

"牛娇娇！"

她？新任校长像哽了一个李子，后面的话应该是：你们……（还有一个"秘密")他在猜测，怀疑夏麦和牛娇娇结成伴儿蒙他。他吃不透，总觉得夏麦和牛娇娇之间的水很深，这清宫秘史的事天才知道。不过，在小镇学校，除了夏麦，非牛娇娇莫属了。

事情就这么定了。

女教导主任对牛娇娇担任教研员并不看好，在内心里，她反对，似乎有一种感情的痼疾。她认为，牛娇娇的个性太强，新潮，难于驾驭，是不驯服的年轻母马，加之是夏麦的徒弟，对她有潜在的威胁。而她又不得不接纳了牛娇娇。

女教导主任认为，夏麦不愿当许多教师羡慕的教研员，不作她的部下，是炒她的鱿鱼，有瞧不起她的嫌疑，在躲避她。那是一种女人的微妙心理。女教导主任忍不住会给夏麦小鞋穿。

牛娇娇自然挺身而出，女教导主任有一千个理由，她也有一千个理由，女教导主任气极了的时候，有失文雅。不过，还是很明智的。

牛娇娇是夏麦的保护神，许多教师对此有共识。

6

牛娇娇担任教研员也真有本事。女教导主任明知牛娇娇"继承"夏麦的宽容，对那些工资低，教学水平确比公办教师差的民办教师手下留情，得饶人处且饶人，也抓不住明显的把柄，不想多说了，或者懒得管。她心里气恼是牛娇娇和夏麦心连心。

后来，女教导主任终于想出了绝招：每学期把备课本全部收回来，慢慢查！

谁查？

牛娇娇吩咐教师们：一律交给女教导主任，她不收，只作旁观。结果，没备足课的赶、抄，兵荒马乱。有的女教师说："牛娇娇，你把我害惨了！"

牛娇娇说："怨你自个儿！为啥平时不做好准备？"

　　牛娇娇的话在理。真话！女教导主任没心思看，她不去查。哪有时间呀！她叫牛娇娇查。牛娇娇说，早查过了！

　　女教导主任下了命令：专查夏麦的。

　　牛娇娇问："你查吗？"

　　女教导主任说："你查！"

　　要大义灭亲了。

　　牛娇娇和女教导主任在进行心理战。

　　牛二小姐从未查过夏麦的备课本。

　　夏麦问她："你不查吗？"

　　她说："我能查你吗？"

　　过后她说："你备课是'另类'，不少课压根儿就没备。"她说，知夏麦者唯有她。

　　牛娇娇说了傻话。

　　学校收备课本，牛娇娇叫夏麦别交。女教导主任追问，很干脆："遗失了，不知道哪儿去了！"她牛娇娇弄掉的。每期都遗失？对，和牛娇娇有缘分。

　　如果追问急了，牛娇娇还敢叫女教导主任："去问校长要！"

　　牛娇娇就有那份胆量和傻气。

　　女教导主任心里知道，牛娇娇不是一般的女性。

7

　　牛娇娇的话事出有因。

　　夏麦曾经向新任校长提出要求，也可以说是一种谈判。他说，他教的科目，学生的成绩年年稳拿第一、二名，不怕考，考不垮。上头规定的教学论文什么的，全镇获奖百分之七十以上是他的，全国一等奖，省、市一、二等奖都有，可以提一塑料口袋证书来，学生获有全国、省、市的奖，还在报刊公开发表作品，小镇找不出第二例。因此，他可以不备课，教学成绩他保证，名列前茅。

新任校长答应了。不久，又反悔了。他不敢开先例。

女教导主任不答应。她得提防夏麦。

牛娇娇说得对，知夏麦者唯牛二小姐也。直到夏麦获得市优秀教师称号，牛娇娇都是女教导主任的"钦差大臣"，夏麦在她的石榴裙下。好个牛娇娇。

毕竟是以学生的考试成绩论英雄，女教导主任紧紧抓住了这一点，对牛娇娇也就"饶"了。然而，心中的芥蒂是难以释怀的。这是女人的弱点，可让青春早逝，有碍身体健康。后来夏麦想，也真为难女教导主任了，她也不失女人的美好。也许他误解了她。

牛娇娇比女教导主任美得多，青春袭人，真正的阳光灿烂，除了牛娇娇更年轻以外，还因为心胸的关系。

牛娇娇比肖兰的年龄小，她们是两种不同性格和气质的青春女子。由于职务原因，牛娇娇去最边远学校的次数多了，她和肖兰也熟了。她们有过关于夏麦的谈话，说些什么，无可奉告，那是闺中密语。

不过，牛大小姐对夏麦说了一句："我知你和肖兰了！"

仅此一句，非常珍贵。

8

因你而精彩。对牛娇娇来说，很真实。石榴裙和路也是经典，就是夏麦和她。夏麦为牛娇娇铺的路，牛娇娇踏着他步步高升。教师难免不这样想。想就想吧，牛娇娇无所谓。他也无所谓。重的是师徒感情。

牛娇娇担任教研员，一帆风顺。女教导主任驾驭不了她，也就由了她，只是想，牛丫头不是一个人，是一双，两个。女教导主任也没心思治夏麦，她同样有女性的宽容感情。再说，还有个牛娇娇。更让她灰心的是，学校突然提拔了一个新主任，她由第二变为位列第三了，那是个男的，真有点儿大男人欺负弱女子的味道。不想心旷神怡，一想满肚子的气。

牛娇娇真好，教研员当得顺顺当当，有个"名人"师傅，还有点儿绯闻，没人能比。紧接着，当上了团支部书记，学校的工会干部。

女教导主任说，瓜了，傻了。傻了是她自己。

牛娇娇也遇上了烦心的事儿。

9

那是一个年轻女子为难、也羞臊也尴尬的事，管别人的婚姻大事。

牛娇娇担任学校工会妇女委员的时候，曾经改动学生考试成绩的那个年轻女老师，一波三折，要和男友分道扬镳了。他们都是农民的后代。

因为那个女老师的男朋友，转正以后不好好上班教书，被金钱迷住了，跟着跑生意经商，先是三天打鱼两天晒网，然后脱岗两个月，生意垮了，他回校了，县文教局要开除他。早知今日，何必当初。他那生活在两河村的母亲，四处求人，几乎下跪，也求牛娇娇，求夏麦，希望所有的教师替她的儿子说几句好话。后来，县文教局的领导被感动了，决定暂且留用，以观后效。

谁知，女朋友要"拜拜"了。他死活不放，央求，提出结婚，保证痛改前非，并要下跪。女朋友"铁石心肠"，心是奔出的马儿，不回头。自杀！他要自杀，和女朋友一块儿同归于尽，"恩恩爱爱"，死也做夫妻。那个女老师吓傻了，逃出屋，跑进牛娇娇的寝室，哭。

牛娇娇拍案而起。

谁说女子不能侠肝义胆？牛娇娇也有柔性的阳刚之气。她把那个女教师锁在自个儿的屋里，去寻找那个要死要活的年轻男教师。牛娇娇豁出去了。她走进那个男教师的屋，心怦怦地跳。那是一顿怒斥和好骂，又似乎有着女性温情的冷水，一瓢一瓢地泼去。

那浑小子软了，傻了，醒了，居然也有了泪水，声音哽咽地叫了一声"牛姐姐"，央求牛娇娇救他，让他们破镜重圆。

牛娇娇逃出了男教师的寝室。

10

牛娇娇被逼出了年轻女子的担当。她没有把这事告诉新任校长，也没有告诉两个主任，而是去找另一个工会干部——热心的胖子女老师。她们在男教师和女教师之间来来去去，不知费了多少心血，苦口婆心，男教师写了保证，女教师回心转意，总算大功告成。牛娇娇避免了一场悲剧，挽救了破裂的婚姻，也让那个男教师没有失去工作。

夫妻俩对牛娇娇感激不尽，视"牛姐姐"为恩人。

牛娇娇的年龄并不比他们大，说不上"姐"。

本是自由恋爱，双方却要"安"一个"媒人"——"牛姐姐"，实是感恩。

牛娇娇走了，死活不愿。她说："你们好好地活下去，好好工作，比什么都好。"她告诉同伴，她惊吓的心还没完全平静呢，也羞得慌。

11

牛娇娇像开不败的花朵，在她最灿烂的时候，评聘小学高级教师的职称又启动了，幸运落在了她的头上。在相近年龄的年轻女教师中，她是唯一评上了的佼佼者，也是夏麦收的几个女徒弟中的唯一。

不少壮年和桃李满天下的教师，望洋兴叹，少不了失落，心里觉得不平衡。

评教师职称的时候，肖兰来找过夏麦。她知道夏麦是评委，在初评的关头，也是决定生死命运之际，夏麦有三分之一的"生杀大权"。

从观音寺小学分手以后，她是第一次向夏麦开口，求他。她要夏麦帮她写述职报告，并非让夏麦在评审的时候袒护她。

肖兰总是那么朴实、纯洁，那么美，也那么单纯。

那是在教师的大办公室里，在众多教师的目光之下。牛娇娇和那个唐姑奶奶都在。与她站在一起的，还有另一个民办教师，也是年轻的俊女。

不知为什么，夏麦狠心地拒绝了她。

肖兰没有说什么，垂下眼帘，默默地走了。看着她远去的俏丽背影，夏麦意识到了，她受到的伤害很深。

夏麦想追出去，告诉她："我给你写！"却一直未起身，在办公桌旁坐了很久。

初评的时候，看到肖兰的申报材料，看到其中的述职报告，夏麦的心像被刀子戳了。肖兰的写作水平再差，也不至于写成那样！难道因为他？肖兰当然没有机会进入小学高级教师的竞争资格，被攥出去了，落进了小学一级教师的芸芸众生之中。

夏麦无法对此释怀。

为什么拒绝肖兰？为什么那般无情无义？因为在众目之下，害怕众人说徇私？因为她和他的曾经？还是因为有了牛娇娇？后来又想，她不是牛娇娇，即便给她写了，她也评不上。这个念头一冒出，夏麦就只有自责了。原来，自己就把肖兰打下了凡尘！肖兰帮助了自己多少，竟然如此对待她，除了愧疚，还能留下什么呢？

12

牛娇娇的申报材料，具体、准确，述职报告很有说服力，还颇有文采，加上附上发表的文章、获奖证书，除了教龄，在初定的小学高级教师中，遥遥领先。然而，新任校长要把她"刷"下来，理由是：牛娇娇的年纪最小，以后的机会多的是。他要夏麦去动员，叫牛娇娇退让。

夏麦一口拒绝。

新任校长很恼火。

当天晚上，夏麦去找牛娇娇了，告诉她：千万别放弃！

牛娇娇不在乡村，独自住在牛头镇上。

那是春夜里。走出牛娇娇的家，夏麦才觉得有些冒失：一个男教师，夜里在年轻女教师家里，这意味着什么？如果别人知道，会怎么想？既然已经去了，那就由它吧。天上的明月很圆，花也很香。那是从田野里涌进小镇的油菜花香味，馥郁、迷人。

牛娇娇毫无悬念地戴上了小学高级教师的桂冠。她最年轻。

暑假里，夏麦在小镇上和肖兰相遇。肖兰避开夏麦走了，真正的"分道扬镳"。夏麦想给她说点什么，却没有勇气喊住她，也留不住她。

漫长而短暂的假期中，夏麦埋头写小说，可惜沉静不下来，两个年轻女子——肖兰和牛娇娇，时时撞击他的心。他也反思，思考生活，思考经历的岁月，对别人有了许多的理解和宽容，明白了自己的不足和过失，少不了愧疚和自责。

重新开学的日子，阳光灿烂。这才得知，牛娇娇经过努力，已经调走了，留下的是她的故事，任教师们去回味。

牛娇娇是不辞而别，她相送的笔架还在书案上，夏麦一旦坐下来写作就面对着它。

那个笔架很特别，就像牛娇娇，夏麦不知她在哪儿选购的，可以看出年轻女子的感情和心思。笔架右侧，玻璃后嵌着一个妩媚年少的女性头像，又有独特的个性，就那么含情脉脉地看着夏麦，她的灵魂是牛娇娇的。笔架左边是一面小镜子，不知牛娇娇的心意是什么？她要夏麦随时反思自己吗？对她有一份纯洁的感情？岁月就是镜子，能照出人的灵魂。女性头像的镶嵌和镜子都是心字形的，热辣辣的两颗心。笔架中间的花瓶里，插了一枝粉红色的绸花，开不败，透露着灵气，枝叶下两朵小花，殷红，自有它的寓意。笔架的女子头像边插了一支笔，是她对夏麦的希冀和祝愿。

牛娇娇曾经送一支赤金笔尖的钢笔给夏麦，夏麦用它写那部长篇小说。在写作的时候，牛娇娇占据着他的心，那部成名作的主要人物就有她，作品的灵魂也是牛娇娇的。

记得一个深夜，校园里静极了。夏麦笔耕得十分疲惫，趴在书案上睡着了，被惊醒的时候，发现面前有一个极小的红衣女子，很快消失了。

夏麦告诉了妻子。钟情没说什么。钟情是聪慧的。夏麦知道她要说的话是什么。过了几天，钟情在笔架的花瓶里插了一朵鲜红的绸花，和牛娇娇偎依开放。从此，那个精灵似的红衣女子，再也没有在夏麦的朦胧中出现了。

钟情和牛娇娇一样，都不失女性的微妙心理。

钟情还常常想到肖兰。她说，牛娇娇很美好。肖兰是一个好人，好女人。

夏麦至今还保存着一张牛娇娇的照片，牛娇娇的身后，站着钟情。

第十五章　鲜花开放的时候

1

花开花落，田野里的油菜花一年又一年地怒放，村庄越来越美好。夏麦经过两河村土地的养育，他走出了如歌的村庄，有了一番新的经历，收获了肖兰、牛娇娇等年轻女子的纯情。他跳出了"农门"，不再是春种秋收的农民了。如今，村里和牛头镇人都尊称他老师和作家，而他教的是两河村和牛头镇的子女，农家人的后代，曹霞的儿子、郑婵英留下的女儿、七奶奶的小孙子都曾经是他的学生。当其夜深人静的时候，他就会想到两河村，想到吴小萍，忘不了那段大男孩钻进年少母亲怀里啃着乳房的爱情，忘不了郑婵英、曹霞、韩香香、山妹，那是他在两河村相识的美好女性。

钟情一直把吴小萍的艺术照固定在床头的梳妆柜上，夫妻俩抬头就会看到多情的姐。

夏麦和大龄女、红英，和肖兰曾经教过书的学校，都在两河村内，在教育"普九"中拆掉了，牛头镇只保留了扩建的中心小学，而这所全镇的唯一小学仍然在两河村。中心小学重建，拆去了夏麦夫妇和牛娇娇有过缘分的老房子，那样的宿舍完成了历史使命。按照上级文件规定，夏麦得到几万元的住房补贴，在八公里外的重镇买了商品房，村里人说他们是城里人了。

如今，夏麦和钟情仍然住在红房子里，他们舍不得那儿，舍不得吴小萍留给他们的河蚌壳，续着年轻女子的粉红梦，那是亲情、爱情。他们的根深深地扎在了这片土地里，无论岁月的长与短，都不会拔出来。

儿子长大了，在成都读大学，他们把新买的房交给了儿子。红房子是他们的家，在红房子里生活的，还有在他们内心深处的姐，那是抹不去的影子。

钟情问过夏麦："你还恋着吴小萍吗？"

夏麦一时语塞。

钟情笑，说："我梦见她了。你们还在恋，在小河边上。"

钟情是戏谑，快乐的。她说，她也恋着吴大小姐。

2

钟情说的小河就是村中河，已经修成了水泥河岸，再不会有类似郑婵英以身子堵塞堤漏的事发生了。为修村中河的大堤，韩香香和丈夫捐了十多万元，他们在两河村留下了良好的口碑。韩香香和马木匠很难回村，在外成立了一个建筑公司，也算家大业大了。他们没有忘记故土，故土的人们也没有把他们从心里划出去，开口闭口仍然是"两河村的韩香香和马木匠"。

七奶奶说："那两口子是苦出来的，勤劳出来的，好人会有好报！"

七奶奶活到一百零几岁了，身体还那么硬朗。她笑着说："瞧瞧，我快活成精啦！"

曹霞说："你是老寿星，两河村的骄傲！"

七奶奶呵呵地笑，笑得像个孩子，像未嫁的少女。

城乡统筹，两河村新建了一个农村小区，那是由区上统一规划、统一修建的别墅式的农村新型住宅区，叫城里人羡慕和赞叹。

七奶奶不愿进小区。她要住在老房子里，那是她的快乐老家。她的儿子、儿媳和孙子依了她。那几间农舍是太阳出来最先照着的地方，晚上能看到皎洁的月亮升起来，两河村的田野尽收眼底，睡觉时枕边有村中河的轻轻涛声，如人生的歌。七奶奶要晒太阳，看月亮在人间的圆缺，她要守望，守望这片故土，守望像人生一样流着的河。

七奶奶说："这里离娇娇亭近，我要常去那儿，看望郑婵英，陪陪她，和她说说话，不能让她觉得孤单，多好的女人呵！"

村里有健壮的百岁老人，那是一件大事，喜事。有一天，市电视台和区电视台来采访她了。镇上、村上，一级一级地传达下来，七奶奶的儿子媳妇在外打工，孙子义不容辞，叫奶奶安心等待，做好准备。七奶奶呵呵地笑着，仍然那么淡定。采访的人来了，大机器小机器地扛着，车、人，河堤上一大群。可是，七奶奶不见了！孙子吓了一大跳，害怕奶奶落了河。河水就是那么从容，不停息，也不等谁，该去哪儿就去哪儿。

曹霞跺脚，她真担心善良的老奶奶。

找呵，找呵，真正的兴师动众，乘兴而来，败兴而归。人走尽了，七奶奶回来了。她仍旧笑，像个小孩子。她说，她去娇娇亭了，陪陪郑婵英。

3

又过了许多日子，大家把采访的事忘得差不多了，不知七奶奶又晒了多少回太阳，看了多次月亮？她说，这人老了，耳朵不大灵敏了，不过，村中河的涛声还是听得见，祖祖辈辈听惯了的，那是乡愁。这一天，又有人来看望她了，是个女的，人也年轻，带着女儿。七奶奶不知是区上的干部。她问："你是谁呵？"

"我是牛英？"

那个小姑娘喊着"祖祖"。

七奶奶不糊涂，她想："这不是两河村的姑娘和媳妇，是城里人。"

　　叫牛英的说："奶奶，我是郑婵英的女儿。"

　　七奶奶把她抱住了。多少年来，没见过七奶奶流泪，这天她哭了。是区上干部的牛英也哭了。七奶奶说："郑婵英是好人，是个好女人。女儿出息了，孙女儿这么懂事，好福报呵！"

　　七奶奶从来不接受任何人的东西，她破例收下了牛英给她的助听器。那礼物太珍贵了，她把牛英看成了自己的亲人，她无法拒绝。七奶奶戴着那个助听器，过完了她最后的幸福时光。

　　七奶奶死的时候，满天的红霞，小孙子在她的灵柩上贴了一个大红"喜"字。

　　七奶奶埋在大堤边的高坡上，她居高远望，守望着这片有灵魂的土地。

4

　　"娇娇亭"在桃花岛上，是曹霞修建的，修在郑婵英的坟茔旁边。

　　郑婵英的坟茔，在两河村人的眼里，是个奇迹，埋下去以后，一两年就"发"大了，自然而然的，开满了鲜花，一批谢了，另一批又怒放了，一年四季开不败。牛本本和唐玲的农家乐，就在桃花岛附近，如牛本本所说，因为有个媚姐儿唐玲，小小的农家乐常客不断。那些情侣和恋人，最喜欢到娇娇亭去，将那座形如乳房、鲜花盛开的土坡作为背景，留下灿烂的合影。日子一天天过去，很难有人想到，那是一座坟茔，里面埋着女人的精魂。即使有人知道，也不忌讳，因为郑婵英那么美好。

　　牛长生是拾着幸运花篮的人，他生活得很满足，太高兴了也会喝酒，偏偏酒量狗屎。这一天，他喝醉了，糊里糊涂去了娇娇亭，在那儿睡着了，鼾声不赖。汪茵茵听见酒醉就草木皆兵，找到娇娇亭，心还在急跳。她骂"酒鬼"，折一条桃枝，叭！狠抽。牛长生的懒觉醒了，酒也醒了，虽说抽得狠，有点儿痛，但那是夫妻恩爱，挨一树条，值得。

瞧那树梢头的明月，两河村美极了！

5

牛本本和唐玲的农家乐红红火火，牛本本心花怒放，一是高兴农村改革开放以后，他的事业日渐兴旺，二是高兴他有一个比西施还美的老婆，要是不改革开放，他既无老婆也无事业，牛本本还是牛本本，光棍一个，狗屎无冕之王！

只顾高兴的牛本本把唐玲吩咐的事忘了，开着车到了牛头镇，傻眼。没什么，打手机呗，只要不死机，问唐玲不就天下太平了吗？挨两句骂没关系，打是心疼骂是爱。可是，手机呢？哦，还在枕头上！这一点，牛本本记得特清楚，这样的记性哪儿去找？于是又匆匆忙忙往回赶，去问老婆，老婆天下第一呗！

这一天，唐玲真骂牛本本了，不是这事，是另外的事，大事。

唐玲骂："牛本本，你干吗连老婆都出卖了？"

牛本本发怔，当他知道缘由以后，就是个乐，心旷神怡。

唐玲挖根掏底，把事情问清楚了。

牛本本不乐了，抓头皮。

原来，那牛本本不知天高地厚，就干傻事儿。他不知准备了多久，把曹霞、郑婵英、吴小萍、韩香香、山妹、钟情、唐玲，还有一个郑玉的照片，都收集到了，以"两河村八大美女"为题，悄悄发到网上，都是年轻时的形象，那么俊俏妩媚、青春袭人，让她们成了网红美女！牛本本知道事情严重了，他想不出解脱的招。

被老婆骂是幸福。

曹霞找他算账来了，他躲。躲得了初一躲不了十五，死罪免了，活罪难逃。还是唐玲为他求情，曹霞把死罪活罪都一笔勾销了。

再后来，牛本本悟出来了："两河村八大美女"成全了两河村，成全了牛头镇，也成全了他和唐玲的农家乐。不然，哪有那么旺的人气？他是有功之臣呗！

　　唐玲骂他不知死活。

6

　　"两河村八大美女"中，郑玉是西南农业大学的高才生，"新的庄园主"曹霞的技术总监。钟情在夏麦跟前，说郑玉和她母亲一样美，人很好，特有本事。钟情还说，郑玉对她特别亲，常常问到"作家"。夏麦沉浸在长篇小说的创作中，没大注意，"八大美女"走红网络以后，他吃惊了，他想知道那个郑玉了，也开始反思自己的妻子钟情。

　　钟情深深地留恋着土地，在两河村的热土里，她的根子扎得很深。而夏麦并不能理解妻子的那份感情。农转非以后，失去了土地，钟情像一个失恋的女子，她离不开乡村，乡村中有她的依恋，她总是紧锁眉头。夏麦想说服钟情，向她道出内心的话，在讲台上口若悬河，对妻子却口齿呆笨。钟情没什么文化，讲不出什么理由，但非常倔强，倔强中不时冒出一两句话来，哪怕十个理论家联合起来，研究个三年五载，也找不出驳倒它的论据，因为它压根儿就不是道理，只是女人才有的执着。夏麦想把钟情从眷恋中拉出来，真的黔驴技穷了。这是因为，他的根子也在那片土地里，无论人生怎样变化，在骨子里仍然是农民，无论成为什么，无论走多远，故土都是母体，释放着土地的灵魂。

　　成为城镇居民以后，钟情常常到村里去，没有土地了，她捡一点乡下兄弟弃种的田埂和河边地，栽种一点不施农药的蔬菜，有了收获，高兴得像个初恋的少女。后来，她兴奋地告诉夏麦，她在曹霞的庄园里打工了。

　　夏麦玩笑似的说了一句：甘愿让曹霞"剥削"？

　　钟情生气了，骂了夏麦。

　　钟情不愿住在学校里，一直想着回红房子。有一次，她说夏麦：

"吴小萍是你的恋人！她给你的不是房子，是爱情！你不住，那是对她的背叛！"

夏麦的心似乎被剑突然刺了。学校拆了旧的宿舍房，对他们来说，是一种解脱。重新回到红房子以后，又回到了恋与情的日子，回到热土中了。

吴小萍离开故土以后，再也没有回乡。由于天远地远，相互间很少联系。那个冬天的晚上，夏麦随省内作家参加采风活动去了，没有回家。屋外下着雪，天很冷。钟情突然接到了吴小萍的长途电话。这一次，吴小萍直接叫钟情"妹妹"了。吴小萍说："夏麦的消化功能差，到了冬天，手脚冰冷，他这人一忙起写作来，就不要命，你要多关心他，注意他的身体。我谢你了！"年少母亲似的感情震动着钟情。真没想到，吴小萍对夏麦了如指掌。

7

曹霞的技术总监郑玉，对钟情特别亲，喊"姨"，起初，在庄园里做工的村民有些不解。后来明白了：最了不起的大学生技术员，原来是山妹的女儿！她妈妈拎着小小的包袱走了，女儿大学毕业回来了！故土的魅力呵，深深地牵动着两河村一辈又一辈人的人，有着悲欢离合的故事，有着更深的感情。郑玉是有思想、有追求的当代大学生，自有她选择的理由。

夏麦盼望见到郑玉。

从镇政府的介绍中知道，近年来，牛头镇大抓乡村旅游事业的发展。曹霞按照郑玉的建议，扩大了庄园，并利用村中河、湔江河独特的地理生态优势，广种销路好、以优质梨为主的各类水果。梨树开花的时候，两河村一片冰清玉洁的盛景，红房子成了世外桃源中的佼佼者。紧接着，几家外地农业公司又来牛头镇的乡村扎根了，一色的雪白梨花，几年之内，这个传统的农业镇便成了梨花源，加上此地原是泉水浇灌的地方，有得天独厚的生态资源，是著名大文豪的故里，文化底蕴深厚，新闻媒体不断涌进来，还有网红的"八大美女"，牛头镇一下子火爆了。

牛头镇开始举办梨花节，一年一度，人气旺，声名远扬。

第三届牛头镇梨花节开幕前的晚上，一个男人，显得很衰老，走到了村中河的大堤上，望着月夜里的田野，深深地叹了一口气，再到他和曹霞生活过的家。竹林小院已经拆掉了，还了耕。突然间，他看见了两座新坟。他知道，埋的是他的父母，离了婚的曹霞替他尽孝，照料赡养双亲，并安葬了他们。一时间，他感到非常孤独，良心受到了谴责。他拜了父母，悄悄地离开了。

月，还是那样的明，并没有因为一个人有所改变。

8

牛头镇的梨花节，可以说，第一、二届是铺垫，第三届进入了盛况，省、市的作家、艺术家、采风团来了，他们中有曾经给郑婵英题词、速写摄影和写纪实作品的老作家、老书法家、老画家和老摄影家。文艺家们不忘郑婵英，到她的坟茔和娇娇亭去了，深情地拜望了她，并净洗了那块释放着魅力的大理石碑，"郑婵英勿忘草"几个字春光无限。

汪茵茵和牛长生到梨园去了，他们撑把大伞，卖饮料和水果，顾客蜂拥。顾客中居然有韩久和赵果。赵果染了发，像个外籍女郎。汪茵茵说"稀客"，让赵果的脸绯红。

牛本本和唐玲的农家乐门庭若市，人们对老板娘赞不绝口：不愧是"两河村八大美女"之一。

钟情也在人群中，被唐玲拉进了她的农家乐，她也喊"姨"。

这一天，曹霞很忙，郑玉也很忙。留心着的郑玉认出了采风团里的夏麦，喊了一声："叔！"

刹那间，夏麦怔住了，他似看见了当年的山妹，多相像呵！匆忙中，郑玉告诉夏麦，她母亲回野樱桃山了。因为，她奶奶满春年纪大了，需要女儿照管。又说，如今的野樱桃山比原来更美了，希望叔和钟情姨去看看。

夏麦点头了，他默默地祝福她们。

郑玉离开了，夏麦和作家艺术家们登上了梨花林中的观赏台，极目远望。呵，雪白的梨花源在金黄的油菜花海之中，越过花如潮的川西坝子，他似乎看见了粉红若霞的大片野樱桃花，平原、山野，花海是相连的。天是晴天，川西农村熟悉的旋律又在花海中出现了——在希望的田野上。